元・最
者の
騎士生活
Gen Wamiya
和宮 玄
ill.東西

「オレの仕事の邪魔したら
タダじゃおかねえぞ！」
ヴィンス
第六騎士団に所属。気分屋で口が悪いが、戦闘の腕は一流。最初はテオルのことを疑っていたが、実力を目の当たりにしたことで背中を預ける仲間として認めるようになる。
テオル
無能の烙印を押され、暗殺者一族を追放された少年。憧れだった騎士団の試験を受けると、少数精鋭の第六騎士団に抜擢された。誰かの笑顔を守るために戦いたいと思うようになる。

「血《けっ》鬼《き》神《しん》降《こう》剣《けん》〈邪《じゃ》凶《きょう》吉《きつ》王《おう》〉!」
リーナ
第六騎士団に所属。太古の鬼を降ろす刀術を用いて戦う。ツンツンしているが、根は優しい。南の島の砂浜にはしゃぐなど、年頃の女の子らしい一面もある。

contents

元・最強暗殺者の騎士生活

Gen Wamiya
和宮 玄
ill.東西

口絵・本文イラスト：東西

デザイン：ＡＦＴＥＲＧＬＯＷ

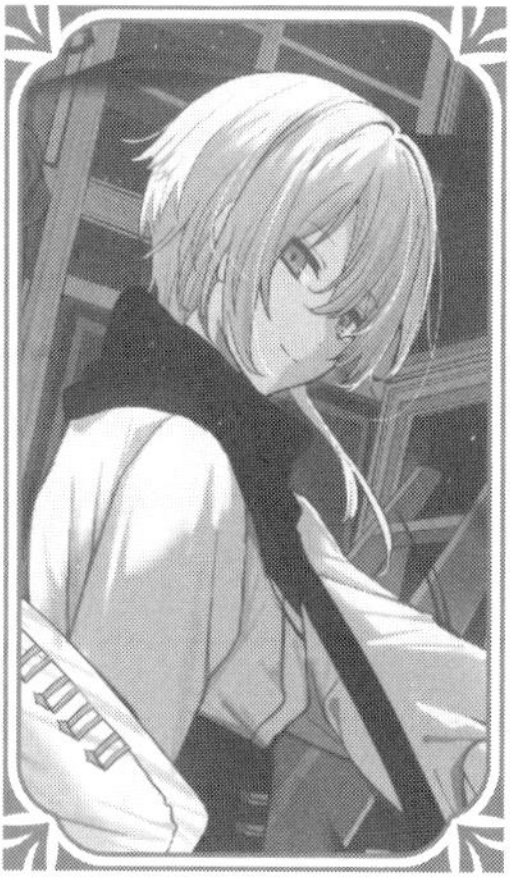

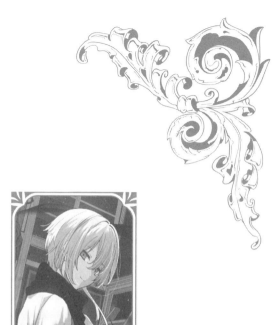

Knight Life of

the Former

Strongest Assassin.

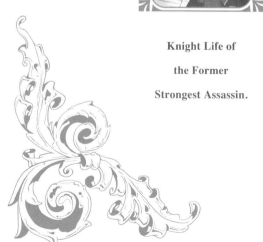

プロローグ

夜空に大きな満月が浮《う》かんでいる。

吹《ふ》き抜《ぬ》けた冷たい風が、尖塔《せんとう》の頂に立つ俺《おれ》の頬《ほほ》を撫《な》でた。

ちょうどその時、眼下に広がる屋敷《やしき》で暗殺の任務が完了《かんりょう》し、二つの人影《ひとかげ》が外へ姿を現した。

ホッと息をつきたくなるが、まだ気は抜けない。

二つの人影――俺の従兄妹《いとこ》たちは緊迫《きんぱく》した任務を終え、すっかり安心した様子で庭園を歩いている。肩《かた》の荷が下り、警戒心《けいかいしん》が薄《うす》れてしまっているのだろう。

しかし、それでは駄目《だめ》だ。

一応、常に首と目を動かし周囲を見回しているようだが、巡回《じゅんかい》している警備兵の位置を正確に把握《はあく》できていない。このまま進むと鉢合《はちあ》わせになる。

「伝え方が悪かったか……」

最後の最後まで高い集中力を保て。

以前から何度も言ってきたように、今日も繰《く》り返し注意したのだが。

俺はポケットに手を入れたところで、ふと動きを止め、思案を巡《めぐ》らした。ここは手助けをせず、一度くらい痛い目に遭《あ》っておいた方が、彼《かれ》らの今後のためになるのではないだろうか。

「……いや、これは仕事だ。馬鹿《ばか》な真似《まね》はよそう」

ミスが許されない暗殺稼業《かぎょう》において、ものの数十秒で殺しに気付かれるほど愚《おろ》かなことはない。

個人での任務を二件終え、次はサポート役として眠《ねむ》る暇《ひま》もなくその足で従兄妹たちに同行してから二日。かれこれ五日も睡眠《すいみん》を取ることなく時が流れてしまった。

疲労《ひろう》のせいか浮かんだ柔《やわ》な思考に頭を振《ふ》る。

そして警備兵の近くに狙《ねら》いを定め、俺はポケットに入れておいた小石を高速で弾《はじ》き飛ばした。

大気を切り裂《さ》き、勢いよく地面に着弾《ちゃくだん》した小石が音を立てると、すぐにルートを変える警備兵。

訝《いぶか》しげな表情を浮かべながら、兵士は音が鳴った方へと向かい従兄妹たちから離《はな》れていく。

これで何事もなく敷地《しきち》外へ出られるはずだ。

遠くの空から雨雲が迫《せま》っていることを確認《かくにん》し、俺は身を翻《ひるがえ》す。

纏《まと》った暗黒色の外套《がいとう》が風に靡《なび》いた。


最後に塔《とう》の下で気を失っている男——おそらく今回の標的《ターゲット》を護《まも》っていた同業者だ——が、まだしばらくは意識を取り戻《もど》さないことを確かめ、軽いステップで屋根に飛び移る。

それなりの実力者だったのでサポートとして俺が先ほど意識を刈《か》り取っておいたのだが、無駄《むだ》な殺しをせずに済んだのは良かった。察知されることも、姿を見られることもなかったからこそだ。

夜に溶《と》け込《こ》み従兄妹たちを追う途中《とちゅう》、去り際《ぎわ》に屋敷を一瞥《いちべつ》する。

浮上《ふじょう》してきた空虚《くうきょ》な思いを埋《う》めるように、俺は空に浮かぶ月を見上げようとした。……が、既《すで》に月は雨雲に呑《の》み込まれた後だった。

深く息を吸い、そして吐《は》く。

「…………」

以前から、この仕事に違和《いわ》感を覚えていた。身体《からだ》を動かして働いていると、徐々《じょじょ》に気持ちが肉体と乖離《かいり》していくような気がするのだ。初めは些細《ささい》なものでしかなかったその感覚は、今ではもう目を逸《そ》らすことができないほど大きなものになっている。

力の使い方。

自分の在り方。

もしかすると心の底では答えが出ているのに、現状維持《げんじょういじ》に甘《あま》んじているだけなのかもしれない。

ここではない何処《どこ》かを憧憬《しょうけい》しながらも、日々手元にある課題を必死にこなし、目を背《そむ》けながら。

いつか諦念《ていねん》と共に、暗殺稼業に充足《じゅうそく》感を見出《みいだ》す日がくるのだろうか。

悪天の気配がする夜空を見上げ、珍《めずら》しく感傷に浸《ひた》る自分にきまりの悪さを感じた俺は、そっと視線を落とした。

雨が降る。

早く家に帰ろう。

従兄妹たちはまだ、それほど遠くへは行っていない。

一章　始まりの転機

「テオル、お前は家から出ていけ。このッ……出来損《できそこ》ないが!!」

俺《おれ》は今、屋敷《やしき》の一室で怒号《どごう》を浴びせられている。その怒号は、父さんに代わって新たに当主の座についた叔父《おじ》――ゴルドー・ガーファルドから発せられたものだった。

掻《か》き上げられた長髪《ちょうはつ》に無精髭《ぶしょうひげ》。鋭《するど》い瞳《ひとみ》は闇《やみ》のように黒い。

ゴルドーは忌々《いまいま》しげに俺を睨《にら》んでいる。

「なんだその目は!?　気合いも能力もない――何もできないお前に、ガーファルドを名乗る資格があるとでも言いたいのか!?　あァ？」

「……いえ、ただ理由を聞かせてもらえますか？」

ここで感情的になっても意味はない。

俺の家は祖父の代から始まった暗殺者一家だ。幼い頃《ころ》から特殊《とくしゅ》な教育を施《ほどこ》され、各自で任務に当たっている。元は長男である俺の父さんが二代目当主だったが、病に倒《たお》れ亡くなってしまい、弟のゴルドーがそれを引き継《つ》いだ。

それからだ。数ヶ月間休みもなく、働き詰《づ》めの毎日が始まったのは。

今だって五日も徹夜《てつや》を重ねた状態で任務をこなし、最速で帰還《きかん》してきたばかり。しかしそんな状《じょう》況《きょう》でも俺は、ミスすることなく仕事を遂行《すいこう》してきたはずだ。勘当《かんどう》される謂《いわ》れはない。

「はっ、自分で考えることもできないのか……まったく呆《あき》れたものだなッ！　ルドとルウから聞いたぞ！　お前、また仕事中にサボっていただろう。そんな役立たずが、我が一族にいられるとでも思ったかッ⁉　あァ？　どうだ、何か言ってみろ⁉」

「ですから、俺はサボっているんじゃなくて――」

「黙《だま》れッ！　誰《だれ》が言い訳をしろと言った⁉　俺は反省の言葉を聞いたんだッ、反省の！」

ゴルドーが激しく唾《つば》を飛ばす。

するとそれに続くように、周囲にいた従兄妹のルドとルウが間髪《かんはつ》を容れずに口を開いた。

「ほんと困りますよ。こいつ、いっつも僕《ぼく》たちに任務を押《お》し付けて勝手に逃《に》げ出すんですよ？」

「そうそう！　無能のくせに一丁前にビビっちゃってさぁ。マジでダサすぎでしょ」

汚《けが》らわしい物を見るような目つきを俺に向けてくる彼《かれ》らの顔や雰囲気《ふんいき》は、性別やその茶色の髪《かみ》の長さ、体格などを除けば瓜二《うりふた》つ。双子《ふたご》のルドとルウは俺より二つ下の十四歳《さい》だ。

彼らの仕事にはまだ粗が多く、一人前とは言えない。そのため俺が祖父から直々に頼《たの》まれ、任務に出る際はチームを組み二人が成長できるようにサポートに回ることになっていた。

「年上だというのにまさか逃げ出すとはなッ。この腰抜《こしぬ》けが！」

「いえ、だから何度も言ってますけど、俺はサボってるわけでも逃げ出してるわけでもなくて……二人が円滑《えんかつ》に任務を遂行できるよう――」

危険すぎる障害の排除《はいじょ》などにあたっている。あまり手を出しすぎるのは良くないので、今回は主に標的《ターゲット》の護衛をしていた同業者の対応をしていた。

ルドたちには既《すで》に帰路で話しているが、誤解を解くために再度そう説明する。

しかし、当のゴルドーは呆れたように首を振《ふ》り、鼻で笑うだけだった。

「はっ、またその見え透《す》いた嘘《うそ》か。暗殺を稼業《かぎょう》にする者──それも我々ガーファルドの人間が気配を感じ取れないとでも言いたいのか？　態度次第では使用人として今後も家に置いてやらないこともなかったが……これではなァ？」

「流石《さすが》に僕たちのこと舐《な》めすぎだって。派手に動いてたら絶対に気づくから」

「さっさと出て行けばいいのに。見栄張って有能アピールとか……最後まで口から出任せばっかでキモいんだけど。ぷぷっ、使えない馬鹿《ばか》丸出しじゃん」

親子揃《そろ》って嘲笑《ちょうしょう》を浮《う》かべてくる。

「……」

もう、この場で俺が何を言っても駄目《だめ》みたいだ。話をまともに聞いてくれさえしない。

後で祖父に相談して、ゴルドーと話をしてもらおう。

正直、人を平気で貶《おとし》める彼らを好きにはなれない。だが、俺には他に生きていく道がないのだ。生まれてこの方、暗殺術以外に学んできた物がないから。

だからこそ、現状にどこか不満を感じながらも反りが合わない叔父一家に強い態度で出ることはせず、忙《せわ》しなく与《あた》えられる仕事を黙々《もくもく》とこなしてきた。大丈夫《だいじょうぶ》、俺の仕事ぶりを唯一《ゆいいつ》認めてくれ、期待してくれている祖父から話してもらえれば……今回もなんとかなるはずだ。

しかし、その前に。

せめて実際に目の前で気配を消してみせよう。

昔から気配を消すことは得意としていた。が、そのせいで俺がサポートに徹《てっ》し動き回り、働いていても仕事に気付いてもらえていなかった——というのならここは技術を示すべきだろう。

その目で確認《かくにん》をすれば、彼らだって俺が逃げ出したと言い張るだけではいられなくなるはずだ。

「では、今から」

ほんの少しだけムキになって口を開いた、その時だった。

ゴルドーが俺の目を見て、ニヤリと笑ったのは。

「それと親父《おやじ》——じいさんにも話は通してあるからな。今さら泣きついたって無駄《むだ》だぞ」

「…………え？」

予想外の言葉に思考が停止する。目の前が、真っ白になった。

そんな俺を見て、ブフッと噴《ふ》き出すゴルドーたち親子。

そして。

「テオル、そういうことじゃ」

まるでタイミングを合わせたかのように部屋の扉《とびら》が開かれ、祖父が現れた。

「これは一族の総意じゃからな。ゴルドーから話は聞いたが、暗殺者として使えない者に我が家で存在価値などない。——早く、出ていきなさい」

「い、いや……じ、じいちゃん……？」

いつもとは違《ちが》う祖父の冷たい声音《こわね》に、俺は呆気《あつけ》に取られ、全《すべ》ての音が遠くなっていくのを感じる。

祖父は目さえ合わせてくれず、苦渋《くじゆう》の決断とも、痛快さとも取れる表情を浮かべていた。

「ふっはっはっは。親父、賛同に感謝する！　というわけでだテオル、さっさと失《う》せろ‼　そして二度と俺の前にその面《つら》を見せるなよッ⁉　わかってるだろうな、もしもいらんことをしたら――」

まだ上手《うま》く頭の中を整理できないでいると、ゴルドーは真顔になりドスのきいた声で言った。

「そのときは命があるとは思うな？　親父に免《めん》じてせめてもの優《やさ》しさだ。俺に感謝して、せいぜい外で生きるんだな！　ふっはっはっはっ‼」

人生においてたった一つの生き方――天命だと思った。

だからたとえ酷《ひど》い扱《あつか》いをされても、気にせず身を粉にして働いてきたのに……。

これでは突然《とつぜん》、生きてきた理由を奪《うば》われるも同然じゃないか。

「ひゃひゃっ。お疲《つか》れー。ま、あとは死ぬまで大人しくやりなよ」

「それじゃ、さよなら。無能～さん」

「――あっ……え……」

部屋を出て行くルドとルウが、すれ違いざまに肩《かた》を叩《たた》いてくる。

心のどこかで「もういいか」と諦《あきら》める声がする。同時に「これでいいか」と安堵《あんど》する声も聞こえたような気がした。もう、祖父の言葉に反論する気も縋《すが》り付く気も湧《わ》かない。

俺はこうして、その日のうちに家を追い出されることになった。

◆　◆　◆

山奥《やまおく》にある屋敷を飛び出してきたのは良いものの、これからどうしよう。

俺は険しい山道を下りながら考えていた。少しだけだが、落ち着きを取り戻《もど》せたとは思う。

今まで暗殺に関することばかりやってきたので、他に得意なことは何もない。

個人で暗殺稼業を続けるという手もあったが、ガーファルド家に目をつけられるようなことは避《さ》けたかった。これ以上、面倒《めんどう》なことに巻き込《こ》まれるのは御免《ごめん》だ。

それに生き甲斐《がい》としてしまっていた〝与えられた仕事に没頭《ぼっとう》する日々〟の結果がこれだからな。

「情けないけど、いい転機かもしれないな……」

足を洗って人生を変えよう。自分には暗殺《これ》しかないのだと言い聞かせるのはもう終わりだ。

家を追い出されて、結果的に自分を変える機会を得られたのかもしれない。前々から漠然《ばくぜん》とした嫌悪《けんお》感を暗殺に抱《いだ》いていたのだ。とにかく今はまだ、少しでも前向きに考えよう。


一度吹っ切れると後は早い。

もしかすると心の傷から目を逸《そ》らすための自己防衛かもしれないが……まあ、それでもいい。

これからは自分自身が納得《なっとく》できる生き方をしたい。心と身体《からだ》が乖離《かいり》しないような生き方を。

それに知らない他の世界のことを知りたいとも思う。生きていくためにはどうしてもお金が必要だから、どこかの街で働きながら。

できればこれまで培《つちか》ってきた技術を活《い》かせる仕事をしたいけれど、俺が「やりたい」と思うものの中で何があるだろうか。

一気に広がっていく無数の選択肢《せんたくし》。まだ幼い頃はこんな風に、よく様々な可能性や人生に思いを馳《は》せたものだ。十六になった今、長らく忘れていた久しい感覚によって名状し難《がた》い想《おも》いに駆《か》られる。

だけどそうだな……睡眠《すいみん》不足の状態で大切な考え事をするのは良くない。素晴《すば》らしい考えだと思ったものでも、一眠《ひとねむ》りしてから思い返すと大抵《たいてい》そこまでではなかったりするものだ。

「とりあえず、どこかで睡眠をとって——あっ、そういえば……」

その時、何故《なぜ》か不意に、先日祖父がしていた話が脳裏《のうり》をよぎった。

「確か……『オイコット王国で騎士《きし》になるための一般《いっぱん》試験が行われる』って」

それは日常会話の中での何気ない話題の一つだった気がする。今となっては何故その話になったのかも詳《くわ》しく思い出せない。だが、祖父は確かに、年に一度の試験の時期だと話していた。

あの時は俺の心を特別深く捉《とら》えるような話題ではないと真剣《しんけん》に聞くこともなく、その後も振り返ったりはしなかった。……しかし、そうだ。思い出した。

今は亡き父さんが、幼い頃に読んでくれた騎士の物語。そこに登場する人々を護る騎士に、俺は憧《あこが》れていたじゃないか。どうして忘れていたんだろう、あんなに強く憧れていたのに。

——これだ。やりたいことは、心の蓋《ふた》を開けてすぐの場所にあった。

馬鹿げた殺しをしたことはない。胸を張ってそう言えるが、これまで送ってきた人生は誰かの命を奪うものだった。

これからは人を護る〝騎士〟になってみるのも良いかもしれない。培ってきた技術を活かせることもあるだろうし、知らない世界のことをたくさん知ることもできるだろう。ぴったりだ。

オイコット王国は大陸の東に位置し、広大な領土を有する大国。

騎士たちは非常に高いレベルにあるという。

「今から向かって試験に間に合うか分からないけど——とにかく、行ってみるか」

思い立ったが吉日だ。決断を下したら行動は早いに越《こ》したことはない。

眠い目を擦《こす》り、俺は大急ぎで王国を目指すことにした。

やっぱり、寝《ね》るのは後回しにしよう。

◆　◆　◆

オイコット王国。

その都は活気に満ちていた。

幅《はば》の広い街道《かいどう》にはいくつものの露店《ろてん》が立ち並び、往来には溢《あふ》れんばかりの人々の姿がある。

「あの……すみません？」

そんな王都で俺は今、騎士になるための入団試験――その受付会場にいる。

受付のピークは去り、滑《すべ》り込みの受験者の姿がちらほらと見えるだけだが、どうにか締切《しめきり》時間には間に合ったようだ。グッジョブ、不眠不休!

「あのー」

「……………」

しかし。

十個以上ある窓口のうち、唯一対応中でなかったここに来たわけだが、声をかけても一向に青髪の受付嬢《うけつけじょう》は反応してくれない。机に肘《ひじ》をついて、ただぼうっとしているだけだ。

気の抜《ぬ》けた顔でどこか遠くを見つめている。

「えーっと……」

「………………」

「受付! いいですか?」

「……? っ⁉ あっ、ご、ごめんなさい。もう終わりとばかり……気を抜いちゃって」

顔の前で手を振りながら大声を出すと、ようやく彼女《かのじょ》の澄《す》んだ空色の瞳に俺の姿が映ったらしい。

ハッと焦点《しょうてん》が合うと、驚《おどろ》きの表情で勢いよく肩を跳《は》ねさせた。

どうやら、本当に俺がいることに気付いていなかったみたいだ。

彼女は丁寧《ていねい》な口調で謝罪を述べると、それからテキパキと登録手続きを行ってくれる。

別に意識的に気配を消しているわけでもないのに、あそこまでしないと存在を認識《にんしき》されないなんて……。きっと多くの受験者を相手にして、相当疲れているんだろう。決して俺の影《かげ》が薄《うす》いとか、そんなことではないはずだ。多分。

「では、受付は以上になります。こちら、受験番号です」

「ありがとうございます。お仕事お疲れ様です」

「あっ、お気遣《きづか》いありがとうございます。それよりも、えーっと大丈夫ですか？　その……」

番号が書かれた紙を受け取り、さっそく試験会場に向かおうとしていると。

改めて俺の全身を眺《なが》めた受付嬢が、最後に声をかけてきた。

「頑張《がんば》りすぎて、怪我《けが》をしないようにお気をつけください」

「えっ、あ……あぁ、はい。ありがとう……ございます……？」

身を案じられているようなその言葉に、思わず語尾《ごび》が疑問形になってしまう。おそらく参加者全員に言っている言葉なんだろうが、もしかしてそんなに危険な試験が待っているというのか？

ドーム状の会場内に入ると、そこには数十の石舞台《いしぶたい》がずらりと並んでいた。

それぞれ百人前後の受験者たちが、その上で試験の開始を今か今かと待っている。

「すごい人の数だなぁ……」

道中で立ち寄った食堂で偶々《たまたま》耳にした話によると、この試験には各地から強者《つわもの》たちが集《つど》うらしい。

最終試験で魔法陣《まほうじん》が描《か》き込まれた道具――魔導具《まどうぐ》を用い、危険人物かそうではないかを確認することができるからこそ、王国はこの一般試験を設けられたという。

オイコット王国ならではのこの試験制度は、国家の戦力の柱となる騎士が――他のほとんどの国でそうであるように――通常、騎士学園を経てからではないとなることができないとされているなか、一人でも多くの優秀《ゆうしゅう》な人材をこの国に騎士として引き入れることを可能にしている。

これが結果的に広大な領土を治める力となり、王国を大陸でも有数の大国にしているわけだ。

俺も他の受験生たちと同じように、用意されていた木剣《ぼっけん》を手に取り受験番号で割り当てられた石舞台に上がる。そして周囲を観察しながら試験の開始を待っていると。

「――おっと」

「んあ？」

突然、背後から誰かにぶつかられた。

振り返るとそこにはスキンヘッドのガタイが良い男がいた。近づいてくる気配からして、当然避けてくれるとばかり思いこちらから動きはしなかったのだが……。

「おい、なに突《つ》っ立ってんだよ⁉」

「ああ……すまない」

「はっ、見るからに弱そうなガキだぜ！　細えしまるで覇気《はき》がねえ」

男はいきなり高圧的な態度で怒《ど》鳴《な》ってくる。

俺が呆気に取られていると、それをどういう風に取ったのか、腹を抱《かか》えて笑い出す男。

「ぎゃははっ、何ビビってんだよ！」

そして指をボキボキと鳴らし、周囲に聞かせるようにわざとらしく声を張り上げると、俺の肩を乱暴に叩いてきた。

「自信がねえなら来んなよな……ったく」

これは……面倒な人に絡《から》まれてしまったな。

でも、お陰《かげ》で思い出すことができたから、まあ良しとしよう。仕事の緊張《きんちょう》感を持たずに外に出るのが久しぶりだったから、ついうっかりしていた。そういえば暗殺者は自分でも気付かぬうちに癖《くせ》で存在を希薄《きはく》にしてしまうのだ。

だから一般の人と接する時は、意識的に気配を強めないといけない。そう父さんから教えられていたのだった。でないと俺がいることに気づいてさえもらえないからと。

この男や――受付の彼女のように。

「一般枠《わく》はなぁ？　実力があるやつが受けに来んだよ……俺みたいにな！　雑魚《ざこ》は怪我する前にお家に帰って、学園に入るためにお勉強するこった」

男はそう言って、わざと俺に肩をぶつけ石舞台の中央へと消えていく。

「ぷっ……あいつ、言い返すこともできないってか」

「ありゃビビって動けないいんじゃないか？　俺たちの組はライバルが一人減ったな」

「ふん、みっともない。立ち向かうことすらしないあのような精神で、騎士が務まるか」

それにしても周りの人たちも皆《みな》、かなり自信があるらしい。見るからに体が大きい者ばかりで、口々に嘲《あざわら》笑い、見下した目を俺に向けてきている。

「はぁ……仕方ない。やる気があるってことで好意的に受け取っておくか……」

試験を失格になる覚悟《かくご》で喧嘩《けんか》をする気はさらさらないので、俺は冗談《じょうだん》めかして小さく呟《つぶや》いた。

不本意な視線に晒《さら》されしばらくすると、高い台になった場所に男性試験官が現れた。

「——受験生諸君ッ！　これより試験を始める‼　一次試験の内容は至ってシンプル。その闘技台《とうぎ》の上で戦い、場外に飛ばされるかダウンした時点で即刻脱落《そっこくだつらく》。各台最後まで残った十名が二次試験へと駒《こま》を進めるッ！」

それからされた説明によると、他にも優秀な者は追加合格となる可能性もあるらしい。

「どのような技《わざ》を使っても構わないが、もちろん相手を死なせるようなことはないように！　治癒《ちゆ》の設備は整えているとはいえ、殺害は断固として許さん！　また試験を乱す者は容赦《ようしゃ》無く失格とする。以上、最低限のルールを守り、各自全力を尽《つ》くせ‼　では、開始の合図を待たれよ‼」

説明を終えた試験官が後方に下がっていく。誰もが口を噤《つぐ》み一時静寂《せいじゃく》に包まれていた会場内は、段々と騒々《そうぞう》しさを取り戻していった。

先ほどの説明からすると、つまりこの一次試験で最優先すべきことは——試験官にアピールしながら残ること。

例えばグループに圧倒《あっとう》的な強者が八人いて、次に拮抗《きっこう》した実力の者たちが五人いた場合、全員が充分《じゅうぶん》に試験官に力をアピールできていれば五人とも合格となり、一組から十三人の合格者が出る。

十パーセント前後の合格率を少しでも上げるためには、格下を派手に倒すに限るというわけだ。

だから、そう理解した者は——準備運動をしている俺に当然のように視線を注いでくる。

「そりゃそうなるよなぁ……」

ギラギラした獲物《えもの》を見るような目つき。これは完全に狙《ねら》われているな……。

先ほどの男との一件から俺をえらく弱いと思っている連中が、実力をアピールするための恰好《かっこう》の獲物として見てきているのがわかる。

互《たが》いに表面上の実力を誤魔化《ごまか》していることを前提に考えると、俺が記念受験者程度の弱いやつだと勘違《かんちが》いされることに無理はない。こちらだって相手が弱そうでも油断は禁物。彼らは皆、各地から集まった腕自慢《うでじまん》たちなのだ。

気配を消して逃げ回れば、もしかすると戦わずして最後の十人に残れるかもしれない。

だがしかし、複数人に狙われたからといって、勝負を避ける気にはなれなかった。

二次、三次と続く試験に備え、俺は真っ向から挑《いど》むつもりだ。全力で攻《せ》めに出る。

「へへっ、景気づけにお前は俺がいただくぜ。安心しろ、骨折程度で済むようにしてやるからよ」

気配を薄くしすぎると試験官にアピールができず、それでいて自分よりも強い奴《やつ》が十人いたら困る。その辺りは気をつけないとな……などと考えていると、スキンヘッドの件《くだん》の男がこちらに戻ってきた。

猛者《もさ》であればあるほど、実力を測られないように対策はしているはず。

一見そこまで強そうには見えないこの人物にも警戒《けいかい》は怠《おこた》れない。

むしろ、こういう奴にこそ注意が必要だ。

「只今《ただいま》よりオイコット王国騎士団、第一次入団試験を開始する‼　それでは、始め――――ッ！」

その時、唐突《とうとつ》に会場内に試験開始を告げる合図が響《ひび》いた。

目を向けると、先ほど説明をしていた試験官が再び高い台の上に姿を現し、魔導具を掲《かか》げブザー音を鳴らしている。

スキンヘッドの男に気を取られ、突然試験が始まってしまったが……特に問題はない。

準備は整っている。俺はまず初めに周囲を見回した。

早速《さっそく》駆け出し攻《せ》めに出る者。それに便乗して活躍《かつやく》しようとする者。距離《きょり》を置き、相手の強さを測ろうとする者。全員がそれぞれの考えのもと、それぞれの行動を始めている。

そんな中、十人前後の受験者たちが俺の周囲にポジションを取っていた。

まずは彼らをどうにかしないとな。

突っ立っているだけでは何も始まらない。

自分を狙う敵が複数人いるのだから、こちらのペースで動き、自由に攻めていくべきだ。決して相手に合わせるのではなく、自分が中心の戦い方をしよう。

調子を確かめるように俺は全身の力を抜き、何度か軽くジャンプする。

そうして――修練で身につけた特殊な方法を使い、ちょうど良い塩梅《あんばい》で気配を薄くした。

「な……ッ⁉」

すると、我先にと俺を狙っていた連中が一様に目を見開き唖然《あぜん》とした。

当然、全員が全員驚いた表情をするわけがない。

この中のうち、どれくらいが演技をして、誘《さそ》ってきているのか……。

もちろん、この程度の気配の薄さならオイコット王国の騎士である試験官たちには見破れるレベルだろう。活躍しても評価されない、という最悪の事態は訪《おとず》れないはずだ。

「おいッ！　あいつどこに消えやがった⁉　クソッ、どうなってやがる‼」

俺を自分の獲物だと主張していたスキンヘッドも取り乱している。

見た目とは違って、かなりの演技派だな。ごく自然な困惑《こんわく》っぷりだ。

けれどまあ、あんなに息巻いていたんだ。

俺が気配を薄くしたのを見て咄嗟《とっさ》に頭を使ったのだろうが……あれは完全に罠《わな》確定だな。

「ふぅ――じゃ、行くか」

周囲の観察を終え、気を入れ直した俺は希薄な存在感のまま駆け出した。

運良く周囲にはあまり強い者がいなかったようで、簡単に背後を取れてしまった。

俺は小回りのきく手刀を振り下ろし、移動しながら一人、二人、三人と気絶させていく。

「お、おいおいッ⁉　なんでいきなり倒れて――」

敵の数を減らしていく中、リアルな演技で絶賛当惑《とうわく》中のスキンヘッドの背後にも回り込むことに成功。役者になることを勧《すす》めたいくらいの演技に、思わず本気で戸惑《とまど》っているのではないかと勘違いしてしまいそうになる。

に、してもだ。

あまりにもあっさりと背後を取れたが……いや、そうか。

この男は一撃《いちげき》必殺を狙っているのかもしれない。

後ろから迫《せま》る俺を「決まった」と油断させ、そこから最小限の動きで腕《うで》を掴《つか》み背負い投げ。石舞台に叩きつけたところで木剣を使い一気にとどめを刺《さ》す、という手もある。

随分《ずいぶん》と舐められたものだが、思わず喉《のど》が鳴ってしまう。

ならば、これならどうだ⁉

俺は警戒を高め、手刀ではなく木剣を振り下ろすことにした。

その時、ふと受付嬢が最後に見せた表情を思い出した。

あれが受験者全員に言っていた言葉だったとしたら、あの表情はあまりに真に迫っていたように思う。やはり、俺の何かが気になって最後に一言、声をかけてきたのではないか？　試験に怪我の危険がある――それだけではない何かが。

じゃあ、受付嬢があそこまで心配してきた理由とは何だ？　俺の気配が薄かったことが原因とは考えにくい。すると最も可能性があり、辻褄《つじつま》が合いやすいのはやはり――この入団試験に身の危険があるということに帰着するのだが。この調子だと一次試験がそこまで危ないものだとは思えないので、この後に待つ二次、三次試験が命を落とす可能性があるほどのものなのか……？

試験内容の詳細《しようさい》を事前に把握《はあく》する暇《ひま》がなかったとはいえ、こんなことになるのなら受付嬢から簡単な説明だけでも受けておくべきだったな。ああ、答えが気になる……。

い、いや、何を考えてるんだ俺は。

今はそんなことよりも目の前の相手に集中しなければならない。

邪魔《じやま》な思考を払《はら》うため、ここまで僅《わず》かコンマ数秒で辿《たど》り着くと――。

木剣はより一層美しく、鋭い軌道《きどう》を描《えが》いた。

そして、次の瞬間《しゅんかん》。


「――ぶぐぅはっ⁉」


何の抵抗《ていこう》もなく首筋に木剣が直撃し、男は膝《ひざ》から崩《くず》れ落ちたのだった。

「えっ」

「…………あれ？」

騎士を目指す若き強者たち。

その彼らが、白目を剥《む》いて倒れているこれなのか？

今しがた目の前で起きたことに、つい先程《さきほど》までのスキンヘッドのように困惑してしまう。

と言っても自分でやったことなんだが、あまりにも……その、予想外の結果すぎて。

「いやいや、今は試験中だ。と、とにかく無駄な思考はよそう……！」

俺は混乱をかき消すために考えることを放棄《ほうき》した。

気配を消し、次に誰かに察知されるまで木剣はもう使わないでおこう。そう決意し、体を動かし続けることにする。

しかし結局、誰にも察知されることなく簡単に背後を取れる参加者たちの間を駆け抜け、一陣の風のように最高速度で手刀を連発。
そして気がついた時には――台上に立っているのは俺だけになっていた。

◆◆◆

「……だっ、第十八グループ。そ、そこまで！」

グループを監督《かんとく》していた試験官がそう告げると、早すぎる試験終了《しゅうりょう》の合図に周囲の他のグループや試験官達の動きが一斉《いっせい》に止まった。

次第《しだい》にざわつきが広がり出す。

「おい、あのグループ……何があったんだよ……」

「あっ、あいつが。あの白髪《はくはつ》が全部一人でやったのか⁉」

「ひょえー、別の組でマジで助かったぁ～」

それからしばらくして俺の近くに数人の試験官が駆け寄ってくるまでの間、俺は他のグループからの注目に視線を落とし、ひたすら耐《た》えるしかなかった。

順次試験が再開されていく中、近くにきた試験官に声をかけられる。

「こ、これは君が？」

「えっと……はい」

やらかしてしまった。

どうせ数人しか倒せず、すぐに木剣を使ったやり取りに移るだろう。

そんな風に考えたのが間違いだった。

まさか今まで対峙《たいじ》してきた人たちと、こんなにレベルの差があるなんて。

「参ったな……私たちもこんなことは初めてでね。『一瞬で全員が倒れていった』と聞いたんだが、一体どんな魔法を使ったんだい？」

「いえ、魔法は使ってません。ただ……その、手刀でダウンさせることに集中してしまって……」

「…………そっ、そうか」

この人が一番先輩《せんぱい》なのだろう。代表して声をかけてきた試験官は、それきり黙り込んでしまう。

気まずい空気が流れる。

何しろ、今回の試験は石舞台の上に十人の受験者が残ることを前提としたものだ。定められた制限時間などはないとはいえ、これは騎士団が良い人材を得るために設けた機会である。

彼我《ひが》の実力差を見誤るという情けない事態に冷静さを失い、結果的に俺はその試験を荒《あ》らしてしまった。たとえ能力面を認められたとしても、選ぶ側の騎士団にも、参加していた他の受験者たちにも迷惑《めいわく》をかけてしまったからな。

もしかすると――いや確実に、これは失格になるだろう。

なんとか他の受験者たちだけで再度試験を行ってもらえないだろうか。

「――いやぁ～、いいものを見させてもらったよ」

自分の行いを猛省《もうせい》しつつ、これから自分がすべきことを考えていると、突然後ろから声がした。

振り返ると俺よりも年下に見える金髪の少年がいた。

年齢《ねんれい》は十二歳くらいだろうか。

人懐《ひとなつ》っこそうな笑《え》みを浮かべているが、その山吹色《やまぶきいろ》の瞳は尋常《じんじょう》ではない何かを感じさせる。

一瞬、反射的に身構えそうになった。しかし羽織っている真っ黒のブルゾンには、オイコット王国騎士団のエンブレム。

……この人も騎士だ。

「でも、残り十人になった時点で試験は終了なんだから、これじゃダメだよ。最低限のルールを守れないようでは失格になる、そう説明されてただろ？」

こちらに近づいてくる少年に、周りにいた試験官のうちの一人が声をあげる。

「おい！　どこの所属かは知らんが、一次試験は我々の管轄《かんかつ》だぞ‼　勝手に口出し――」

「ば、馬鹿ッ。慎《つつし》まんか！　お前、この方を……ぶ、部下が失礼いたしましたッ……！」

すると俺に話しかけてきていた男性が少年を咎《とが》めようとした試験官を制止し、勢いよく頭を下げた。青ざめた表情の先輩と、何が何やらといった様子の後輩。

「いやいや、そんなに畏《かしこ》まらないでくれよ。僕は全然気にしてないからさ。大丈夫、大丈夫」

少年は軽く手を挙げると、再び俺に顔を向ける。試験官たちから一様に強い安堵が伝わってきた。

どうやらこの少年、なかなかに偉《えら》い人物だったらしい。

それよりもだ。わかってはいたが、やっぱり失格かぁ……。

お偉いさんに言われたとなったからには、もう間違いないだろう。確定だ。

俺は試験を台なしにしてしまった申し訳なさ半分、やらかしてしまった後悔《こうかい》半分で何も言えない。

「と、いうわけで。この少年は僕が預かるよ」

「え……？　も、もちろん構いませんが……それは、つまり」

「うん。つまりそういうことさ」

結局、試験官と少年が話をして、俺は少年に引き連れられ会場を後にすることになった。

周りの試験官たちが何やら俺の方を見て騒《さわ》いでいたけれど、ここを出たら別の仕事を探さないといけない。

そう思うと、周囲の言葉は全て右から左に流れていった。

◆◆◆

——で、俺は何故か今、巨大《きよだい》な建物の前にいる。

えっと……何がどうしてこうなったんだ？

「ここが騎士団本部だ」

「え？」

「まあ、うちは小規模だし、面倒な上下関係もないから。これから気楽によろしくね」

「え？」

「うちは姫様《ひめさま》直属の新設の騎士団でね……団員は全員、こうやって僕がスカウトしているんだ」

「……え？」

困惑する俺をよそに、建物の中へと足を進める金髪の少年。

慌《あわ》てて後を追うと、王都の中心地にある一区画まるごとを占拠《せんきょ》した騎士団本部の中は、三階まで吹き抜けになっており各階で忙《せわ》しなく働く人々の姿が見えた。

中央には魔力昇降機《エレベーター》が三つもある。

「どうだい？　なかなか壮観《そうかん》だろう。ここまで大きい建物は世界でも数えるほどしかないからね。といっても、ここも二年前に完成したばかりだけど」

俺が巨大な施設《しせつ》に舌を巻いていると、立ち止まった少年はどこか自慢《じまん》げに振り返り、ニヤリと笑ってそう言ってきた。

確かに、これは凄《すご》い。

大きさだけでなく世界でもまだ珍《めずら》しい魔力昇降機《エレベーター》があるだなんて。

それも三つもだ。この国の力と、その中で騎士団が有する多大な影響力《えいきょうりょく》が窺《うかが》える。

しかし――。

「すみません。それよりもさっき言っていたのって……」

「ん？　さっきかい？」

「はい。あの……スカウトがどうたらって」

「ああ、それのことか！　あれ、話は――いや、まあ今は細かいことは置いておくとして、それよりもだ。いやぁーこれはすまなかったね、僕一人で勝手に話を進めてしまってさ」

少年は顔の前で両手を合わせると、眉《まゆ》を八の字にしてみせた。

「とにかくだ。僕はオイコット王国第六騎士団、団長のジンだ。残念ながら試験は失格になってしまったことだし、ぜひ特別枠のうちに来てくれないかい？　ってことさ」

「……え。あの、それってつまり」

「うん。君さえよければ、うちの第六騎士団に入団できるってこと。試験を受けていたくらいだし、騎士になりたくないってことはないんだろう？」

「っ⁉　も、もちろん嬉《うれ》しいお誘い――って、だ、団長ですかっ⁉」

あまりにあっさりと言われたものだから、つい流してしまいそうになった。

だが、このジンと名乗った少年の口から〝団長〟の二文字が出たのは間違いない。

「まあ一応ね。本当に小規模な騎士団だから、偉くもなんともないんだけど。他の団とは違って、ただのお飾《かざ》り――雑務担当の役職名に過ぎないさ。はぁ、いっつも団員からは面倒事を……」

「あっ。な、なんかすみません……」

団長と聞きびっくりしてしまったがために、いらぬ心理的ダメージを与えてしまったみたいだ。これ以上、この話を深掘《ふかぼ》りするのはやめておこう。

俺のせいで重い足取りになったジン団長に続き、魔力昇降機《エレベーター》に乗り込む。

もうオイコット王国の騎士になるチャンスはないと思っていたから驚いたな。

まさかこんな幸運に恵《めぐ》まれるなんて。不幸中の超《ちょう》幸いだ。

「それにしても気配の消し方――魔力制御《せいぎょ》技術には目を疑ったよ」

扉が閉まると、気を取り直した様子のジン団長が感心したように俺を見上げた。

聞くと、試験を見ていた彼は気配を消して暴れ回る俺を目で追っていたらしい。

さっきの今で、すでに思い出したくもない忌々しき黒歴史になっているが、あれのおかげでスカウトされたと言うのなら、少しは救われる……かもしれない。

「君のあの技術を見て確信したね、欲《ほ》しい人材だと。だから僕としてはぜひ、えー……」

「あ、すみません。申し遅《おく》れました。テオルと言います」

「うん、テオルには入団してもらいたいところなんだけど、改めてどうかな？」

当初の望み通り、興味のある職業に就《つ》けるのだ。

この上ない話である。安定した収入も確保でき、幼い頃の憧れだった騎士になれる。

もちろん、断る理由などどこにも見当たらない。

「ぜひ、よろしくお願いします！」

「良かった。よし、じゃあよろしく。っと、その前に一つだけお願いがあるんだけど……」

人生の新たな門出に胸を躍《おど》らせていると、ジン団長は人差し指を立てた。

同時にチーンと音が鳴り、魔力昇降機《エレベーター》の動きが止まる。

扉が開くとそこは、魔法障壁《しょうへき》で壁《かべ》が強化された――人気《ひとけ》のない地下訓練場だった。

「他にいる三人の団員のうち、今日来てた一人が新しく誰かを入れるのは反対だって言ってね。納得させるために彼女と手合わせをしてほしいんだ。僕の見立てではテオルなら大丈夫だと思うけど、念のために実力を披露《ひろう》するってことでさ」

魔力昇降機《エレベーター》を降りると団長はただ一人、訓練場の中央で腕を組んで立っている少女に目を向けた。

腰《こし》まで伸《の》びた青髪に同色系統の瞳、整った顔の美しい少女。年は俺と同じくらいで、スラッと伸びた肢体《したい》に、強い意志を感じさせる眼差《まなざ》しが印象的だ。一見冷たい印象を受けるが、世に言う美少女に分類され――なんかめちゃくちゃ睨んできてないか？

「あれ。あの人……」

鋭い刺すような目つきは置いておくとして、見覚えがあるような気がする。

強い感情を孕《はら》んだ目力を除けば、どこかで会ったことがあるような……。

彼女の下へと進む団長の後に続き、訓練場中央へ行く。

すると腰に手を当てた少女は、眼前にやってきた団長にぐいっと詰《つ》め寄った。

「ジン！　いきなり団員を増やすって出ていって一体どういうつもりよ⁉」

「仕方ないじゃないかリーナ。急に良い人材を得られるチャンスが来たんだからさ。まったく……あいつももっと早く教えてくれたら良いのに。ほんと、困ったものだよ」

「っ！　団員は四人で決まり。あんた、前にそう言ったわよね⁉」

リーナと呼ばれた少女は、それから辺りをぐるりと見回し、訝《いぶか》しげに眉根《まゆね》を寄せた。

「それで――結局、誰も見つからなかったってことでいいのねっ？」

「いや、もちろん逸材《いつざい》がいたよ。君も見たら絶対に納得すると思うんだけどなぁ」

「なっ……何よそれ！　そんなの私がこの目で見てから決めるわ！　で、そいつはどこよ⁉」

団長は飄々《ひょうひょう》とした態度で楽しそうに話しているが、どうやら俺はあまり歓迎《かんげい》されていないらしい。

面倒なことになりそうだったのでつい気配を消してしまっていたので、意識的に存在感を強める。

「──ここだ」

「ひぃっ!? なっ、なによ!? あ、あああ、あんたっ。今、どこから! ──って」

彼女には突然、俺がどこからともなく現れたように見えたのだろう。

びくりと跳ね上がると、顔を引きながら目を丸くした。

そうして目が合うとすぐに、リーナはハッとした表情に変わる。

口調や態度など、受ける印象が正反対だったので他人の空似──はたまた対照的な双子か何かだと思いたかったが、この反応……やっぱりそういうことか。

「あぁー!! あ、あんたっ、あの記念受験の!!」

「あれ? 君たち知り合いかい?」

「私が受付の手伝いをしてた時に来たのよ、こいつが! 迷惑この上ない受付時間ギリギリに」

「……団長、一応そういうことです。……はあ、やっぱり同一人物だったのか。顔つきも言葉遣《ことばづか》いも全く違うから別人だと思ったんだけどな……」

「何よ!? せっかく人が頑張って猫被《かぶ》ってたっていうのに! あれでも仕事だから愛想《あいそ》良くやれってことで努力してたのよ!? なんか文句あるっ……!?」

そう。団員だと言う彼女──リーナは俺を担当してくれた受付嬢、その人だったのだ。

本人が言うようにあの時は猫を被っていたらしく、受ける印象がまるで違う。

口の動かし方ひとつ取っても別人のように思える。

とはいえ、あの時は俺のことを〝記念受験〟だと思っていたらしいが、業務とは別に怪我をしないようにと心配してくれたのだから決して悪いやつではないのだろう。

「ははっ、結構気が合ってるじゃないか」

「「いや、どこが」」

揶揄《からか》うような団長のセリフに、リーナと発言が被った。

顔を赤くして、ぎろりと睨まれる。

「ほら、やっぱり。で、リーナ。君が手合わせに勝ったら入団は認めないと言うんだろう？」

「もちろんよ！　なんでジンがこいつを買っているのか知らないけど、弱い奴はうちにはいらないし、と、とにかく！　私は団員を増やすのに納得がいかないのよっ」

「わかった。じゃあ約束通り、新たな団員を迎《むか》え入れられるかどうかは君との手合わせで決めよう。その代わり、君が負けた場合の反論はなし。団員同士には仲良くやってもらいたいから、当分の間、テオルにいろいろと教えてあげる指導係になってくれ」

「ふんっ、まあ細々した条件は別にいいわ。万が一、私がこの弱そうなのに負けた場合の話なんて。ほら、さっさとやって入団を取り消すわよ」

ジン団長とリーナが次々と話を進める。

なぜ彼女がここまで俺の入団を嫌《いや》がるのか。

いまいち判然としないが、とにかくだ。

手合わせに勝利し、リーナを納得させられなければ入団はできないということらしい。

団長は俺なら大丈夫だと思っているみたいだけれど、一対一の手合わせ――相手と面と向かって戦うのはそもそも俺の領域ではない。

それにリーナはこの国の騎士だし、立ち姿から感じるオーラからもかなりの強者と見て間違いはないだろう。隠《かく》されることのない剥き出しの覇気に、腰に携《たずさ》えている鞘《さや》から感じる膨大《ぼうだい》な魔力。

果たしてできるのだろうか。

「テオル、頑張ってくれよ？」

「……はい。頑張ります、全力で」

不安は残るが、決意を固め俺はリーナと一戦を交えることになった。

騎士になるため、入団するために必要なことなのだから持ち合わせている力を使って全力で勝利をもぎ取りにいくしかない。

一度はやらかし、試験を失格になった身だ。

存分にチャンスを活かすとしよう。

◆　◆　◆

一通り準備を終えると早速距離を取り、俺たちは他に人がいないこの訓練場で手合わせを始めることになった。

「よし、じゃあ始めようか！　二人とも準備はいいかい？」

審判《しんぱん》を担当するジン団長が、俺とリーナの中間に立ち意気揚々《ようよう》と尋《たず》ねてくる。

「はい」

「ええ、いつでもいいわよ」

返事をするとどこかワクワクした様子で、団長が挙げた手を素早《すばや》く振り下ろした。

「では、始めッ――!!」

勝負、開始。

その刹那《せつな》、リーナの纏《まと》う空気が変化する。

腰に差した鞘から抜いたのは、美しくも妖《あや》しい刀。

黒い刀身を光らせながら、禍々《まがまが》しい膨大な魔力を発し突風《とっぷう》を巻き起こす。

「血鬼神降剣《けっきしんこうけん》――〈暗黒童子《あんこくどうじ》〉!」

リーナは刀を持ち上げ指を小さく切ると、刀身に自らの血液を伝わせ、ゆっくりと瞼《まぶた》を閉じる。

轟々《ごうごう》と鳴り響く風の音。

血濡《ちぬ》れた刀は赤黒く変化する。

噂《うわさ》に聞いたことがあった。神になった太古の鬼《おに》を降ろし、圧倒的なまでの力を得ることができる刀術があると。……おそらくこれが、その刀術だ。

「一瞬でわからせてあげるわ。あんたが実力不足だってこと」

「っ!?」

次の瞬間、リーナが目を開けると透き通った青だった瞳が真っ赤に染まっていた。

そしてその緋色《ひいろ》が今、俺の目と鼻の先に迫っている。

予想外のパワー型。強化された肉体の、ふざけた脚力《きやくりよく》が可能にした超高速移動。

単純な力で繰《く》り出される技は、たとえどんなものであろうと注意が必要だ。

馬鹿正直《ばかしようじき》に正面からやり合おうとするのは得策じゃない。

そう判断し、後方に跳《と》んだ俺は瞬時に得意の魔法を展開する。

「闇魔法〈存在隠蔽《いんぺい》〉」

すると何もなかった俺の背後の空間に突如《とつじよ》として闇が出現。

宙に浮く深い闇は、大きく口を開き俺の身体をがぶりと飲み込んだ。

そして極限までその存在感を薄くしてくれる。

「――!? 消え……た？」

目を瞠《みは》り、足を止めるリーナ。

それもそのはずだ。入団試験でも使った魔力制御とこの闇魔法〈存在隠蔽〉を二重使用し、俺は現在完璧《かんぺき》に気配を消している。

リーナには突然、俺が目の前から消えたように見えただろう。

彼女は刀を握《にぎ》りしめると途端《とたん》に周囲に目を走らせ警戒し始める。

俺はそんな様子を、ゆっくりと歩きながら観察していた。

身体が闇に馴染《なじ》み、存在が希薄になっていく不思議な感覚。

意識を深い泥沼《どろぬま》に沈《しず》めていくイメージだ。

……よし、ハマった。

こうなってしまえばもう、いくら動いても風を切る音すらせず、大概《たいがい》の相手には看破されない。それは世界から俺の存在が完全に消失したことと同義。言ってしまえば、幽霊《ゆうれい》も同然の状態だ。

「おーこんなことも……。凄いなぁ、本当にいなくなったみたいだ」

緊迫《きんぱく》した空気の中、審判を務める団長の感心したような呟きが聞こえてくる。

幼い頃から父さんに仕込《しこ》まれた気配の消し方。

これのせいで叔父のゴルドーたちに難癖《なんくせ》をつけられた。

何もできない。仕事をサボって逃げ出した、と。

けれどまあ、これでも一応自信がある俺の立派な特技の一つである。

同業者からも見破られないくらいの。

「あいつ……どこいったのよっ⁉」

リーナは刀を正中線に構え、僅かな焦《あせ》りを見せながら四方八方に体を向けている。

この様子では暗殺者との戦いに慣れてはいないようだ。

だが、すぐに打開の一手を決めたのか、表情から焦りが消え失せた。

冷静沈着《ちんちゃく》に、ペースを乱さず着実に接近して行っていた俺はそこでぴたりと足を止める。

──その時。

「呪剣《じゅっけん》……〈物淋《ものさび》し斬《ぎ》り〉ッ！」

勢いよく彼女が刀を横一閃《いっせん》に振り、回転した。

全方位に円形の斬撃《ざんげき》――魔力によって飛ばされた剣撃が広がるように飛んでくる。

とんでもない速度に不吉《ふきつ》な予感。

リーナが放った未知の攻撃《こうげき》に、「よっと」とタイミング良く跳躍《ちょうやく》している団長と同様に、俺は高く跳んで回避《かいひ》することを選んだ。

しかし。

「連撃ッ！」

リーナもまた、垂直に高く跳びながら先程の斬撃を何度も飛ばしてきた。

空間に生じた幾層《いくそう》もの斬撃は、訓練場内の空間を埋《う》め尽くすように広がる。

そして例に漏《も》れず――今、俺の下へも達《たっ》しようとしている。

くそっ、ここまで連発できる技だったとは……。

完全に予想外だ。甘《あま》く見ていた。

彼女の手強《てごわ》さはかなりのものだ！

「闇魔法〈深淵剣《しんえんけん》〉」

体を捻《ひね》りなんとか全ての斬撃を躱《かわ》そうとしたが、最後の一つは厳しかった。

いくら気配を消していても、攻撃に触《ふ》れると流石にバレてしまう。

だからこの手は避けたかったけれど、仕方がない。

何もない空間から揺《ゆ》らめく漆黒《しっこく》の剣を取り出し、俺は迫り来る斬撃を打ち払った。

「見つけたわ！　――そこッ!!　呪剣《じゅつけん》〈陰々滅々斬《いんいんめつめつざん》〉!!」

リーナが視界の端《はし》で起きた事象を見逃《みのが》すことはなかった。

凄《すさ》まじい反応速度で、すぐさま次なる技が繰り出される。

彼女の声が耳に届いた直後、俺はハッと息を呑《の》んだ。

「……!?」

さらに速度と威力《いりょく》が上がった斬撃が、すでに眼前にあったのだ。

ここまでの相手は久しぶりだ。技の構成から何まで、おそらく並の剣士や魔法師が十数人束になって挑んでも彼女には敵《かな》わないことだろう。素晴らしい。

入団できるように頑張るのはもちろんだ。

しかし、ただ素直《すなお》に楽しい。この壁を越えてみたいと。

ギアをさらに一段階上げ、手に持った深淵剣《しんえんけん》で斬撃を払う。

すると突如、滑《なめ》らかな動きで静閑《せいかん》だった斬撃が——変容した。

いきなりの轟音《ごうおん》と共に猛烈《もうれつ》な爆風《ばくふう》に俺は襲《おそ》われる。

「ふんっ、これで終わりよ！」

「——なるほど……精神干渉《かんしょう》か！」

この斬撃は他の物体と触れた瞬間に爆発《ばくはつ》を起こすみたいだ。

それと同時に、接触《せっしょく》した敵の精神を侵《おか》す効果を持っている。

発現した白い魔力が身体に纏《まと》わりついてくる。

魔力は精気を吸い、対象を混乱状態に陥《おちい》らせる類のもののようだ。

まったく、またかなり面倒な技だな……。

パワー一辺倒《いっぺんとう》ではなく、繰り出される技はトリッキーときた。

凄まじい勢いで精気を吸い出していく魔力への対応に追われ、爆発によって発生した暴風により吹き飛ばされた俺はそのままの勢いで壁に打ち付けられる。

「かは……っ」

訓練場内は魔法障壁が張られ、施設が壊《こわ》れないように保護されていた。

だが——それが今、破れたのだ。

背中に受けた魔法障壁を壊すほどの衝撃《しょうげき》に、意識が遠のく。

訓練場の壁は激しく破壊《はかい》され粉塵《ふんじん》が舞《ま》っていた。

「早く降参しなさい。このままだと最悪死ぬわよ？」

勝利を確信したようなリーナの声が鼓膜《こまく》を揺らす。

俺が負けを認め、彼女に技を解いてもらわない限り死に至る……か。

体内に侵入《しんにゅう》してきた白い魔力によって俺の精神は蝕《むしば》まれる。

そしてやがて全身の筋肉は弛緩《しかん》し、苦しみ発狂《はっきょう》しながら死んでいくのだ。

つまり現在、手合わせの勝敗だけではなく、俺の生き死にはリーナに握られている。

……そんな風に思っているんだろうな、彼女は。

だから自信満々に降参を進めてきた。

しかしリーナには悪いが、当の俺は土煙《つちけむり》の中で立っていた。

「なっ……無傷!?　そ、そんなはずは……っ」

深淵剣《しんえんけん》を振って風を起こし、視界を晴らす。

「もしかして精神攻撃無効化の魔導具……？　いえ、確かに発動した手応《てごた》えはあったはずよ！」

「それは、この深淵剣《しんえんけん》に対して発動したんだ」

「……えっ？」

「これはあらゆる攻撃を引き寄せる効果を持った、防御《ぼうぎょ》特化型の剣――そして一つの生命体でもあるからな。精神干渉はこの深淵剣《しんえんけん》に発動したんだよ」

飼い慣らした、闇魔法に分類される俺の固有魔法だ。

と、発動したはずの精神攻撃が剣に向かった理由を説明する。

「ちなみに迫ってきた攻撃をこの剣で切れば、威力をある程度までは完全に殺してくれる」

できる限り避けたいが、正面対決になった場合はこれを使って策を練る。それが俺が最も慣れた戦闘《せんとう》スタイルの一つであり、今回初見の技に痛手を負わずに済んだ理由でもあった。

「はぁ？　ちょ、ちょっと待って。なによ、それ……」

だが、話を聞きリーナは明らかに不機嫌《ふきげん》になってしまった。

自分では結構良い戦いができていると思っていたが、彼女には期待外れだったのだろうか。

立ち回りが……悪かった？

もしかすると深淵剣《しんえんけん》の性能の話かもしれない。

何しろ精神干渉を主とする攻撃だったためか、そこまで威力がなかった先程の彼女の一撃。

あの倍の威力もあれば、深淵剣《しんえんけん》は耐えきれずに簡単に貫通《かんつう》されてしまうのだ。

「あ、いや。一応他にも念のために保険として――」

「そんなの、いくら戦っても無理じゃない」

……ん？

言い訳がましいにも程がある。そう心得た上で少しでも認めてもらえるように他の技もアピールしようとしたら、リーナの口から出てきたのは予想外の言葉だった。

「え？　あっ、あぁ……ん？　いや、だからもっと威力の高い攻撃がきた場合は……」

「あーもうっ！　さっきのが私の最大火力だって言ってるのよ‼　だから、あんたに届く前にその剣に葬《ほうむ》られるって言うなら、どうしろってのよ⁉」

リーナは地面を蹴《け》ると、剣を鞘に戻し乱暴に頭を抱えた。

膝から崩れ落ち、瞳の色が青に戻る。

もしかして俺の気を抜かせるための芝居《しばい》では。そう疑うが、どうやらそうでもないらしい。

彼女は乱れた髪でぐったりと項垂《うなだ》れている。

いまいち釈然《しゃくぜん》としない終わり方だったけれど、俺の未熟さに怒《おこ》っているわけでも失望しているわけでもない、ということはだ。

「あぁ……。じゃあ、俺の勝ちで……？」

「──ひ・き・わ・け！　私が降参してないんだから、引き分けよ！　入団も認めるし教育係もやるから、入団は今日じゃなくてまた後日にしてちょうだい！　ね、それでいいわよねっ？」

いや、なんでだよ。

まあ入団を認めてくれるなら別にいいんだが。

どうも発言の後半、「入団は後日」と言った部分が気になる。

これはどうしたらいいんだ？

目を向けると、こちらに歩いてきている団長も怪《あや》しむような視線をリーナに向けている。

それに気がつきリーナはというと……あっ、目を逸らした。

「団長、こう言ってるんですけど……とりあえず手合わせは終了ってことでいいですか？」

「うん、そうだね。リーナももうこんな感じだし」

念の為《ため》に団長に確認をしてから、俺は発動していた魔法を全て解除することにした。

まずは手に持っている漆黒の剣が消える。

そして次に、俺自身も靄《もや》となって消えた。

「へ？　ジ、ジンっ……あいつ、また消えたわよ⁉」

「──いや、ここにいるぞ」

「きゃあっ⁉」

いきなり後ろから聞こえてきた俺の声から逃げるように、またもやリーナは肩を跳ねさせ、今回はバタリと前に倒れ込んだ。

何度も驚かせる形になってしまい少々の申し訳なさを感じるな。

「やっぱりそこにいたんだね」

「あ、団長には見破られてましたか？」

「いや。急に君が無防備に剣の説明をするものだからさ、これはもしかしてって思ってね。確信はなかったんだけど、最善はどこか考えていたから。でもやっぱり君の気配の消し方は凄いなぁ……あまりにどこにいるかわからなかったから、さっきまでいた君が本物だと信じかけたよ」

相手が暗殺者の戦い方に慣れていないリーナ一人だけだったので、そこまで手の込んだ位置どりをしていなかったとはいえ考察だけで場所を特定されていたのか。

かなり頭が切れる人だな。

しかし、技術を褒《ほ》められるのはなんだかむず痒《がゆ》い経験だ。

「な、何がどうなってるのよ……」

「リーナ。君がさっきまで話していたのはテオルが生み出した幻《まぼろし》じゃないかな。途中《とちゅう》まで僕もまんまと騙《だま》されていたから、場にいる全員が対象の少し変わった魔法なんだと思うけど……合ってるかい？」

呆然《ぼうぜん》とするリーナに解説をしてくれた団長が、俺に確認してくる。

「はい。会話で時間を稼《かせ》いで視野外から一撃で決めようと思っていたので」

あの時、俺は深淵剣《しんえんけん》でリーナの斬撃を払うと、爆風によって実際に壁に打ち付けられた。

だが深淵剣《しんえんけん》が喰《く》った彼女の攻撃が精神干渉系だと分かった瞬間、この次の一手が攻めに出る絶好のチャンスになるのでは、そう睨んだのだ。

壁にぶつかり背中は痛かったが、土煙の中で手印を結び〈幻想演劇《げんそう》〉という闇魔法を発動。

周囲の一定範囲《はんい》内にいる全ての者に多種多様な幻を見せることができるこの魔法を駆使《くし》し、もう一人の自分を浮かび上がらせた。

その間に再び気配を消した俺本人は、リーナの背後に回り込み彼女の気が抜ける機会を窺っていた——のだが、その前に手合わせ自体が終わってしまったからな。こうなったわけだ。

「は、ははは……。な、なによ、それ……」

リーナが顔を引き攣《つ》らせ、乾《かわ》いた笑みをこぼす。

そしてむしゃくしゃと立ち上がると、彼女は言った。

「あーもういいわ！　私の完敗で。もう勝手にしなさいよっ！　こんな化け物、初めて見たわ」

「おおっ！　ありがとう。じゃあ入団は……！」

「あ。や、やっぱりちょっと待って！　じ、実は——」

「うん、問題なしってことでひとまず決定だね。じゃあ改めてテオル、ようこそオイコット王国第六騎士団へ。君も今日から僕たちと同じ騎士の一人だ。これからよろしく頼むよ！」

リーナが敗北を認めてくれたことで、俺は無事、騎士になれることになった。

口角を上げる団長の横で、何かを言おうとした青髪の少女。その姿は気がつくとなくなっていた。

その後、事務室のような場所に移動し、団長に説明を受けながら諸々《もろもろ》の手続きを済ませていく。

こうして、俺の騎士生活が始まったのだった。

◆　◆　◆

「――次の当主はルドちゃんに決まりね！」

ガーファルド家の屋敷の一室。

テオルの叔父であり現ガーファルド家当主のゴルドーは、妻のフレデリカと共に悦《えつ》に入っていた。

これでもう、兄の倅《せがれ》で本来は嫡子《ちゃくし》にあたるテオルはいなくなった。

忘れ形見とでもいえる者が家を継ぐ可能性を排除し、なんとしてでも自分たちの息子《むすこ》を跡取《あとと》りにしたい。ゴルドー夫妻は、これがガーファルド家の未来を考えれば当然の判断だと思っている。

結果を見れば、策略は全て上手くいったと捉えられるだろう。

「ああ。もう何の心配もいらない。しかし、難しい任務に同行させた瞬間に逃げ出すとはな。あの邪魔虫の無能さを思い知り、親父もさぞ失望したはずだ。思いの外簡単に説得できたからな」

「それはもちろん、ルドちゃんたちが立派に育ったからこそよ！　あいつとは違ってね」

「なんだ、そんなことは当たり前だろ？　なんせ、あいつらは俺とお前の子供なんだぞ」

「うふふ。そうね、あなた」

二人は笑みを交《か》わすと、豪奢《ごうしゃ》な部屋の中で高級酒を呷《あお》る。

「……に、してもだ。奴を追い出した途端に大きな仕事が入ってくるとはな。いい風向きだ」

「きっと、あいつのせいで私たちの運気まで下がっていたのよ！　あの、陰気《いんき》さときたら」

妻の言葉を聞き、ゴルドーは機嫌よく笑う。

そう。テオルが家を出てからすぐに、新たに大きな仕事の依頼が入ったのだ。

「はっ、何が『サポートはするが気に入らない殺しはしない』だ。簡単な仕事しかできない雑魚風情が、毎度毎度偉そうにほざきやがって！」

「本当よ。あの子たちの前では教育者面。私たちの前では偽善を振る舞って本当に気持ちが悪い」

「あの不健康そうな顔を思い浮かべるだけで腹が立つな！　まあだが、ひとまずこれで一安心だ」

「……そうね。暗にお義父さまもご理解を示してくださったのだし、これで私たちのルドちゃんが後継になることは確実だわ！」

自分たちの子供を誇らしく感じる。

今回受けた依頼の内容は、あるドラゴンを討伐し秘宝を持ち帰るというもの。

住処に潜入し、察知されずに強力なドラゴンを暗殺する。

決して簡単ではないが、この程度ならとルドとルウに向かわせることにした。

ドラゴンなどの他種族の暗殺依頼も特段珍しいことではない。

下調べを命じた使用人によると、これまでの二人の功績から考えるに問題はないそうだ。

「親父が死んだ頃に奴を戻してやるのもまた一興だな。もちろん、その時は雑用係として」

「ふふっ、もうあなたったら。あんなやつ、いくら使用人としてでもいらないわよ？」

「くくくっ、それもそうだな。奴にはああ言ったが元々使用人としてでも不要な男だ」

ゴルドーは今回の任務の成功を信じて疑わなかった。

子供たちがこれまで、自分たちの力だけで完璧に仕事をこなしてきたと思っていたから。

テオルが裏でどれだけのサポートをしていたのか。

何も出来ない〝邪魔虫〟と蔑《さげす》まず、彼の言葉に耳を傾《かたむ》けるべきだったのだ。

現場を離《はな》れ自分の利益ばかりを優先せず、冷静な判断を下して。

今はただ、ルドとルウの帰還を心待ちにしている。

悲劇が確実に、自分たちの下へ忍《しの》び寄っていることも知らずに。

二章　騎士《きし》としての在り方

騎士団宿舎。

柔《やわ》らかなベッドの上で、久しぶりの睡眠《すいみん》から目を覚ます。

昨日、俺《おれ》は正式にオイコット王国第六騎士団に入団し、晴れて騎士になった。

ジン団長に案内されてここにやって来る最中、俺が荒《あ》らしてしまった試験のその後を聞かされた。

どうやら、俺のいた第十八グループの全《すべ》ての希望者に再試験が認められたらしい。

他の受験者たちも本気で騎士になりたくて試験を受けに来ていたんだからな。

取り返しのつかない過《あやま》ちを犯してしまったと思っていたので、何とかホッと胸を撫《な》で下ろすことができた。


宿舎はどこぞの高級宿かと勘違《かんちが》いしてしまうほど豪華絢爛《ごうかけんらん》な外観をしている。

内装も同じように素晴《すば》らしく、どんな一室が与《あた》えられるのか期待を膨《ふく》らませていたのだが……団長に連れられた部屋の扉《とびら》を開くと、そこは当然のように物で溢《あふ》れかえっていた。

何やら隣《となり》の部屋の住人――リーナが無断でここを自分の物置にしていたようだ。

入団は反対、もしくは時間をおいてから。

そう言っていたのはこれを隠《かく》すためだったのだろう。

団長がリーナの部屋の扉を何度叩《たた》いても、手合わせ後に消えた彼女《かのじょ》が姿を現すことはなかった。

「せっかく広い部屋なんだから、早く片付けてもらわないとな……」

ベッドの上で体を起こし、室内を見渡《みわた》すと所狭《ところせま》しと木箱が積み重ねられている。

〈状態維持《いじ》〉の魔法《まほう》がかけられているため埃《ほこり》などは気にならないけれど、とにかく狭《せま》く感じる。

積まれた木箱によって形成された道を通り、俺は顔を洗いに洗面所へ向かうことにした。


そうこうしている内にようやく日が昇《のぼ》ってきた。

白い光が室内を照らし、爽《さわ》やかな朝の訪《おとず》れを報《しら》せてくれる。

三時間以上眠《ねむ》ったのはいつぶりだろう。久しぶりにスッキリした気分だ。

鏡に映る自分の顔はいつもの眠たげな目をしておらず、隈《くま》もかなり薄《うす》くなっていた。

今日は休日なので、自由に過ごしていいと団長に言われている。

まだ自分が暗殺者を辞め、騎士になったという実感を持てていないからな。本当に有り難い限りだ。今日くらいはのんびりと気を休め、気持ちを整理させてもらうことにしよう。

そう思い、俺は私服に腕《うで》を通して部屋を出た。

と、そのとき。

「「あ」」

ちょうど同じタイミングで隣室《りんしつ》の扉が開き、部屋から出てきた青髪《あおかみ》の少女と目があった。

「おはよう、リーナ。荷物を――」

「お、おはよう！　ちょうどいいから街の案内でもしようかしら？　ほら、いい天気だしっ！　私、あんたの教育係になった訳だしっ！　ね？　どうかしら」

「いや、それは確かに嬉《うれ》しい誘《さそ》いなんだがな。その前に荷物を運び出してくれないか？　ここの部屋、俺が使うことになったんだ」

「あっ、特別に私のお気に入りの料理屋も教えてあげるわ！　あそこは何回行っても飽《あ》きないぐらい美味《おい》しいから、本っっっ当ぉぉぉ〜は誰《だれ》にも教えたくないんだけど、あんただけに――」

「荷物を、運び出してくれ」

斜《なな》め上を見ながら一方的に話を進めようとするリーナに待ったをかける。

俺が何も言わなかったら、勝手に下手な口笛でも吹《ふ》き出しそうな勢いだ。

最後に強く、且《か》つ淡々《たんたん》と俺が再三の頼《たの》みをすると、彼女は決まりが悪そうに表情を固くした。

しばらく無言の状態が続き、視線が交差する。

それでも目を逸《そ》らさず粘《ねば》り強く待っていると、

「…………あぁ〜もう、わかったわよ！　わかったっ！　はいはい、今日中にやるから‼」

観念したのか、これ以上逃《のが》れようとはしなかった。

よし、言質《げんち》は取ったぞ。

「てか何よ⁉　逃《に》げ出そうと思ってせっかく早起きしたっていうのに、ここで鉢合《はちあ》わせって！」

「……に、逃げ出すつもりだったのか」

「休日なんだからもっと寝《ね》てなさいよね！　それなのにあんた、こんな時間に起きてて」

なんか俺が悪いみたいになってるし。

大体リーナがこの時間に部屋を出て行って、俺が遅《おそ》くに起きていたら無駄足《むだあし》になるところだったじゃないか。

「この時間に起きたおかげで、誰もいない部屋の前で一日中張り込まずに済《こ》んだんだ」

「はっ？　いや、えー……は？　いやいやっ、あんた張り込みって……なんかあっさりヤバい本性現してくれるわね⁉　しょ、正直言いにくいけど……それは流石《さすが》に怖《こわ》いわよっ⁉」

「そのくらいのことってことだ。他人の部屋を物置にするってのはな」

「うっ……。そ、そう言われると、私には何とも……言えないけど……」

ドン引きから一転、ぎくりとするリーナ。

そんな疚《やま》しさがあったなら初めからするなよな……。

「じゃ、じゃあ、街を案内するから早く行きましょ？　どうせ私も暇《ひま》だし」

「いや、まずは荷物をだな――って、案内してくれる話、本当だったのか？」

「まあそれは……元から考えてたことだから。一応あんたの面倒《めんどう》を見るってことだし。戻《もど》ったら荷物は少しずつ私の部屋に移すから！　ほらっ、とにかく今は、人出が増える前に行くわよ」

少し強引《ごういん》に腕を掴《つか》まれ、廊下《ろうか》を進む。

どうやら俺の教育係を請《う》け負ってくれるという約束は、有効だったみたいだ。

先を行く彼女の表情は窺《うかが》えないが、これも慣れない環境《かんきょう》に来たばかりの俺に対するリーナなりの優《やさ》しさなのかもしれない。

まあ単に荷物運びが面倒くさくて、後回しにしただけなのかもしれないけど。

荷物のことは一度端に置いて、今はありがたく街を案内してもらうとするか。

◆　◆　◆

「ここが大図書館ね。歴史から魔法、一般《いっぱん》に流通してない希少な書物まであるわ。騎士ならいつでも利用できるから、調べ物にはもってこいよ。……ま、大半の騎士は暇があっても使わないけど」

街の中心地にある神殿《しんでん》のような建物。

その前をリーナの説明を聞きながら通過する。

まだ時間が早いため現在の人通りは少ないが、もう少しするとこの辺りは王国でも指折りの賑《にぎ》わいを見せるらしい。通りには多種多様な店が軒《のき》を連ねている。

「あっ、あそこは最近人気のカフェね。でも、今日のお昼は私のおすすめの店にするわ。これだけは、本当に他言無用で頼むわよ？」

リーナは街の様々な場所を教えてくれた。

誰かに何かを教わるのも、街をこんなにゆっくり見て回るのも、かなり久しぶりのことだ。

日が高くなり少しずつ人の出が多くなってくると、昼食をリーナの行きつけの店で挟《はさ》む。

暗殺者時代は自由に使えるお金が少なかった。

自由にお金を使える時間もなかった。

家を出てきた時、持っていたのはかつて地道に貯《た》めていた貯金、硬貨《こうか》数枚だけ。

手持ちのお金が少ないとはいえ、今も手元に少しは残っている。

だが、宿舎を出る時に一銭も持ってこなかったので「しまった」と思ったが、そんな俺にリーナは快く奢《おご》ると言ってくれた。

「本当にいいのか？　この店、見たところ安くはないだろ。別に俺だけ外で待ってても――」

「このくらい別にいいわよ。あんたも給金が出たらわかるだろうけど、私たちってそこそこ貰《もら》えるのよ？　服とか雑貨以外に使い道もないし、とにかく私がいいって言ってるんだから大人しく奢られてなさい。はい、これでこの話は終わり！」

リーナはパチンと手を合わせて話を強制的に終《しゅうりょう》了させると、店員に声をかけ料理を注文し始める。

結局、昼食はご馳走《ちそう》になり、俺たちは店を出ると散策を再開することになった。

数時間かけ、王都を訪れた旅人たちに人気の観光スポットや、この街に住む人々が生活の中で利用する巨大市場《きよだいいちば》、子供たちが遊ぶ美しい噴水《ふんすい》が目印の広場など、色々な場所を巡《めぐ》った。

「数年ぶりだよ、こんなにのんびりした時間は」

「へ？　あんた、今まで一体どんな環境にいたのよ……」

「まあ、ちょっとな」

「ふーん」

骨の髄《ずい》まで染《し》み込んだ暗殺者の掟《おきて》。

そして俺自身の性格的にも、自らを深く話すことはまだできなかった。

自分というものを語るのに、拭《ぬぐ》いきれない強い忌避《きひ》感がある。

しかし暗殺任務とは離《はな》れた場所で築かれた初めての人間関係。

その素っ気ない返事が心地《ここち》良い。

「うちの騎士団はみんな自分の意志で在籍《ざいせき》してるから、抜《ぬ》けるのは自由よ。それぞれ目的があって、ジンにスカウトされて騎士になった。だからあんたも気楽にやるといいわ」

「ああ」

「案外人間ってどこでも生きていけるから。といっても、あんたに目的があるかは知らないけど」

そう言って、リーナが顔を覗《のぞ》き込んでくる。

目を細め、浮《う》かべられているのは明るい笑顔《えがお》。

闇《やみ》に潜《ひそ》み人を暗殺してきた俺には、その笑顔が眩《まぶ》しすぎて、思わず顔を逸らしてしまう。

目的があって騎士になったという彼女。俺の目的は人を護り、知らない世界を知るというもの。

そうだ、騎士になることそのものが目的だったのではない。

無事に騎士になれて喜びを覚えたが、まだ何も目的は達成されていないじゃないか。

重要なことは俺がこれから騎士として何をするのか、何ができるのかだ。

主に王都の中心区を一通り巡り終え、俺たちは宿舎のあたりに戻ってきた。

出発時にはまだ白かった空が、今はもうすっかり赤く染まっている。

夕暮れ時、太陽が沈《しず》もうとしていた。

これから夜に向け、王都の一部の地域はまた別の顔を見せ始めるらしい。

「今日はありがとうな。楽しかったよ」

「そっ、そう。なら良かったわ。私も結構……その、楽しかったし」

宿舎を目指しながら一日の感謝を述べると、リーナは頬《ほほ》を夕焼けで赤く染め、そっぽを向いた。昨日はまだ、どんな人物なのか上手《うま》く掴めずにいたけれど、この一日で仲を深められたように思う。話が弾《はず》んだのも、しばしの無言が気にならなかったのも、きっと彼女の奥底《おくそこ》にある優しさ故《ゆえ》だったはずだ。

変に肩肘《かたひじ》を張ることもないし、これから騎士団の仲間として上手くやっていけそうだな。

「テ、テオルさえよければまた――」

「？　なんだあれ」

「え？　あっ、ああ。あれは串焼《くしや》き屋よ。で、なんだけど、テオルさえよければまた……」

リーナが顔を向けた方にあった屋台。

そこから流れてくる良い香《かお》りに惹《ひ》きつけられる。

「………なに、食べたいの？」

時間的にお腹が減っていたこともあり、屋台を凝視《ぎょうし》しているとリーナがジト目で尋《たず》ねてきた。

「いや、そういうわけじゃ。ほら俺、いま一銭も持ってないし」

「はぁ……もう、わかったわよ。買って来てあげるから、ちょっとここで待ってて」

これ以上話の腰《こし》を折るのも悪い。手持ちがないのだから、ここは大人しく諦《あきら》めて、また次の機会に一人で買いに行こう。

そう思い咄嗟《とっさ》に返事をしたところ、遠回しに強請《ねだ》ったみたいになってしまった。

溜息《ためいき》を吐《つ》いたリーナが、俺が止める前に駆《か》け足で串焼きを買いに屋台へ向かう。

彼女は数人が形成している列の最後尾《さいこうび》に並んだ。

「しまった……申し訳ないことをしたな。なに礼儀《れいぎ》を欠いたことをしてるんだ……」

こうなったからには最初の給金が手元に入ったらリーナに何か恩返しをしよう。

自分の言動を反省し、心に決めたその時。

ふと、街の一角で盛り上がる集団が目に入った。

「うぉーすっげーっ！　あのおっさん、昼からずっと負けなしだぞ⁉」

「偶《たま》に惜《お》しいとこまではいくんだけどなっ！　にしても何連勝してんだよ‼」

「誰か、誰か俺の金を吸い取ったあいつに勝ってくれぇえええっ！」

一団の中央には大男の姿がある。

蓄《たくわ》えた髭《ひげ》が口元を覆《おお》う、かなり身長が高い熊《くま》みたいな中年だ。

何をしているのかと見てみると、強面《こわもて》の彼《かれ》に参加費の銅貨一枚を支払《しはら》い、腕相撲《うでずもう》を挑《いど》んでいるらしい。勝利すれば今までの挑戦者《ちょうせんしゃ》たちが払《はら》った参加費の全てを貰えるそうだ。

銅貨一枚はそこまで高くないが、それでも積み上がった賞金はかなりの額になっている。

あの木箱に入った硬貨の山を目当てに、次々と男たちが挑戦《ちょうせん》している。

「ふぅ……ぬんっ」

「──うおッ⁉」

その盛り上がりに気を惹かれ近くに行ってみると、ちょうどまた、果敢《かかん》な青年が敗北を喫《きっ》したところだった。

大男は観客たちを煽《あお》るように勢いよく腕を突《つ》き上げる。

「さあ次！　この大金が欲《ほ》しいバカどもはかかって…………なッ⁉」

箱にたんまりと入った硬貨をこれでもかと言うほど見せながら、大男は俺たちの方に目を向けた。

すると突然《とつぜん》、俺と目があった瞬間《しゅんかん》に彼は何故《なぜ》かギョッとした顔になり、瞼《まぶた》をヒクつかせる。

「な、な……」

「ようっし！　次は俺だぜッ、おっさん！　数時間前に挑んで負けたが、流石に疲《つか》れ始め──」

「だ、黙《だま》らんかッ！　えーいっ、きょ、今日はここまでだ……っ！　野郎《やろう》ども、散った散った‼」

見る見るうちに青くなっていく大男は、意気込《いきご》む次の挑戦者にそう言うと、そそくさと撤収《てっしゅう》の準備を始めた。

今、たしか俺の顔を見て……。

知り合い、ではないはずだ。

それに気配も充分《じゅうぶん》に抑《おさ》えているので、オーラなどから実力を看破されることはないだろう。

俺はきっと、どこからどう見ても、どこにでもいる街人にしか見えない……と思うんだが。

どうかしたのだろうか？

考えてみるが、適切な答えが出ることはない。

「――もう、待ってて言ったわよね？　はいこれ、買って来てあげたわよ？」

「あ、すまん。それにわざわざありがとうな」

顔の横にすっと肉串を差し出されたので、振《ふ》り返ると両手に串を持ったリーナが立っていた。

「ん？　なによこの人混み」

「あっ、なんかガタイのいい男が腕相撲をな……ってうおっ、これ美味《うま》いなっ⁉」

「本当ね！　確かに想像してたより美味しいわねっ！」

リーナに貰った肉串に有り難く齧《かじ》り付く。

口に入れた瞬間、シンプルな味付けながらジューシーな脂《あぶら》を感じた。

噛《か》むたびに広がる旨味《うまみ》に俺が感動していると、リーナも自身の分の肉を食べながら興奮したように目を輝《かがや》かせる。そして俺越《ご》しに腕相撲をしていた集団へと目を向け、首を傾《かし》げた。

「ガタイのいい男ってどこかしら？　私には一般人《いっぱんじん》ばかりいるように思えるけど」

「あれ？　さっきまでいたんだけど……あっ、もうあんなところに……」

見るとすでに大男の姿はなくなっていた。

あたりを見回すと、硬貨が入った木箱を肩《かた》に抱《かか》え、男は街角に走って消えていくところだった。

◆　◆　◆

騎士団宿舎に戻ると、リーナはすぐに俺の部屋から木箱を運び出してくれた。あまりに量が多かったので俺も手伝うことにしたところ、彼女自身の部屋が案外整っていたことが解せなかったが。

運搬《うんぱん》が終わり、木箱が積み重ねられ無事に立派な道が形成されたリーナの部屋の中で、彼女が伸《の》びをしてからふぅーと息を吐いた。

「やっと終わったわね。じゃあ、そろそろ行きましょうか」

夕飯はタダで利用できる宿舎の食堂で済ますつもりだったんだけどなぁ。

リーナが騎士たちに人気の酒場を紹介《しょうかい》してくれるという。

どんな場所なのか気にならないと言ったら嘘《うそ》になるので、俺は同行させてもらうことにした。

もちろん今回は自分のお金を持参してだ。いくら残り少ないとはいえ一食分くらいの金額はある。

今日の街案内で奢ってもらった分の一部だけでもリーナに返そうとしたが、それだと持ち金がなくなるだろうからと断られてしまった。

やはり初回の給金で食事かプレゼントを贈《おく》るとしよう。


酒場は宿舎から数分の場所にあった。

細い路地の先にある、雰囲気《ふんいき》のあるレンガ造りの建物だ。

「騎士ってのは随分《ずいぶん》と洒落《しゃれ》たところに来るんだな」

「まあ、相当な酒好きと美食好きに限った話よ？　ここ、結構値が張るから」

「……そ、そうなのか」

や、やばい。

大衆的な店を想像していたので驚《おどろ》いた。

今の所持金で足りるのか？

「大丈夫《だいじょうぶ》よ、足りなかったら私が奢るから。ほら、さっさと入った入った。もうお腹ペコペコよ」

お高そうな店構えに足が止まっていると、俺の考えを察したのかリーナに背中を押《お》される。

俺はまた、彼女に奢られるのか……。

自分の金欠具合が流石にそろそろ情けなくなってくる。

早くと急《せ》かされたので扉を開け、店内に入ろうとしていると――。

「おぉ？　おい、リーナじゃねえか。お前が一人じゃねえなんて珍《めずら》しいこともあんだな、へへっ」

後ろから声がした。

俺たちが揃《そろ》って振り返ると、そこには吊《つ》り目がちな赤髪の青年がいた。

首元がよれたシャツに、ポケットに入れられた手。かなり猫背《ねこぜ》の青年はニヘラと笑う。

「んだよそいつ。あれか？　お前の友達か？　彼氏《かれし》か？　下僕《げぼく》かあ？」

「げっ。ヴィンス……」

「うぉいっ、『げっ』ってなんだよ⁉　『げっ』って‼　オレ様がせっかく話しかけてやってんのによぉ、そいつはねえだろォっ！　失礼にもほどがあんな、ほどってやつが！」

「行きましょ、テオル」

顔を顰《しか》め、明らかに彼を煙《けむ》たがっているリーナ。

彼女は大袈裟《おおげさ》なリアクションを取る男にくるりと背を向けると、俺の背中に添《そ》えた手に再び力を加えた。

「ちょっ、おま、無視してんじゃねぇよっ⁉　別にお前がひょろい男がタイプでも何も言わねえし、ただのコミュニケーションだろっ、コミュニケーション！」

「――は、はあ⁉　た、タイプってなによ！　本当に意味わかんないんだけど⁉」

しかし、俺たちが店の中に足を進めると、ヴィンスさんも続いて店内に入ってくる。

彼の言葉を無視しきれなかったのか、リーナは猛烈《もうれつ》な勢いで振り向いた。

「それにね！　あんたは顔も出さずにほっつき歩いてたから知らないだろうけど、テオルは新しく第六に入ったのよ⁉　こう見えて強いから！　あんたよりも断然強いって私が保証するわ！」

ちょっとリーナさん。こう見えて、は余計だろ。

それになんで自分のことのように胸を張って言っているんだか……。

腑《ふ》に落ちないが、ヴィンスさんはカッと目を見開いている。

「んなッ⁉　おいおい、そんな奴《やつ》が第六にかよッ！　団長もついに血迷っちまったのか？」

「ヴィ、ヴィンス……あんたねぇ……っ！」

「だってそうじゃねえかよ！　雑魚《ざこ》は入れねえ方針だったろ⁉　忘れたとは言わせねえぞ！」

「だから！　テオルは弱くないって言ったわよね⁉　なんで人の話を聞かないで……」

ぐぎぎ、とリーナが苛立《いらだ》ちを見せる。

あまりの言われように俺も苦笑《くしょう》を浮かべるしかないが。

「この人も、第六騎士団の……？」

「ええ、まあ一応ね。命令がないと出勤さえしないバカだけど、残り二人の団員のうちの一人よ」

話の流れから気になったので、リーナに耳打ちで尋ねてみた。

するとやはり彼は俺の同僚《どうりょう》となった人物の一人らしい。

二人の間にはいまだに火花が散っているが、店先で長々と言い争いを続けるのも良くない。

それに同僚と不仲になって得することはないだろうし、ここは自分から歩み寄ってみるか。

「よろしくお願いします、ヴィンスさん。テオルといいます」

そう思って握手《あくしゅ》を求めてみたけれど、返ってきたのは冷たい視線だった。

「んだよ気持ち悪りィ。利口ぶった喋《しゃべ》り方すんじゃねえ」

「そうよテオル、こんなやつに」

「は、はあ……。じゃあよろしくな、ヴィンス」

「るっせぇ。お前みたいになよっとした奴がオレは一番嫌《きら》いなんだよ！　ほれ、さっさとどいた」

二人ともに言われたので距離《きょり》を詰《つ》めてみたが、差し出した手は叩かれてしまった。

ヴィンスは元からこの店で誰かと待ち合わせていたらしく、店の奥《おく》へ行くと、席に座《すわ》って骨つき肉を豪快《ごうかい》に食べている大柄《おおがら》な男に手を挙げた。その男性は——

「あれ？」

「ん、どうかした？　ほら、もうあんなやつ放っておいて、私たちも早く座りましょう」

「いや、あの人って……」

「……ああ、ヴィンスの師匠《ししょう》のガリバルトさんよ。ほら、〝雷鳴《らいめい》〟のガリバルト。結構有名だから、あんたも一度くらいは聞いたことあるんじゃない？　かなり名の通った傭兵《ようへい》よ？」

「えっ……あの人が、あの雷鳴《かい》なのか⁉　嘘だろ……」

すでに何杯《ばい》もの酒を飲み干し、真っ赤な顔で完全に出来上がっている男。

彼はちょうど、俺が街で腕相撲をしているところを見かけた、あの大男だった。

「待たせたな、ガリバルトのおっさん」

「おうヴィンス、遅かったじゃないかぁ～。今日も荒稼《あらかせ》ぎしたからよ、飲みまくるぞぉ～」

「へへっ、えらく気分が良さそうじゃねえか。どうせまた汚《きた》ねえ稼《かせ》ぎ方したんだろ？」

「ああ！　昼間っから腕相撲大会でボロ儲《もう》けだ！　やっぱああいう時は、適度に手を抜いて『勝てるかも～』って思わせないといけねぇな。これがコツよ。お前ぇも覚えとけ、いざというときに役に立つからなぁ～。さ、今日はヴィンスも好きなだけ飲め！」

かつて傭兵として名を馳《は》せた魔法師。

表舞台《おもてぶたい》から姿を消し、消息不明と言われている有名な人物に、まさかこんな場所で会えるとは。

腕相撲で小銭稼ぎをしているなんて、聞いていたイメージとはかけ離れているけれど。

「おっ、そうだヴィンス。さっきなあ、街でヤバそうな奴を見たから気ぃつけろよ？　一見すると人畜無害《じんちくむがい》に見えるが、あいつぁ化け物だ。隠しても儂《わし》の勘《かん》は誤魔化《ごまか》せねぇ」

「はあ？　んだよそれ。おっさんでも敵《かな》わねぇっつーのか、そいつとやり合ったら」

「おう。若い頃《ころ》ならどうなるかわからねえがな。とにかくだ、何が狙《ねら》いかわからんが……ぬ？」

雷鳴に会えたことに感動を覚えていると、トロンとした表情のガリバルトさんと目があった。

街で顔を合わせたとき、逃げるように消えていったことも気になる。

何か失礼を働いていたら申し訳ないし、せっかくだからな。軽く挨拶《あいさつ》でもしておくか。

「どうも。ヴィンスと同じ第六騎士団に――」

「お、おま、おっおま、お前ッ⁉　な、何故ここがッ――⁉」

ヴィンスたちが座る席に近づき、俺が声をかけた瞬間、ガリバルトさんが椅子《いす》から転げ落ちた。

さっきまでの酔《よ》っ払《ぱら》いはどこへやら、剣呑《けんのん》な顔つきで素早《すばや》く地面を後ずさる。

「ま、まさか‼　儂の命を狙って追って来たのか……っ⁉　くそッ、儂はもう現役を引退した身。どの差し金かは知らんが――た、頼むっ。どうか、どうか見逃《みのが》してくれぇええっ」

「……はい？　あの、それはどういう……」

「わ、わかるぞ。『何を馬鹿《ばか》げた命乞《いのちご》いを』と思っているんだろ⁉　だ、だがなっ、儂もこの余生を楽しんでおるんだ。だからどうか、どうかこの通りだ！　見逃してはくれまいか……っ？」

真っ青な顔で勢いよく額を地面に擦り、ガリバルトさんが土下座をする。

その騒《さわ》がしさに、他の客たちから向けられる奇異《きい》の視線。

時間的になのか、まだ客入りが少ないとはいえ、だ。


なんなんだこれは⁉

「やっぱり、ガルバルトさんにはわかるのね……」

後ろでリーナが「実力を見抜《みぬ》く」とかなんとか、顎《あご》に手を当て呟《つぶや》いている。

何に思案を巡らせているのか気にならないと言えば嘘になる。

しかし、今はどうでもいい。

とにかく……なんなんだ、この状況《じょうきょう》は！

◆　◆　◆

「ハハハッ。いやぁ～驚かせてしまったか、すまんすまん。それにしても我ながら迫真《はくしん》の演技だったわ……ぬはっ、ぬははは」

机を囲んで椅子に座ると、ガリバルトさんが大きな声で笑った。

彼はジョッキを傾《かたむ》け一息に酒を飲み干し、俺たちに対して顔を寄せるように前屈《まえかが》みになる。

「迷惑《めいわく》をかけてしまったからな。今日は儂の奢りだ、気にせずじゃんじゃん頼んでくれ！」

「あ、ありがとうございます……」

「金はたんまりとあるからな！　兎《と》にも角にも、年甲斐《としがい》もなく調子に乗りすぎた。も、もちろん本気でビビってなどはいないが……ジョークで、ジョークでなっ？」

あの後、俺はガクガクと震《ふる》えるガリバルトさんに「何もする気はない」と伝えた。

かなり怯《おび》えているようだったので心配したけれど……話を聞いたところ、あれは彼なりの冗談《じょうだん》だったらしい。

いきなり巻き込まれたのだ。

こっちの身にもなってほしいと思うが、結果的に俺とリーナも成り行きでガリバルトさんに奢ってもらえることになったので、まあ水に流すとしよう。

店員から次の一杯《いっぱい》を受け取り、ガリバルトさんは何故か震える手でジョッキを傾ける。

「ちと、儂の演技が上手すぎたな」

どこかぎこちない笑顔を浮かべ、何度かそう独りごちている。

それを見て、俺は隣で料理に舌鼓《したつづみ》を打っているリーナに小声で話しかけた。

「何事かと思ったけど、結局冗談だったんだな」

「いや、どうせ弟子《ヴィンス》の前だから恰好《かっこう》つけてるだけよ」

「……え？」

「ほら、この人は踏《ふ》んできた場数が桁違《けたちが》いだから。多分あんたの強さを垣間《かいま》見《み》て、本気でビビってたんじゃないかしら？　私には到底《とうてい》わからない領域だけど、冗談じゃなくて本気だったのよ」

幸せそうにステーキを頬張《ほおば》るリーナから、予想外の言葉が返ってくる。

「いやいや、そんなわけないだろ。あの〝雷鳴〟が、だぞ？　いくらなんでも……」

「それはどうかしら。ほら、見てみなさいよ？」

リーナが向けた視線の先で、ガリバルトさんはヴィンスと言い争っている。

「んだよおっさん。雑魚相手に冗談なんか飛ばしやがってよぉ。舐《な》められたらどうすんだ⁉」

「お前、わっ、儂が本気であんな醜態《しゅうたい》を晒《さら》すとでも思ったか⁉　そそっ、そんなはずはないとお前が一番知っているだろう！　師匠に恥《はじ》をかかせるようなことを言うなッ！」

「なにテンパってくれてんだよッ‼　こうなってくるとマジみたいに見えんじゃねえか……」

うーん、確かに。

言われてみると動揺《どうよう》している気もするが、これはどっちなんだろう？

「いや、やっぱり流石にそれはないだろ。リーナの気のせい――であってほしいけど」

「ふぅ～ん。ま、あんたがそう思うならそうなんじゃない？」

俺たちが状況を見ていると、それに気がついたヴィンスがキッと睨《にら》んでくる。

「ウォイッ‼　てめぇら、調子乗んじゃねえかんな⁉　オレくらいになったら一目見たらわかんだよッ。雑魚かどうかぐらい！　だからなァ――」

「それにしてもここの料理、本当に美味いな」

「でしょう？　気に入ってもらえて良かったわ」

「――おぉい！　無ッッッ視すんじゃねえーよっ‼」

「お、そういやお前ぇさんらの団長から聞いたが、ヴィンスとリーナ嬢《じょう》が仕事に向かう手続きをしているらしいな。二人が行くなら、テオル少年も同行することになんじゃねえか？」

「――おっさんッ、お前ぇもかよッ。んあ⁉　……つか」

ふと発したガリバルトさんの言葉に、一人で騒いでいたヴィンスがぴたりと止まった。

そして少し間を置いて、俺たち三人は一斉《いっせい》にガリバルトさんへ顔を向ける。

「初仕事、か」

「思ったより早く来たわね」

「ちっ、んだよそれ。あぁッ、めんどくせぇ……」

◆　◆　◆

十日後、支給された黒のブルゾンを着た俺は、リーナとヴィンスと共に森の中を歩いていた。

俺たち三人が着ている騎士団のエンブレムが入ったこの服は、魔法によって鉄鎧《てつがい》と同等の強度を与えられた防具であり、汚《よご》れを付着させないという効果が付与《ふよ》された逸品《いっぴん》だ。

軽い上に安心して身を預けることができる。

第六騎士団のメンバーにだけ配られるオリジナルの騎士団服だそうだが、値段を想像するとゾッとする。とにかく、なくさないように細心の注意を払わなければ。

「うぉいッ！　テオル、てめぇいらねえことすんじゃねえからな⁉　オレの仕事の邪魔《じゃま》したらタダじゃおかねえぞ！　おぉ？　わぁったかッ？」

両手に双剣《そうけん》を持ったヴィンスが、先頭を進みながら唾《つば》を飛ばしてきた。

ここまでの道中、ずっとこの調子だ。

リーナを見習ってヴィンスへの対応の仕方もわかってきた。軽く流しておけばいい。

「ああ、わかってるよ」

「リーナ！　お前ぇもだかんな‼」

「はいはい」

昼だというのに空は暗い。

一面、深い紫色《むらさきいろ》の空が広がっている。

これは一定の範囲《はんい》内で大量の魔物が発生することによって自然発生する現象――魔結界の影響《えいきょう》によるものだ。

魔結界が発生すると外から結界内に入ることはできるが、中から外には出られなくなる。

ある程度のラインまで人の手で魔物を減らさなければ、自然に魔結界が解消されることは数ヶ月間ない。

今回は、運悪くとある村が結界の範囲内にあった。

比較的《ひかくてき》大きめの結界の中にいるであろう数多《あまた》の魔物たちによって、村人たちにいつ被害《ひがい》が出るかはわからない。

いち早く魔物を倒《たお》し、魔結界を解消するために俺たちは派遣《はけん》されたのだった。

「村の人たちに被害がなくて良かったわよね。ほんと、間に合って良かったわ」

「ああそうだな。でも、妙《みょう》だ……魔物たちが少しも動いてない」

先々と進むヴィンスの後に続きつつ、リーナと言葉を交《か》わす。

彼女は安堵《あんど》しているようだが、俺は先ほどから違和《いわ》感を覚えていた。

あまり良い予感はしない。これは簡単な仕事になるとは言えなそうだ。

昔から、俺のこういう勘はよく当たる。

「魔物って、あんたまさか！　もう探知したって言うんじゃないわよね⁉」

「え、そうだけど……もしかしてダメだったか？」

「いや、別に悪くはないけど。そ、それよりもそれ、どれくらいの距離での話よ？　私も〈探知〉の魔法は使えるけど、まったく感知できないわよ？」

「ここから前に三KM《キーロミトル》先。森を抜けた崖《がけ》の下だな」

「……へ？　さっ、三KM《キーロミトル》……？　あんた、普通《ふつう》は一〇〇M《ミトル》もいったら優秀《ゆうしゅう》って言われるのよ⁉」

探知魔法の結果を伝えると、リーナが化け物を見るような目を向けてきた。

普通の基準がよくわからないが、俺は相手にバレないように極限まで魔力を薄くして広げているからな。

ひょっとすると他の人が使うものよりも範囲が広いのかもしれない。

でも、このくらいの距離は探知できないと探知魔法の意味がないと思うんだが……。

「おいッ、うっせーぞ⁉　邪魔すんなら帰れやッ」

リーナが大声でリアクションを取っていると、いつの間にか距離が広がってしまっており、少し離れた場所からヴィンスが振り返って厳しく注意してきた。

仕事に向かうと聞いて嫌々《いやいや》といった感じだったが、実際に始まるとかなり集中しているようだ。

バツが悪そうにしているリーナは、声を小さくして俺との話を続ける。

「そうね、テオルだものね……。うん、これくらいで驚いてたら身がもたないわ……。で、魔物が動いてないってどういうことよ？」

「そのままの意味だ。集団になって、一歩も動かずに突っ立ってる」

「そんなこと——いや、この目で見たらわかる話ね。魔結界の規模的にも魔物が多そうだし、とにかく今は急ぎましょ」

相変わらずの化け物扱《あつか》いはスルーだ。

確かに疑問はこの目で魔物を見るまでは解消しないだろう。うまく状態を共有することもできないので、俺とリーナはヴィンスに追いつくために先を急いだ。


——そうして少し行くと森を抜け、開けた場所に出た。

「どうなってやがんだよッ、これ……」

「確かに、これは妙な光景ね……」

小高くなった崖の上から下を見る。

大地を分断するように入った亀裂《きれつ》の下では、細い川が流れていた。

そして——。

その河原には、地面を覆い尽《つ》くすほどの魔物たちの姿。

黒く筋骨隆《りゅうりゅう》々な肉体に、禍々《まがまが》しいオーラ。

数千体はいるであろうあれは——

「ゴブリンアンデッド、か」

アンデッド系の魔物が普通に出現することは滅多《めった》にない。

それにこの数だ。何者かの手によって生み出され、統率《とうそつ》が執《と》られていると考えるべきだろう。

あれほどの大群が少しも動くことなく、あたりにはただ風の音が鳴り響《ひび》いている。

「なんか固まってるのもまた気味が悪いわね……。とりあえず魔結界を消すためにこいつらを倒さないといけないってことだけど、どうしましょうか？」

「うーん、そうだな」

「一旦《いったん》戻って作戦を立て直す？　この数に三人だと流石に厳し――」

「――決まってんだろ。一分でも早く魔結界を消す、それだけだ。ここで全部ぶっ潰《つぶ》してやんぞ」

リーナの問いに俺が一考していると、ヴィンスが食い気味に答えを出した。

すでに彼は武器を構え、準備運動を始めている。

やる気は充分、自分に続けと言っているようだ。

「オレとリーナがぶっ放す。テオル、お前ぇはサポートに回れ。その程度の魔力量じゃ大技は無理だろうからな。お前が迷惑さえかけねえなら、こんぐらい傷一つ負うことなく片付けられんだよ」

「いや、俺もやる」

俺はヴィンスの横に立ち、ゴブリンアンデッドたちには気づかれないよう、狭い範囲で全ての魔力を解放した。今まで体内に抑え込んでいた魔力が一気に放出される。

「これなら――いけるだろ？」

納得《なっとく》させるために向けた俺の魔力が彼に到達《とうたつ》すると、

「な、なるほどな。ちっとは……は、はぁ？　おっ、おお、おい！　こ、ここまでの……ッ!?」

初めは腕を組んだヴィンスだったが、次第《しだい》に目を見開き、息を詰まらせた。

それを見て俺は急いで魔力をコントロールし、再度抑え込む。

「す、すまない。大丈夫か？」

突然の魔力濃度《のうど》の変化に息苦しくなったのだろう。

「おっ、おぅ……。……な、なるほどな。その程度の魔力がありゃ、少しは役に立つ、かもしんねえけどな？　だけどよ、共闘《きょうとう》するなら練度が高くねえと。魔力が多いだけじゃ意味ねえかんな？」

「あ……じゃあ」

一緒《いっしょ》に戦うのだから実力を認めてもらわないといけない。ここまで上手くアピールするタイミングがなかったとはいえ、事前に済ませておくべきことだったかもしれないな。

いくら裏で一人で働いても、実績を認めてもらえなければ意味はないのだ。

家を追い出される時に身をもって学んだことなのだから、同じ過ちを繰《く》り返すわけにはいかない。

今度は少量の魔力を体外に出し、俺は丁寧《ていねい》に練り込んだ。

流れを意識して、限りなく澄《す》み渡《わた》るように。

「――よし、これでどうだ？」

「…………」

「……ヴィンス、これで納得してくれるか？」

俺の魔力に触《ふ》れたヴィンスは沈黙《ちんもく》している。

何か考えているようだ。

さて、共闘を認めてもらえることができるのか、それから数秒間答えを待っていると。

「こ、これは凄《すげ》ぇ――じゃねえッ。一応ギリギリ認めてやらねえこともねえけどな？　まっまあ、オレの邪魔をしねえなら認めてやんねぇ……こともねえよ！」

渋々《しぶしぶ》だが、納得してくれたらしい。

「リーナも待たせてすまなかったな。じゃあ早速《さっそく》――って、そんなとこでどうしたんだよ？」

待たせていたリーナの方を見ると、彼女は大きく俺から距離をとり、離れた場所にある森の木の後ろに隠れていた。

顔だけを覗かせて、こちらを見ている。

「い、いや……思わず反射的にね。やっぱりさっきの魔力は化け物以外のなんでもないわよ……」

「化け物……」

「あんなに綺麗《きれい》で恐《おそ》ろしい魔力、初めて見たわ。今まで見てきた誰よりも澄んでいて、だけど底が見えないほど深かった。量も練度も、世界にはこんなやつがいたのね」

こちらに戻ってきながらリーナがそう言う。

言い方は微妙《びみよう》だが、これは一応褒《ほ》めてくれてる……んだよな？

異形《いぎよう》のものを見る目をしているから、まったく素直《すなお》に受け入れられないが。

「ありがと……う？　ま、まあそうだな。じゃあ、気を取り直して早速始めるか」

俺たちはそれから軽く作戦を立て、横に広がるようにポジションを取った。

まずは三人とも崖の上から全力の一撃《いちげき》をお見舞《みま》いする。そして敵の反応を見つつ、残った魔物たちを接近戦で片っ端《かたっぱし》から処理していくことになった。

リーナは超一流《ちょう》、ヴィンスも気配からしてなかなかいないレベルの強者《つわもの》であることは間違いない。身の危険を心配する必要はなく、どれだけできるのか楽しみな気持ちの方が強いくらいだ。安心して自分のことだけに集中できる。

俺が今から使うのは、命を確実に奪《うば》っていい相手にのみ使うようにしている大技。

二人とタイミングを合わせ、大量の魔力の放出に備える。

体への負担を減らすため、俺はゆっくりと呟いた。

「闇魔法――反転」

そっと言葉にしたその刹那《せつな》、深淵《しんえん》を覗く闇から魔法属性が反転。

目の前に眩《まばゆ》い光が顕現《けんげん》し、常軌《じょうき》を逸《いっ》した量の魔力が消費される。

同時に要求されるのは、危険なまでの高度な制御《せいぎょ》技術。

眼前に浮かぶ光は静かに縮小していき、やがて小さな粒《つぶ》――弾丸《だんがん》となる。

そして。


「――――〈暗殺の極地〉」

瞬間、練った弾丸は高速で崖の下にいる魔物たちへと向かい――。

その全てを消し去るように激しい光線が噴射《ふんしゃ》した。

轟音《ごうおん》が、大気を劈《つんざ》く。

◆　◆　◆

最後の一体のアンデッドゴブリンを、雷《かみなり》を纏《まと》ったヴィンスが目にも留まらぬ速さで倒した。

「しゃッ！　最後はこのオレ様が頂いたからな‼　ぜってぇに覚えとけよ、わかったか⁉」

崖下《がいか》へ降りたあと、俺たちが倒した敵の数はそこまで多くない。

何しろ、最初に俺の魔法で大半が消し飛んだからだ。

なかなか使う機会がなかったので、上手くいくかどうか不安だったがなんとか成功してよかった。

その対価に、魔力が一気に減ったため微妙に集中力が散漫《さんまん》になっているが。

魔結界はその時点で解消された。

しかし俺たちは、安全確保のため魔物たちを全滅《ぜんめつ》させることを選んだ。

「もう問題なさそうだし、早いとこ帰りましょうか」

「……だな。まともな死骸《しがい》もほとんど残ってないし、後処理の必要はないだろう」

「誰かさんの魔法のおかげでね。ほんと、今思い出してもゾッとするわ。気配を消すだけじゃなくて、あんな火力もあるなんて……いくらなんでも規格外すぎよ、あんた」

「そう、か？　あれくらいなら世界にごまんといるだろ。他にも使えるやつ」

「はぁ……もうそういうことでいいわよ。はいはい、じゃあ行きましょ」

リーナと話をまとめ、屍《しかばね》を積んだ上で腰に手を当てガハハッと笑っているヴィンスに声をかける。

「おーい！　村に報告しに戻るぞ～」

俺たちは崖を登り、来た道を戻ることにした。

魔結界の中に入っていた村に行き、問題がないか安全確認をするためだ。

まあでも、行きに村で顔合わせをしてからほとんど時間が経《た》っていないので、特に変わりはないだろう。


森を歩いていると、あんなにいつも言い争っているリーナとヴィンスが、珍しく真剣《しんけん》な表情で会話している声が聞こえてきた。

「つか、なんかアイツらおかしかっただろ。手を出したら反撃してきやがったが、それまでは動くことなく突っ立ってんなんてよ？　けっ、気色悪りぃーぜ」

「そうよね、まだ何かありそうだわ。ていうか、偶にはヴィンスもまともなこと言うじゃない」

「なっ……んだとこらァ⁉」

やっぱり、二人も不思議に思っていたらしい。

魔物としての性質に変なところはなかったが、その前の行動に強い違和感があった。

まるで何かを待っているような……。

だが結局、統率しているであろう何者かは姿を現さなかったし、一体何が目的だったんだ？

「……一応、警戒《けいかい》しておくか」

何が起こるか分からない。

最後の最後まで決して気は抜かないでおこう。

俺は早速いつもの調子に戻り、やいやいと言い合っている二人に声をかけ、起こり得る全ての可能性を考慮《こうりよ》しながら村へ急ぐことにした。


「いや〜、本当に有り難うございました！　まさかこんなに早く解決していただけるなんて。さっ、ほんの感謝の気持ちです。村自慢《じまん》の食材を使った郷土料理、お好きなだけ召《め》し上がってください」

帰還《きかん》した村に変化はなく、何も問題はないようだった。

そこで、現在料理を勧《すす》めてきている村長から「ぜひ一泊《ぱく》していってくれ」と誘いがあり、時間も遅かったので俺たちは世話になることになった。

今はすっかり日も暮れ、村長宅で豪華な食事を頂いているところだ。

「うーんっ、美味《おい》っしー‼　テオル、この野菜最高よ⁉」

「クゥーッ！　ここの地酒うめぇーなおい⁉　こんなもん呑《の》んだことねぇぞ、どうなってんだッ」

リーナとヴィンスはご満悦《まんえつ》な様子で、めちゃくちゃ幸せそうにしている。

「――ねえ！　お兄ちゃんは騎士様たちのお手伝いさん？」

俺も料理に手を伸ばそうとしていると、膝《ひざ》に勢いよく耳の先が尖《とが》った少女が飛びついてきた。

彼女は村長の娘《むすめ》さんで、名前は確か……ピト、だったか。

満面の笑《え》みで俺の顔を見上げ、キラキラした眼差《まなざ》しを向けてきている。

けど……なんでお手伝いさん？

疑問は残るが、その前にまずはこの村の説明だ。

今回魔結界の被害にあったのは王国西部に位置する〝神秘の森〟の中にある――エルフたちの村だった。

村の家は巨木《きょぼく》に張り付く様に高い位置に建てられており、吊り橋によって木々の間には道が作られている。まさに、森と共に生きる者たちの生活。ここには豊かな自然が広がっている。

ピトの質問の意味が分からず、どう答えるべきかと首を捻《ひね》っていると。

同時に食事から顔を上げたヴィンスとリーナが俺を見て噴《ふ》き出した。

「ぷはっ、勘違いされてるじゃねえか！　確かに弱っちそうだもんな、こいつ」

「ぷふっ、違うわよ？　このお兄さんも騎士。お手伝いさんじゃなくて私たちと同じよ」

「えーっ!?　そうなのー？　ぜんぜん見えなーい‼」

「ぐっ……」

少女の無垢《むく》さがつらい。

そうか、これは単純に俺が弱そうに見えるという意味の発言だったのか。

覇気《はき》がないだとかは意識的に訓練し、有象無象に埋《う》もれられるようにしたものだから構わない。

だけど……リーナたちの仲間じゃなくてお手伝いさんはなぁ。

ショックというか、なんというか。

今後は騎士に見合った立ち居振る舞《ま》いやオーラを身につける必要があるかもしれないな。

「こらっ、騎士様に失礼だろ？　すみません、うちの娘が……」

「そうよ、ピト？　村のみんなのためにわざわざ遠くから来てくださったんだから、そんなこと言っちゃ。ほら、こういう時はなんて言うの？」

「……お兄ちゃん、ごめんなさいっ！」

村長とその奥さんに注意され、少女が快活に歯を見せながら頭を下げる。

しかし。

一連のやり取りを見て、お腹を抱えて笑っているリーナたちの方をどうにかしてほしいものだ。

「いいよ、別に。俺は全然傷ついてないから、うん……本当に、全然」

いや、な。そんなことよりもご両親。

リーナの言葉で俺が騎士だとわかったとき、貴方たちも絶対にびっくりしていたでしょう。

傍《はた》から見るとそんなに騎士に見えないのか、俺は？

「ご、ごほんっ。それにしても、まさかそんなに多くの魔物がいるとは。我々も予想だにしませんでした……。本当に、甚大《じんだい》な被害が出る前に対応していただきありがとうございました」

「あなた。でも、それってまさか……」

俺の視線に気づいた村長が咳払《せきばら》いをしてから言うと、その安堵とは裏腹に奥さんが何かに懸念《けねん》を示した。血の気が引いた表情で、口元に添えた手を震わせながら。

気になったので、リーナたちと顔を合わせてから俺が代表して話を聞いてみることにした。

「何か、心当たりが？」

「は、はい。実は……私どもの住むこの森の北西に、〝竜山《りゅうざん》〟と呼ばれている山があるのです。そこには百五十年ほど前から邪悪《じゃあく》なドラゴンが棲《す》み着いていていて、その……」

「大丈夫、ここからは僕《ぼく》が話すよ」

言葉を詰まらせ俯《うつむ》いてしまった奥さんの肩に手を置き、村長が話を引き継《つ》ぐ。

一方で顔色が良くない奥さんはピトを連れ、小さく頭を下げてから他の部屋へ行った。

口にするのも憚《はばか》られ、耳に入れたくもない話。

何か、嫌《いや》なことを思い出させてしまったのかもしれないな。

胸に抱《いだ》いた申し訳なさに、俺は謝罪の意を込め彼女に目礼してから話を聞くことにした。

「そのドラゴンが少々特殊《とくしゅ》で――分類上、上位竜《りゅう》と呼ばれる個体だそうなのですが――どうやら、死者を操る力を持っているのです。純白の鱗《うろこ》に覆われた、邪悪な竜です」

「死者を操る……ですか？　なるほど、それなら今回の件と辻褄《つじつま》は合いますね。かなり厄介《やっかい》なことになりましたが」

「はい。村の防衛を固めていたなか、『もしかすると』と思っていた村人もいたとは思いますが、お伝えできずに申し訳ありませんでした。しかしやはり、今回現れた魔物たちがアンデッドゴブリンだったとなると、これはおそらく……」

深刻な声音《こわね》で眉根《まゆね》を寄せる村長は、まるで苦虫を噛み潰したような表情をしている。

リーナとヴィンスからも先ほどまでの楽しそうな表情は消え去り、食事の手を止め、口を一文字に結んで真剣に話を聞いていた。

そんな彼女たちと視線を合わせ、意思疎通《そつう》を図る。

俺が力強く頷《うなず》くのと同時に、二人とも口の端《はし》に微笑《びしょう》を刻んだ。

「魔結界の解消が仕事だけど、このまま帰ったらジンに怒《おこ》られるわね」

「ちっ、めんどくせえけど上位竜と戦いてえからな。仕方ねえ……いっちょ殺るかッ！」

「ああ。そうだな。では村長、一度俺たちの方でそのドラゴンのことを調査してみます」

「――で、ですが！　あのドラゴンは手を出さなければ何もしてこないはずなのです。百年前に我々が退治しようとした際、数百の同胞《どうほう》が命を失いました……それからは一度もこんなことは」

エルフは俺たち人族に比べ、長寿《ちょうじゅ》な種族だ。

この怯え具合からすると、もしかすると今言った百年前の話は、村長が実際にその目でドラゴンの恐ろしさを知ったきっかけなのかもしれない。

しかし、ここで俺たちが何もせずに王都へ帰る場合と、ドラゴンの調査に乗り出す場合、どちらの方が彼らを危険から遠ざけ、護ることができるのか。

「この事態に何もしないのは危険よ。私たちは騎士として、護るために働く。だけどあなたたちに不利益があると判断するのなら、これ以上無闇《むやみ》に手出しはしないわ」

リーナは彼の不安を見て、この地に住むエルフ自身が決断するように言った。

俺たちは助けを求められなければ動くことはできないのか。

いいや、そんなことはない。

だが、ゆっくりと優しく、リーナは続けて硬《かた》い表情の村長に声をかける。

「もちろん、なんと決断しても私たちは勝手にしばらく村の警護だけはさせてもらうけど。それにもっと多くの騎士の派遣を要請《ようせい》することもできるわよ？」

可能な限り最良の選択肢《せんたくし》を提示する。

これが騎士リーナの、彼女なりの民《たみ》との関《かか》わり方なんだろう。

相手を安心させるように言葉遣《ことばづか》いや喋りのテンポ、身の動かし方に気を配っているのがわかる。

今まで見た彼女のどんな表情よりも優しい。

その問いかけに、しばらくして村長は意を決したのか大きく頷いた。

「……はい。では早速、今晩のうちに村の者たちと話をして対応を――」

その時、だった。


「ッ⁉」


俺は瞬時に席を立ち、開いていた窓から身を乗り出し外に飛び降りた。

「ちょっと！　て、テオル⁉」

「おいおいッ、いきなりどうしやがった……‼」

高い木から地上に向かって落下する中、そんなリーナとヴィンスの声が遠くなっていく。

冷たい夜の空気、耳元を通過する風の音がうるさい。

地上に着地するのに合わせ、微小《びしょう》の魔力を使って衝撃《しょうげき》を相殺《そうさい》。

一瞬で後ろを確認《かくにん》し、遅《おく》れて二人が降ってくるのを確かめながら俺は全速力で駆け出す。

村外れにある住居が設置されていない巨木。

その下に辿《たど》り着くと、足を止めず木の表面を垂直に駆け登る。

天辺に差し掛《か》かり、俺は全力で跳躍《ちょうやく》した。

そして、次々と全身に当たる硬い葉っぱの中を抜けると、視界には遠く続く森と美しい夜空。

後方では、他の木から同じように上空に飛び出したリーナとヴィンスの影《かげ》があった。

前方に出現した小さな点。

それは忽《たちま》ち大きくなり――。

「――来た」

月光に照らされた、純白の竜が目の前に現れた。

◆ ◆ ◆

テオルたち一行がアンデッドゴブリンの下へ辿り着く前。

竜山と呼称《こしょう》されている険しい峰《みね》の付近には、任務にやって来た双子《ふたご》の姿があった。

テオルの従兄妹《いとこ》であるルドとルウだ。

「畜生《ちくしょう》ッ、どうなってるんだっ……！」

「ちょ、ちょっとお兄ちゃん、これヤバくないっ？　聞いてたより全然厳しいんだけど⁉」

ドラゴンを討伐《とうばつ》し、秘宝を持ち帰る。

事前の調査では簡単な任務だと判断された仕事だった。

だがしかし、彼らは現在、予想外の困難に見舞われていた。

何もできないくせに祖父に気に入られていた邪魔者《テオル》がようやくいなくなったのだ。自分たち二人だけでも何ら変わりなく、いつも通り完璧《かんぺき》に仕事を遂行《すいこう》できる。

そう証明するつもりだった。

しかし――何故だ。

『グルゥアッッ‼』

岩陰《いわかげ》に隠れていたルドとルウに、同時に三体のグールが襲《おそ》いかかってくる。

「ちょ、ちょっと！　ねえ、どうすんのっ⁉」

ルウが小さく叫《さけ》んだが、答える声はない。

それからしばらくの間、二人は飛びかかり続けてくるグールたちの攻撃《こうげき》をなんとか躱《かわ》すことに気を取られ、視野が狭くなっていた。

その代償《だいしょう》として、気がついた時には今回の標的《ターゲット》であるドラゴンの目前に立っていた。

四つ足の先には黒光りする鋭《するど》い爪《つめ》。大きな翼《つばさ》を持ち、純白の鱗に覆われた竜だ。

ドラゴンに素早く位置を把握《はあく》され、凶牙《きょうが》が迫《せま》り来る。

必死の思いで回避《かいひ》するも、ドラゴンの鋭い牙によってルウが肩に傷を負う。

「……っ。お兄ちゃんッ、もう駄目《だめ》だって！　早く、撤退《てったい》しよっ！」

「――うるさいッ。このまま帰れるわけがないだろ⁉　僕の言う通りに、お前はとにかくグールを倒せ‼　ルウッ、分かったか⁉」

「ああっ……もう！」

負傷した肩を押さえながら、ルウは状況が悪すぎると撤退を提案した。

だが、兄のルドの反対によって計画は立たず、戦いは続く。

彼らは現在、巨大な白竜と対峙《たいじ》し、百を超《こ》える大量のグールにぐるりと周囲を囲まれている。

早速、兄の命令通りにルウは自身の魔弓を発現させ、弓を引いて矢を放つ。

一直線に飛んでいった矢が突き刺《さ》さり、グール一体を倒すことはできた――が。

何しろ数が多い。

今まで経験してきた任務では、前方の標的《ターゲット》だけを意識すれば良かった。

しかし、今回は全方位から敵が接近してくるため、慣れない立ち回りに集中が乱れ、次第に手元が狂《くる》い出す。

「全然当たんないんだけどっ！」

「くそ‼　ど、どうしたらいいんだ……。標的《ターゲット》以外に敵が多すぎる……っ！」

一撃一撃が重いドラゴンに、グールによる数の暴力。

牽制《けんせい》を担《にな》っていたルウの攻撃が意味を為《な》さず、グールたちが四方八方から徐々《じょじょ》に接近してくる。このままではジリ貧であることは明白だったが、ルドは妹の提案を蹴《け》った手前、撤退の指示を出せずにいた。

標的に接近する際の道選び。

避《さ》けては通れぬ敵の排除《はいじょ》。

そして、逃走《とうそう》ルートの確保。

今回の任務には、もはや暗殺に相応《ふさわ》しいものなど何もなかった。

本人たちはいつも通りの気概《きがい》で臨んだつもりだったが、呆気《あっけ》なく巡回《じゅんかい》警備をしていたグールに発見され、眠りについていたドラゴンが目を覚ました――そうして今に至る。

「……くッ、仕方ない！　おいルウ、とりあえず移動するぞ！」

「わかった！　って、お兄ちゃ――」

「――？　……っ、しまっ」

今いる場所を離れ、一度に相手する敵の数を絞《しぼ》ろう。

山の中腹まで行けば、高い岩に挟まれ細い道になった場所があった。

あそこまで下がったらグールたちの対応は容易《たやす》くなるはずだ。

ルドが考えた、その時だった。

妹の顔に浮かんだ驚愕《きょうがく》の表情が目に入り、距離を取ったはずのドラゴンが間近に迫っていることに気づいたのは。

「ぐはっ……！」

幸運にも咬《か》み殺されることはなかった。

しかしドラゴンの硬い鱗に覆われた巨躯《きょく》に、激しい体当たりを喰《く》らう。

全身の至る所で骨が砕《くだ》ける音がした。

「げほっ……げほっ……」

岩肌《いわはだ》に叩きつけられ、咳《せ》き込むたびに血液が口から溢れ出る。

ボヤけていく視界には、自分を見下ろすグールの群れと、その隙間《すきま》にあった妹の悲愴《ひそう》な顔。

朦朧《もうろう》とする意識の中、ルドはいつの間にか自分が妹に背負われていることに気がついた――。


次に目を覚ました時、ルドは森の中にある洞窟《どうくつ》にいた。

隣にはボロボロな状態のルウがいる。

「ここ、は……?」

「さっきの山から少し離れた場所。でも、いつ見つかるか分からないから静かにね」

「うっ……早くどこかで治療《ちりょう》して、あのドラゴンを倒しに戻るぞ。次は絶対に失敗しない！　もう、油断はしない！　だからッ！」

「――ちょっ、静かにしてってって言ったよね⁉」

ルウが体を起こそうとしているルドの口を慌《あわ》てて押さえ、苛立ちを露《あら》わにする。

「それに、状態が良くなったらドラゴンじゃなくて、まずは魔物を倒さないと」

「どうして、だ……?」

「ほら。あのドラゴンが魔物を大量に生み出してさ、魔結界を発生させて……」

ルウが指さした洞窟の外を見る。

すると空が異様に暗かった。

一面、深い紫色の空が広がっている。

「お兄ちゃんを背負って命からがら逃げてきたけど、マジで危なかったからねっ？　魔結界の範囲ギリギリまで行こうとしたら、なんか、あの崖のところにアンデッドゴブリンが大量にいるしさ」

「大量、に？　何体くらいだっ？」

「多分……四、五千体？　こんなに魔物を生み出せるなんて、完全に計画外だし、もうどうしたら……っ。絶対に逃さないつもりでしょ、これ」

「そう……か」

ドラゴンを暗殺するにも、結界を消して逃げるにも、とにかくまず初めに傷が癒《い》え万全《ばんぜん》な状態になるのを待つしかない。

その間、自分たちを捜《さが》すドラゴンの手先から隠れ続けられるのか。

「くそっ……！　くそッくそッ、くそッ‼　なんで僕が、どうしてこんなことに……！」

絶望に打ちひしがれ、ルドは気が触れたように自身の顔に爪を立てる。

いつもの調子なら、絶対に失敗しなかったはずだ。

巡回をしていたグールに見つかることもなく、ドラゴンでさえ自分たちの存在を察知することができなかったはずだ。

絶対に必殺の一撃を決められていた。

任務は成功し、今頃《いまごろ》は意気揚々《ようよう》と帰路についていた。

だが現実は——潜入《せんにゅう》中に見つかってしまった。

なぜ、なぜだ？　単に運が悪かったのか？

ルドは奥歯《おくば》を割れんばかりに噛む。

実際には、テオルに教わったことを無視し、さらにこれからまだ多くのいろはを学ぶ途上《とじょう》であったのにも拘《かかわ》らず、「自分にはもうできる」と慢心《まんしん》したがために、このような状況に陥《おちい》ったのだが。しかしそうとは気づかず……ルドは情けなくも頬を涙で濡《ぬ》らした。

人生で初めての任務失敗。

未《いま》だ危機の中、これからどうなるのかと浮かんだ不安が胸を支配する。

「もう、終わりだ。最悪だ……。こんなにも愚《おろ》かな失態、絶対に許されるはずがない……」

死が迫ってくる幻覚《げんかく》にうなされながらも、ただ洞窟の中で息を潜め続ける。

突如《とつじょ》として爆発音《ばくはつおん》が轟《とどろ》き、大地が揺《ゆ》れ、魔結界が消えたのは十日後のことだった。

◆　◆　◆

「——闇魔法〈深淵剣《しんえんけん》〉」

勢いのままに夜空を駆け突撃《とつげき》してくる白竜を、俺は漆黒《しっこく》の剣で迎《むか》え撃《う》つことにした。

瞬《また》く間にドラゴンは接近。両翼《りょうよく》を広げたその巨大な体躯が、俺の視界を覆い尽くす。

ついにやってきた接触《せっしょく》の瞬間。

深淵剣《しんえんけん》から重低音が鳴り響き、衝撃が全て剣に吸収されていく。

「血鬼神降剣《けっきしんこうけん》――〈邪凶吉王《じゃきょうきつおう》〉！」

「雷装――覇《は》双剣術《そうけんじゅつ》！」

それと同時に、背後から前へ出る影が二つ。

手合わせの時とは違う〝邪凶吉王《じゃきょうきつおう》〟という鬼《おに》を降ろしたリーナと、雷を纏ったヴィンスだ。

戦闘《せんとう》モードに入った二人は俺とぶつかり体勢を崩《くず》したドラゴンの背を叩くように、それぞれ刀と双剣を振り下ろす。

激しい風が巻き起こり、耳をつく金属質な音が鳴り響く。

ドラゴンは力に押され地上に向かって吹き飛ばされた。

が、しかし。

リーナたちの攻撃は、当然のようにその硬い鱗に弾《はじ》かれ――火花が散る。

ヴィンスが舌打ちをした。

「ちっ、嘘だろ……こいつバカみてえに硬えぞッ⁉」

俺たちもドラゴンを追い、急いで土煙《つちけむり》が漂《ただよ》う地上へと降下する。

「こいつが例のドラゴンよね……？」

「みたいだな。でも、まさかあっちから来るとは……」

「いいじゃねえか。これであれこれ考えずに戦えるんだからよぉ！」

落下地点だった村の広場では、逃げ回るエルフたちの姿があった。

ちらりと、隣に立つ瞳《ひとみ》が赤く染まったリーナを見る。

彼女の血鬼神降剣《けっきしんこうけん》は、用途《ようと》によってタイプの違う鬼を降ろすことができるのか。

今回のは膂力《りょりょく》特化といったところだろう。

面白《おもしろ》い技《わざ》だな……と感心しながらも武器を構え警戒していると、ドスンドスンと地面が揺れた。

大きな足音を鳴らし、砂煙《すなけむり》の中からドラゴンが姿を見せる。

すると、

『貴様ら、二匹《ひき》ではなかったのか？　……まあ良い。全て滅《ほろ》ぼしてやるわい』

ドラゴンが、人語で話しかけてきた。

リーナはそこに糸口を見つけたようだ。

「あなた、言葉を話せるのね⁉　じゃ、じゃあ聞きたいのだけど、どうして私たちを狙ってくるのかしら？　何か理由があるなら……ぜひ教えてほしいのだけど」

長い時を生きる上位竜ともなれば人語を扱えてもなんら不思議ではない。

決して異常な光景ではなく、驚きに値する特別なことでもないのだが……。

村人たちの避難《ひなん》が終わっていないことを確認し、リーナは会話しようと試みている。つまり、時間を稼ごうとしているのだ。

今も近辺の家から飛び出したエルフが、頭上に架《か》かる吊り橋を走って遠くへ行こうとしている。

「あぁ？　お前ぇ、今はそんなこたぁどうでもいい――」

「そ、そうだな！　俺も戦う前に聞いておきたい！　ここの村人たちから、こちらから手を出さなければあなたは何もしてこないと聞いた。しかしどうしてだ。俺たちが魔物を倒したからか？」

「テオル、お前もかよッ！　だっかんな？　んなこたぁ――」

「おぉい、ヴィンス……っ。お前はとりあえず黙っとけっ‼」

　こっちは時間を稼いでるんだよ！

　察しろ！　ちょっとくらいは。

　鈍感野郎《どんかん》に苛立ちを覚え、歯を食いしばって目で訴《うった》える。

　リーナも俺と同じ様に睨んでいるが、当のヴィンスは癪《しゃく》に障《さわ》ったのか眉間《みけん》に皺《しわ》を寄せた。

「あァ？　お前ぇらな……――あっ。お、おー……なるほどな？」

　しかし俺たちの思いがうまく伝わったのか、それとも伝わっていないのか。

　よく分からないがとにかくヴィンスが大仰《おおぎょう》に頷き黙ったところで、

『何を言うかと思えば！　愚かにも程があるぞ、人間どもがァ‼　貴様らが我の眠りを妨《さまた》げ、襲撃《しゅうげき》してきたのではないかッ。忘れたとは言わせんぞ。ひ弱な森の民ども諸共、ここで死ぬが良い！』

　腹立たしげに口を開いたドラゴン。

　やばい。何故かは知らないが話題のチョイスが逆鱗《げきりん》に触れてしまったらしい。

　ドラゴンが聞き覚えのない言語で何かを呟く。

　その瞬間、地面に亀裂が入り地中から巨大なゴーレムが二体現れた。

岩人形が舗装《ほそう》された広場の石畳《いしだたみ》を破壊《はかい》し、土を落としながら立ち上がる。

「ま、待って！　私たちは魔結界を消すために――」

「もう無理だリーナ！　村人達が遠くに行くまで最小範囲で抑え込むぞ！」

「んだよッ‼　なんか知らねえけどお前らミスってんじゃねえーかよっ⁉」

過去に廃棄《はいき》された物なのか、ゴーレムたちは禍々しいオーラを発している。

顔の部分にある一つ目のような魔石は赤く光り、夜の闇を不気味に照らしていた。

周囲の状況を把握するため探知魔法を展開しようとしていると、さらに森の奥から夥《おびただ》しい数の死した魔物達《たち》が現れる。

どこに潜んでいたんだ！

元々この近くにいたのだろうか。

敵が強力なドラゴンである上に、ここまで数で負けているとなると厳しいかもしれない。

適切な戦略を立てなければ一筋縄《ひとすじなわ》ではいかないだろう。

「おいおい！　面倒くせぇのが出てきやがったぞッ。テオル、あの光線また出せねえのか⁉」

「無理だ！　けど残り少ない魔力を使って考えがある。ドラゴンは俺が、二人はゴーレムの相手をしてくれ。他の魔物をどうするかだが……」

「こうなったらつべこべ言わず、もうやるしかないわっ！　さあ早く、二人とも行くわよ‼」

全員がゴブリンアンデッドに対して大技を放った後だ。

万全《ばんぜん》の状態とは言えない。

だが、それでもやるしかない。

後ろには村人のエルフたち——戦う力がないピトのような子供もいるのだ。巨大なドラゴンとゴーレムが二体、百を超えるアンデッド系の魔物たちを前に。

これ以上俺たちに考える時間はないようで、腹を決め一斉に駆け出そうとした時。

「——騎士様！　我々も戦いますッ‼」

背後から声がした。

前方に意識が向いていたので気がつかなかったが、そこにはとっくに逃げたはずのエルフたちが。

先頭に立つ村長を含《ふく》め、一目で皆《みな》がドラゴンに恐れを抱いているのがわかる。

誰もが膝を震わせながら、それでも懸命《けんめい》に立っていた。

その日に、確かな闘志《とうし》を宿らせて。

「男手三百。村や家族を護《まも》るため、加勢させていただきます——ッ‼」

村長の言葉に覚悟《かくご》を決めた表情で頷く男たち。

彼らのほとんどが弓を持っているが、中には農具を握《にぎ》っている者の姿もある。

狩《か》りの経験などもない、日頃《ひごろ》は畑を耕している農民なんだろう。

勇ましさに敬意を。だが、これからどれだけの命が失われることになるのか。

前向きにも後ろ向きにも、思うことは様々あるが今はとにかく時間がない。

ヴィンスが不敵に笑った。

「よっしゃ、気に入った！　お前たちは小さい魔物を相手してくれッ！　ドラゴンとゴーレムはオレたちに任せとけばいいからな⁉　怯《ひる》まねえで突っ込んでいけッ」

「「「はい‼」」」

村人たちの雄叫《おたけ》びにも似た返事が背に投げつけられる。

俺たちは接近してくる敵を前に、一斉に攻《せ》めに出る。

そしてやがて、敵味方が入り乱れる戦闘が始まった。

◆　◆　◆

二体のゴーレムのうち片方を担当することになったリーナは、すぐさま刀を構え、降ろした鬼神《きじん》の力を存分に発揮していた。

今回選んだ〝邪凶吉王《じやきょうきつおう》〟は、テオルの予想通りパワー一点特化の鬼だ。

魔力によって鋭さを増した刀を圧倒《あっとう》的なパワーで振り回し、高度な刀術と合わせ敵を斬《き》る。

ゴーレムは通常、体内に存在する動力源である魔石を破壊することで、活動を停止させ倒すことができるとされている。

ゴーレムの表面の硬い岩を破壊し、魔石を露わにするためにリーナは刀を振り続けた。

うぉぉおおおおおッ、というけたたましい声を上げながら何度も何度も岩を削《けず》る。

それも大ぶりな敵の拳《こぶし》を的確なステップで躱し、ヒット・アンド・アウェイを継続《けいぞく》してだ。

周囲のエルフたちを巻き込まず、ヴィンスたちとも一定の距離を取れるように気を配る。

速度ではヴィンスに劣《おと》っており手数で勝つことはできない。

そのためリーナは全ての攻撃に全身全霊《ぜんしんぜんれい》を捧《ささ》げた。

その戦いは、体格差数倍の巨大ゴーレムと少女によるものだった。

が、互《たが》いに繰り出す一手の威力《いりょく》はほぼ互角《ごかく》——むしろ、僅《わず》かにだがリーナの方が上回っていた。

リーナは余裕《よゆう》が生まれると、ゴーレムとの戦いと並行して、その他の魔物をエルフたちの負担が減るように間引いていく。

一人の村人が矢でグールを射貫《いぬ》き、また別の村人が鍬《くわ》でアンデッドウルフの脳天を叩いていた。


一方でテオルは、ドラゴンと相対し睨み合っている。

「よし、俺もやるか……」

『ふんっ、かなり自信があるようだな。確かに貴様からはそれなりの力を感じる。だがな、あまりに未熟よ！　人間風情《ふぜい》が我らドラゴンに挑もうなど身の程を知れッ！』

「それは、やってみないと分からないだろ？」

わざと挑発《ちょうはつ》するように笑ったテオルだったが——その刹那。

彼の胴体《どうたい》には大きな穴が空いていた。

「……は？」

『ガッハッハ、だから言ったろう。我と対等に戦おうなんざ夢のまた夢。己《おのれ》の力を見誤ったこと、死して悔《く》いるが良い』

口から煙《けむり》を出しドラゴンが言う。

テオルは全身から力が抜け、膝から地面に崩れ落ちた。

「嘘、だろ」

最後に目を瞠《みは》り、理解しきれないとばかりに口にした一言。

それはなぜか、遠くのリーナの耳に届いた。


リーナはその状況を見て、周囲の世界の動きが遅くなり、無音に包まれた心地《ここち》がした。

テオルがドラゴンは自分に任せろと言ったのだから、なんとかなると信じて疑わなかったのだ。しかしそれが、淡《あわ》い希望だったことを目の当《ま》たりにし、自身の観察眼のなさに後悔《こうかい》の念を抱《いだ》く。

まだ、出会ってそれほど時間は経《た》っていない。

これからだ。

これから仲間として騎士団に馴染《なじ》み、様々な仕事を共にすることになるはずだったのに。

バタリと前に倒れ意識を失ったテオルを見て、茫然自失《ぼうぜんじしつ》となるリーナ。

それでも彼女の鍛《きた》えられた体は無意識にゴーレムが放った重い突きを躱し、地面に減《め》り込んだ拳が引き上げられる前に攻撃へと転じる。

離れた場所にいたヴィンスも異変に気づき、同様にゴーレムと戦いながらテオルを見ているのがリーナの目には入った。

「ちょ、ちょっと……テオル？　あんた、それ……っ」

「おい！　お前……そりゃあねえだろ……」

勝利によってよほど気が高まったのか、白竜は上を向き咆哮《ほうこう》する。

太い叫びが、大気を震わした。

『やってもやらんでも勝敗は決していたということ。我の言葉通りであったなッ！』

ドラゴンの高笑いが森に響いた、その時だった。

リーナの視界の端《はし》――ドラゴンの前に、ドサリと大きな物体が落ちたのが見えた。

広場の中央でその赤黒い謎《なぞ》の物体は、定まったリズムを刻み動きながら、鈍《にぶ》い音を立てている。

『なんだ、これは……？　――っ⁉　ま、まさか⁉』

疑念から驚愕に変化するドラゴンの声には、ヒューと間の抜けた音が混じっている。

何かに気がついたのか、ドラゴンが自身の背に目を向けると――


そこには、穴が空いていた。


テオルが胴体に空けられたものに比べると、小さな穴である。

人間の手のひらサイズのものだ。

ドクンドクン、ドクンドクン、ドクンドクン。

広場の中央では、鎮座《ちんざ》する謎の物体が今もなお脈を打っている。

（っ！　……そう、そうよね。まともに考えた私が馬鹿だったみたいじゃない。ほんと、まったく……あんたは）

当惑《とうわく》するドラゴンに続き、とある結論に辿り着いたリーナはその瞬間、冷えた指先に再び血が巡り始め、感覚を取り戻した。

ホッと安心すると共に、呆《あき》れた苦笑いを浮かべる。

もう心配する必要はないとゴーレムに視線を戻す途中《とちゅう》、突然ドラゴンの目の前の景色が歪《ゆが》み、闇からテオルが姿を現したのが見えた。

彼は負けない。手合わせをした自分が一番そのことを理解していたはずだったのに。

「――……だから言っただろう。やってみないと分からないって」

『な、なぜだ……っ。貴様は確かにそこに――ぬぁっ⁉』

ドラゴンが素っ頓狂《とんきょう》な声を出す。

今の今まで、目の前で倒れていたテオルの死体だったものが消えていったのだ。

まるで……全てが幻想《げんそう》だったかのように。

『し、信じられん……』

それが、ドラゴンの最期《さいご》の言葉だった。

始まった戦いは一瞬で終わる。

美しい白竜はゆっくりと横に倒れていき、絶命すると灰になった。

同時に生み出されていた魔物たちも消滅《しょうめつ》し、森に静けさが戻ってくる。

先ほどまでの喧騒《けんそう》が嘘だったかのように静寂《せいじゃく》があたりを支配していた。

戦いは始まる前にすでに終わっていたのかもしれない。リーナはそう思った。

前もってテオルの手によって展開されていた、誰もを騙《だま》す――〈幻想演劇〉によって。

広場の中央には、活動を停止した巨大なドラゴンの心臓が、物寂《ものさび》しげにポツリと残った。

◆　◆　◆

「ふう……相手が傲慢《ごうまん》なドラゴンで助かったな。それにしても手が血でベトベトだ」

「おいテオル！　お、お前ぇ、今のなんだよ⁉　何がどうなって……ああなったんだッ！」

「おっ、ヴィンス……それにリーナも。ゴーレム、倒し終わったんだな。お疲れ」

魔力で強化した腕をドラゴンの体内に差し込み心臓を抜き取ったので血だらけになってしまった。

手をブンブンと振り血糊《ちのり》を払っていると、ヴィンスたちが駆け寄ってくる。

他の魔物はドラゴンの術によって生命を与えられ身体《からだ》を保っていたらしい。

術者が死んだ時点で、ドラゴン同様に灰となって崩れ去った。

しかし、ゴーレムの場合は廃棄された古《いにしえ》のゴーレムの破面を再び集め、組み立てられたもの。

魔石に魔力を込められた無生物だったものだから、ドラゴンを倒しても活動が停止することはなかった。

二人ともあと少しで倒せそうだったので、各自に任せて俺は待っていたのだが……。

予想通り無事に、それから十秒もかからずにゴーレムを撃破《げきは》したようだ。

ヴィンスは初めて〈幻想演劇〉を見たからな。

困惑《こんわく》気味に、先ほど俺とドラゴンの間に起こったことを解説しろと言ってくる。

答えようとしたがその前に、リーナがうんざりした顔で話しかけてきた。

「……てか、あんなことするなら最初っから言っときなさいよ！　私たちがあんたに気を取られた一瞬でゴーレムにやられてたらどうしてくれたのかしら。重要なのは連携《れんけい》なのよ、連携！」

「ああ……それは、すまなかった。でもゴーレムに負けるなんてそんなわけないだろ、二人なら。それに、あの自然な反応のおかげでドラゴンの不意を打てたんだ。一撃で決めるチャンスを逃して長期戦になっていたら、こう上手くいくとは限らなかっただろ」

「そうは言っても……結果論じゃない。まっ、まあもういいわ！　今後改善していけばいいんだし、今はそんなことよりも村人たちを……」

リーナたちを信頼《しんらい》しての行動のつもりだったが、本当に信頼していたというのなら、たしかに事前に相談ぐらいはするべきだったかもしれないな。

協力や連携、情報を共有して仲間の力を借りること。

今後、それらをしっかりと学習していかなければ。

これは反省だ。

そう思った時、怪我人《けがにん》の救護をしようと辺りを見回したリーナが、何かを見つけて目を細めた。

「……ん？　なに、あれ」

俺とヴィンスもそれを探し、リーナが見つめる先に視線を動かす。

――すると。

少し離れた場所にあるドラゴンの心臓が、見る見る小さくなっていっているのに気がついた。

音もなく収縮していく心臓。

そしてそれは、やがてキラリと輝く小さな紅玉になったのだった。

「……ドラゴンの心臓が、結晶化《けつしようか》？　二人とも聞いたことあるか？」

「いんや、オレぁ知んねえな。そもそも体の中にあったもんがあんなのに成るのか？　気色悪りい」

「私もないわね。でも……ほら、これ結構綺麗じゃないかしら？」

リーナはそう言うと紅玉の下へ走っていき、屈《かが》んで手に取ろうとする。

「おい、リーナ！　無闇に触れない方が――」

止めようとしたが、すでに遅かった。

彼女は拾い上げた紅玉を木々の隙間から漏《も》れる月明かりに翳《かざ》し、うっとりと眺《なが》め始める。

近くに寄ってみると、特に魔力を感じないただの石のようだった。

これなら触っても問題ない、と思うが……。

俺はリーナの手の中で輝く紅玉を観察する前に、最後に周囲の状況を改めて確認した。

見える限りの場所にいるエルフの中に死者はなく、傷を負った者も仲間たちに運ばれ治療に向かっているみたいだ。

森に生きる者たちの勇敢《ゆうかん》さが、彼ら自身に幸運を引き寄せた面もあるのだろう。

良かった。これなら俺たちの手助けも特に必要なさそうだ。

隣でヴィンスがうげーっと顔を顰める。

「元はといえば心臓だかんな？　綺麗もなにもねえだろ」

「ヴィンスにはわからないだけよ。元が何であっても実際にこうして見るとほらっ、綺麗じゃない。テオルも見てみなさいよ、そう思うでしょう？」

リーナは月明かりが透過《とうか》した紅玉を寄せて見せてくる。

確かに、綺麗だ。

「念のため魔力を流して性質を確認しておくか」

と言って俺が受け取ろうとすると、リーナは目を輝かせた。

「一応、私が回収して持ち帰ろうかしら。正体が気になるし、これは絶対に調査すべきよっ！」

「うーん、まあそれもいいけどどな？　とりあえず危険物かどうか簡単に調べるからちょっと待ってくれ。なんともなかったら団長に聞いたり、あとは……あの大図書館で調べるのもいいかもな」

「そうね。最終的に何も分からなかったら、私が貰うのもアリだし」

最後のが絶対に彼女の本音なんだろう。

紅玉を受け取り俺が調査のために魔力を流そうとすると――

「って、あれ……？」

「うぉいお前、また変なことしたんじゃねえだろうな⁉」

「あ、あぁぁあああああああああああああ――――っ‼」

ピキッ、と音がした。

かと思うと、次の瞬間には紅の宝石が形を保てなくなったように一気に粉々になってしまった。さらさらと一部が指の間を縫《ぬ》い、地面に落ちていく。

「あ……あんた！　何してくれてんのよっ⁉　私の、私の大切なお宝がぁ〜‼」

「い、いやっ、俺はまだ何もしてなかったからな⁉　これから調べようと思っていただけであって」

「……テオル、ここは正直になっとけ。後々辛《つら》くなんのは自分だぞ？」

「ヴィンス、お前もか‼　だ、だから本当にだな、今、勝手にこの紅玉が――――」

「どうせあんたの馬鹿力《ばかぢから》で握ったんでしょう！　いっつも『これ普通でしょ？』みたいな顔でやらかしてくれて！　どうすんのよっ。どうすんのよぉおおおおお‼」

ひどい言われようだ。

ヴィンスには肩に手を置かれるし、リーナは頭を抱えて詰め寄ってくるし。

それになんでもうリーナの物みたいになってるんだよ。

「だから、一回落ち着いて聞いてくれ！　普通に持っていただけなのにこれがいきなり割れたんだ。いや、本当に！」

力強く訴えるも、返ってきたのは二人からの訝《いぶか》しむような視線だけだった。

と、その刹那。

「な、なんだ……？」

「やっぱお前が割ったろッ⁉　オ、オレは知んねえからな！」

「わ、私も！」

風が吹いてもいないのに、粉々になった紅玉が唐突《とうとつ》に舞い上がり赤い光を放ち始めた。

そしてゆっくりと浮かびあった光粒が――俺の胸のあたりに向かって吸い込まれていく。

ヴィンスとリーナは突然の出来事に俺から素早く距離を取る。

「お、おい――⁉」

薄情《はくじょう》な二人に腕を伸ばしたが、体が強張《こわば》った。

それ以上動くことができなくなり……なんだ、体の奥底から感じたことがないほどの力が湧《わ》き立って、動けないッ。

満足に呼吸をすることもできない！

しばらく身悶《みもだ》えていると、いきなり苦しみから解放された。

と思うや否や、それと同時に体内の魔力が暴走し始め、目の奥に刺されるような痛みが走る。

俺にはその痛みに必死に耐《た》えることしかできない。

魔力の暴走が限界まで達したのを感じると――。

何かが爆発《ばくはつ》し、俺を中心とする光と風の渦《うず》がドーム状に広がった。

その暴風に、太さ一〇M《ミトル》以上の巨木が大きく揺れる。

四肢《しし》が引き千切られるような痛覚に意識が飛びそうになるが、それにも耐《た》える。

そうして激しい木々の揺れが収まった頃、俺の額には大粒《おおつぶ》の汗《あせ》がいくつも浮かんでいた。


「はぁ……はぁ……っ。今の、なんだったんだ……？」


息も絶え絶えだが、とにかく何かが終わった。

いや、終わってくれていないと困る。

あれほどの苦しみや痛みは、人生でそう何度も味わいたいものではない。

それにしても――もしかして、今の一瞬で魔力総量が増えたのか？

急速な魔力的成長を遂《と》げた時に感じるものと似た、全身を覆い尽くすまでの万能《ばんのう》感がある。

意識を集中させると、自分の最大魔力量がつい先ほどまでよりも数倍増えていると感じられた。

それに、だ。

他にも変化があるようだ。

自分のことだからほんの少しでも違いがあると、言葉にできずともはっきり違和感を覚える。

実際にどこに変化があったのか、と問われると答えるのは容易ではない。

拳を作ったりして身体を確かめていると、おずおずとリーナとヴィンスが戻ってきた。


「大丈夫？　テオル」

「ああ。本当に、なんとかな。それよりも酷《ひど》いだろ二人とも？」

「あ、あはは……まあ何ともないんだったら良かったじゃない。ねえ？」

「だな。オレたちも何ともなく、お前も何ともなかったつーわけだ。万々歳《ばんばんざい》じゃねえか」

明らかな作り笑いを浮かべたリーナにすかさずヴィンスが同調する。

こんな時だけ手を組むとはな。まったく、都合がいいやつらだ。

俺が二人をジト目で睨んでいると、

「騎士様、お怪我《けが》はありませんか⁉　今、こちらで何かが爆発したような音がしましたが……！」

村長が駆け寄って来た。

怪我をした村人たちの救護が終わったのだろうか。

辺りを見渡すと、先ほど俺を襲った謎の現象を目にしていた周囲の者たちが、呆然《ぼうぜん》とした顔でこちらを見ている。

村長はその一人だったようで、エネルギーの爆発音を聞きつけて来てくれたらしい。

「ああいえ、大丈夫です。特に心配はいりません」

「それは……良かったです。あの、では村の者たちが騎士様方に感謝を伝えたいと言っておりますので、ぜひこちらへ付いてきていただけるでしょうか？」

ドラゴンの襲来《しゅうらい》に心理的な負担も大きいことだろう。だからこれ以上不穏《ふおん》なことは言わないでおくべきだ。そう思い、紅玉の一件は伝えないことにした。

しかし、今は怪我人の治療に専念すべきではないのか？

リーナもまず初めに俺と同じ疑問が浮かんだようだ。

「今から、かしら？」

「はい。まだお食事の最中でしたし、村の防衛と脅威《きょうい》であったドラゴンの討伐を祝いまして。皆で宴《うたげ》をと。……あ、怪我をした者はみな既《すで》に〝村の秘薬〟で全快しておりますのでご安心を」

俺たちの疑問は、なんかめちゃくちゃ凄い薬が解決してたらしい。

話を聞くとその秘薬とやらは、死ぬこと以外の大半の傷や病、呪《のろ》いなんかを癒《い》やすことができると言い伝えられているという。

実際に凄《すさ》まじい治癒力《ちゆりよく》があるようなので、かなり気になった。

だが、秘薬というのだから流石に外から来た俺たちには見せてはもらえない――

「――それが、こちらになります」

「いや見せんのかよッ!!」

村長がどこからともなく瓶《びん》を取り出した。

俺が心の中で叫んだセリフを、ヴィンスが代わりに口にしてくれた。

デリカシーがないとも言うが今回ばかりはナイスだ。

「本来は村の者にしか渡してはいけないのですが、今回は皆が賛成しているということで、騎士様方にも感謝の気持ちとしてお渡しさせていただくことになりました。ただ、この場でお飲みいただくという条件付きですが……」

村長は「それでもよろしければ、疲れが取れますので是非《ぜひ》どうぞ」と言って緑色の液体が入った小瓶を俺たちに一人一本ずつ丁寧に手渡してくれる。

淡く光って、何とも神秘的な液体である。

鼻に近づけてみるが匂《にお》いはしない。無臭《むしゅう》だ。

ヴィンスは飲むのを躊躇《ためら》っていたが、俺とリーナが感謝を伝え口にしたのを見て、安全と判断したのか続いた。

素晴らしい効能があるのだから有り得ないくらい不味《まず》かったりするのか、と思ったが……。

案外爽やかな口当たりで、これが美味い。

粘り気などはないが水とはまた少し違った舌触《したざわ》りがする。

ひと瓶を飲み干すと体が柔らかな光に包まれた。

小さなかすり傷が治り、次に疲れや汚れまでが順々になくなっていく。

汚れた服を洗濯《せんたく》するみたいに、自分という存在が洗われているみたいだ。

「魔力も全回復した……まさに万能薬、秘薬に相応しい効能だな」

「気に入っていただけたようで何よりです。では、こちらへ」

むしろ普段《ふだん》よりも調子が良いくらいだ。俺が驚いていると、村長は誇《ほこ》らしげに微笑《ほほえ》んだ。

魔力が満タンまで回復したことでわかったが、やはり俺の魔力総量が増えている。

あの紅玉は一体何だったのか。

俺に何をもたらしたのか。

これらの件は、追ってはっきりとさせないといけないな。

俺たちは村長に連れられ、村人たちが待つ村の集会所へと向かった。

集会所はその大きさからか住居とは違い木に張り付くような形ではなく、地上に独立して建てられていた。

そしてその中に入った俺たちは現在、大量のエルフたちの前に立ち――

「この度は魔結界の解消のみならず、竜山に棲み着いていたドラゴンの猛威《もうい》から我々を救っていただき、誠に有り難うございました。改めまして感謝を申し上げます」

村長のお辞儀《じぎ》のあと、後ろに並ぶ数百の村人たちから感謝の言葉を受けている。

女性や子供まで、この村に住む全員が集まってくれたと聞いた。

ここまでされるとなんだか照れくさいが……頑張《がんば》った甲斐《かい》があったというものだ。

「この御恩《ごおん》は一生忘れません」

最後に村長からそんな言葉を贈られ、それから多くの村人が参加して大宴会《だいえんかい》が開かれることになった。

◆　◆　◆

「皆さんの勇気あってこその勝利ですよ」

「あっはっは、それは嬉しいお言葉だ！　騎士様にそう言っていただけると私共も報《むく》われます」

共に魔物に立ち向かってくれた戦士たち。

豪勢《ごうせい》な食事を囲みながら、彼らを讃《たた》えていると。

「――ねえねえ」

背後からくいっと服を引っ張られた。

振り返ると気恥《きは》ずかしそうにしている村長の娘のピトがいた。

「ん、どうかした？」

「あのね……」

彼女は決心したように満面の笑みを浮かべる。

子供らしく頬を赤くして、ピトは〝騎士のお手伝い〟と俺のことを勘違いしたことを謝ってから、
俺の活躍《かつやく》をお父さんに聞いたと話した。

そして最後に――


「――お兄ちゃん、ありがとうっ‼」


真《ま》っ直《す》ぐで純粋《じゅんすい》な、それでいて等身大の感謝の言葉を贈ってくれた。

このときばかりは照れくさいなんてものは微塵《みじん》も感じず、俺はようやく気づかさせられた。

自分が人を、彼らの生活を護ったのだと。

今、目の前には自分が知らなかった温かい世界というものがあるのだと。

思い描《えが》いていた目的の達成は、新たな目的を作る。

俺はこれからも、こんな風に生きられたらいい。

この森で生きるピトたちのように、真っ直ぐで純粋な、それでいて等身大な彼らの世界――温かな日向《ひなた》の人々に初めて受け入れられたような気がしたのだから。

これが、本当の意味での騎士としての始まり。

そしてこの気持ちこそが、俺の目指す騎士としての在り方なのかもしれない。

三章　最後の一人

騎士《きし》になって初めての仕事を終え、俺《おれ》は王都に帰還《きかん》した。

ピトに別れを告げると、涙《なみだ》を流し「嫌《いや》だぁあああ～」と抱《だ》きつかれたのが、今となっては遠い昔のことのように感じる。

長い仕事だったような気もするが……実際のエルフの村での滞在《たいざい》期間は二日だけ。

行きと帰りの移動の方が長かったくらいだ。

かつて俺が経験してきた暗殺任務の数々に比べても、格段に楽なものだったと言えるだろう。

しかし、充足《じゆうそく》感や達成感に至っては、今回に勝《まさ》るものを未《いま》だかつて経験したことはない。

たとえ同じように誰《だれ》かのために働いていたとしても、真《ま》っ直《す》ぐに感謝されることはなかった。

様々な思惑《おもわく》から金を払《はら》い、確実に標的《ターゲット》を殺すことを求める。そんな依頼者《いらいしや》のためではなく、救《たす》けを必要とする人々のために力を使うことが、自分からどこか後ろめたい気持ちを遠ざける。

仕事をして世界からの疎外《そがい》感とも言える寂寥《せきりよう》を感じなかったのは、今回が初めてだ。

そんなことを感じた帰還の翌日。

「ん～……よく寝《ね》たなぁ」

とっくにリーナの物が姿を消し、綺麗《きれい》になった部屋で俺は目を覚ました。

朝の準備を終えると、騎士団服を羽織り宿舎の食堂へと向かう。

時間が少し後ろにずれているので、食事を摂《と》っている騎士の姿はまばらだ。

普段《ふだん》から良くしてもらっている食堂のおばちゃんに挨拶《あいさつ》をし、大盛りでよそってくれた朝食を平らげる。

それから俺は、騎士団本部に行くことにした。

「今日はあの紅玉について本格的に調べないとな……」

昨日、報告作業はリーナが行ってくれたので、まだ紅玉について団長から話を聞けていない。

次の仕事の命が与《あた》えられるまで気楽に過ごしてくれ。そう団長が言っていたとリーナから聞いたので、しばらくは紅玉関連の調査に時間を割《さ》けるだろう。

何しろ紅玉が体内に吸収されたことによって俺は様々な影響《えいきょう》を受けている。

魔力《まりょく》総量の増加、あとは動体視力などの身体能力も向上しているような気がする。

実感として確かな変化がわかるため、いつだって意識してしまうのだ。

どうしたって気にせずにはいられない。


宿舎からほど近い騎士団本部内。

その四階にある第六騎士団室。

事務所のようなそこに入ると、中央に置かれたソファーでだらけているヴィンスの姿があった。

「あれ、ヴィンスがいるなんて珍《めずら》しいな」

「んあ？　なんだお前ぇかよ。……あぁー、団長なら客と話してんぞ」

「客？」

「おぉ。なんか分かんねぇけど爺《じい》さんが来てな。オレもちと用事があっただけなんだけどよぉ、先を越《こ》されたらこれだ。ちッ、全然部屋から出てきやしねえ」

「そうか……」

気怠《けだる》そうにソファーに顔を埋《うず》めていたヴィンスに示され、『団長室』と書かれた札が掛《か》っている扉《とびら》の方を見る。

するとその奥《おく》から、時折団長の笑い声が聞こえてきた。

「こりゃ、どれくらいかかるか分かんねえな」

「……だな。俺もここで待つとするか」

ヴィンスの向かいに回り、低めの机を挟《はさ》むように置かれたもう一つのソファーに腰《こし》を下ろす。

それにしても団長に来客かぁ。どんな人なんだろう。

なんとなく気になったので、俺は気配を探ってみた。

すると。

「え」

「あ？　どうしたんだよ」

「いや、なっ、なんでもない。そんな……まさか、な……？」

思わず出てしまった声に、欠伸《あくび》をしていたヴィンスが訝《いぶか》しげに尋《たず》ねてきた。

咄嗟《とっさ》に首を振《ふ》って否定したが、時間が経《た》つにつれて予想が確信に変わっていく。

探ってみた来客の気配が――俺のよく知る人物と似ていたのだ。

いいや、全く同じだった。

「っ⁉」

居ても立ってもいられずに席を立つ。

「う、うぉい！　待つんじゃなかったのかよ……んなに急ぎの用っつーことかっ？」

はやる気持ちを抑《おさ》えながら団長室へ足を進める。

跳《は》ねるように起き上がったヴィンスが後ろを追ってくるが、今は返事をする余裕《よゆう》もない。

何故《なぜ》ならこの気配の揺《ゆ》らぎ、落ち着いた独特の――希薄な存在感。

間違《まちが》いない。

俺はこんな気配を持つ人物を世界でたった一人しか知らない。

似たような気配を持つ人物が他にいることは想像もつかない。

もしもこれで人違いだったら、どれだけ謝っても足りないほど失礼な行動になる。

だが、勢いよく扉を開けずにはいられなかった。

開いた扉の先には――

「……じいちゃん」

やはり、俺が想像していた通りの人物がいた。

家を追い出された日のことを思い出す。

俺の叔父《おじ》であり現ガーファルド家当主のゴルドーと共に、勘当《かんどう》を言い渡《わた》してきた祖父の冷たい声音《こわね》と表情。

団長室でジン団長と向かい合って椅子《いす》に座《すわ》っていた祖父の姿が、あの時のことを思い出させた。

そのまま続く言葉を口にできないでいると、呆然《ぼうぜん》と立ち尽《つ》くす俺を見て団長が微笑《ほほえ》んだ。

「やあ、ちょうどいいところに来たね」

「テオル、お前も立派にやっておるようじゃの。話はジンから聞いとるぞ」

そして当の祖父も、何事もなかったかのように普通《ふつう》に話しかけてきた。

団長とじいちゃんは紅茶を飲みながら、クッキーを摘《つま》んで楽しい一時を過ごしていたようだ。

「えーっと、これはどういう……」

「いやぁー、びっくりしたよ。まさか君が家を追い出されてここに来てたなんて。こいつ、全くそんなこと言ってなかったからさ。ごめんね、手厚いサポートができなくて」

「はっはっ、まあまあ流れというやつじゃよ。『テオルがここの入団試験に参加する』と手紙を出した後じゃったからの、ゴルドーの馬鹿《ばか》がいきなり『追い出す』と言い出しよったのは。結果的に慌《あわ》ててあやつの悪巧《わるだく》みに便乗する形になってしまったが、とかく上手《うま》くいって良かったわ！」

昔から掴《つか》み所がないと思っていた祖父が、団長と揃《そろ》うとこんなことになるのか……。

二人の間で、俺には理解が追いつかないセリフが次々と飛び交っている。

混ぜるな危険だ。これは絶対に。

「まあ、これであやつがテオルの才に気づいたとて、自ら勘当した手前なかなか手出しはできんじゃろうて。いくら儂《わし》に感謝してもし切れんのう、ジン？」

「いやいや。もとから僕《ぼく》は、何があってもそう簡単に優秀《ゆうしゅう》な団員を手放すつもりはないんだけどね。新たな仲間を紹介《しょうかい》してくれたゼノスに感謝がないと言えば嘘《うそ》になるんだけどさ」

「うむ、そう言ってくれると儂も安心して孫を任せられるというものじゃ。かっはっは‼」

「――ちょ、ちょっと！　一旦《いったん》ストップストップっ！」

ワッハッハ、と楽しそうに笑っている二人を止める。

このまま何も言わなければ、俺を無視して話が先へ先へと進んでいってしまいそうだ。

一応、互《たが》いにゼノス、ジンと呼ぶ間柄《あいだがら》であることはわかったが……。

あ、ゼノスというのは祖父の名前である。

ゼノス・ガーファルド。伝説の暗殺者の名前だ。

「どうしたんだい？」

「気になることでもあったかの？」

「大ありだ！　むしろ、訊《き》きたいことしかないんだがっ⁉」

何から訊けば良いのか整理がつかないほどだ。

俺の頭の中がぐちゃぐちゃなのを他所《よそ》に二人はキョトンとしている。

絶対にわざとだろ、これ。

揃ってふざけて……。流されないように気をつけないとな。

とりあえずだ。

一つ一つ丁寧《ていねい》に問いただすのは確定として、その前に。

興味津々《きょうみしんしん》な様子で部屋を覗《のぞ》き込《こ》んでいるヴィンスがいるので、俺は勢いよく扉を閉じる。

「おま――」

「で！　まず、二人の関係は？」

抵抗虚《ていこうむな》しく締《し》め出されたヴィンスがとぼとぼとソファーに帰っていったようなので、俺は空いていた団長の横の席に座り、語気を強めて二人を問い詰《つ》めた。

「古い友人じゃよ」

「うん。かれこれもう……出会ってから四、五十年になるかな？」

「じゃな」

「いやいや、流石《さすが》にそれは……。だって団長は――えっ、ほ、本当なんですか？」

また冗談《じょうだん》を、とまともに取り合わず流そうとしたが、目に入った団長は真顔そのものだ。

嘘をついている気配が一切《いっさい》しない。

瞳《ひとみ》の動きや呼吸のリズム、筋肉の弛緩《しかん》具合を確認《かくにん》しても怪《あや》しい点は少しも見当たらず、真実ではないだろうと疑う自分が馬鹿らしいほどの正直さがそこにはあった。

「うん、本当だよ。かなり昔のことだから正確な時期は思い出せないけど、ごめんね。それでも僕たちが出会ったのはたしか四、五十年前だったはずさ」

「そんな……し、四、五十年前？　団長って何歳《さい》なんですか⁉　おっ俺、聞いてないですよ⁉」

「そりゃそうだよ、だって聞かれてないんだもん」

明らかに俺よりも年下に見える外見なのに、この人は一体何歳なんだ。

もしかして人族じゃなかったのか？

いや、でも今も感じる魔力系統や気配は人族のもの。他の種族ではないと思うが。

それに、じいちゃんと友人だったたって？

遠く離《はな》れた国で、初めて出会った人に「祖父と知り合いですか？」だなんて尋ねるわけがないんだから、あっちから教えてくれれば良かったのに。

本当に団長は謎《なぞ》ばかりの人物だ……。

いやいや。

そんなことは置いておいて。

先にハッキリとさせておきたいことが別にある。

「ご、ごほんっ。まあ、このことは後で話を聞くとして。その前にじいちゃん、俺は家を追い出されてから自分の意思で騎士になろうと思ったんだ。それなのにどうして試験に来るって団長に手紙を出せたんだ？　それも、俺がゴルドーに勘当を言い渡されるよりも前に」

一番納得《なっとく》がいかない、引っ掛かっている点はこれである。

先程《さきほど》、祖父は団長との会話の中で『テオルが入団試験に参加すると手紙を出した』と言っていたが、どうやらその時系列は『ゴルドーが俺を追い出す』前だったらしい。

俺は家を追われ、それから自分で思い立ち、騎士になるため試験を受けに来たというのに。

何故、祖父は俺が家にいるうちから、試験に行くだなんて手紙を送れ……た——

「あ」

その時。

家を出た後のことを思い出し、ハッとした。

「くくっ、思い当たる節があったようじゃの？」

「俺、そういえば……試験の話、じいちゃんから聞いて……」

「そうじゃよ。儂があらかじめ意識の底に刷り込んでおいたんじゃ。まあ元はといえばお前さんが騎士に興味を持っておったからの。どうか『操った』、ではなく『背中を押《お》した』としておくれ」

「……え？」

「前々から自ら決心する形で好きなことをさせてやりたい、そう思って準備をしておいたんじゃ。しかし先ほど言ったがゴルドーのやつがの……そのせいで結局こうなってしまったわ。テオルさえ許してくれるのなら、最終的に万々歳《ばんばんざい》の結果になったので良かったのじゃがな」

「…………」

じいちゃんは、俺がこの国の騎士に興味を持っていたことを知ってくれていたのか。そして暗殺者を続ける自分に違和感《いわ》を覚えていたことも。

つまり俺が外の世界に行けるようにと背中を押そうとしてくれていた時、ゴルドーとのいざこざがあって、あの時はそれを利用して演技を……？

「いらんことをしていたとしたら申し訳ないのう。十分に話し、説明する時間もなく」

「いや、騎士が気になっていたことに間違いはないから問題ないけど……ほら、今はこうなって良かったと俺も思っているし。だけど、それにしても良かったのか？　ガーファルド家の仕事もあるのに」

暗殺一家ガーファルド家を創り上げたのは祖父だ。

そこから俺が抜《ぬ》けてしまって良かったのだろうか。

ルドとルウにはまだ比較的《ひかくてき》簡単な任務しかこなせないだろうし、と現役の働き手の少なさを心配してしまう。

「なんじゃ、そんな些細《ささい》なことは構わんよ。我が一族に生まれたからといって嫌々やる仕事でもないからの。それに当主が愚《おろ》かであれば、いずれ看板を下ろす時が来るというものじゃ」

――が、祖父はあっけらかんとそう言った。

そういえばこの人は昔から、仕事に関してはどこまでも実力主義でドライな人だったな。

なにしろ超《ちょう》一流の暗殺者。

その力量ただ一つで、一代にして家をあそこまで大きくしたのだ。

それからしばらく、俺たちは話を続けた。

団長と祖父の関係。俺の意識に入団試験に向かうよう刷り込んだ方法。ゴルドーたちの前での祖父の演技や、ガーファルド家のその後について。

三十分にも満たない時間だったが、楽しく言葉を交《か》わし様々な話をした。

祖父が時計をちらりと確認する。

「おっと、もうこんな時間じゃ。次の用事があっての、あまり長居をしては遅《おく》れてしまう。今日のところはこれで失礼するが、とにかくじゃ。テオル、家を出てもお前さんが儂の孫であることに変わりはないのじゃぞ？　これからは自由に、無理に辛《つら》い思いをせずに存分に生きなさい」

優《やさ》しい微笑《びしょう》を湛《たた》え、祖父は温かな声音でそう言うと席を立った。

ニコニコと様子を見守っていた団長が俺の肩《かた》を叩《たた》き、じいちゃんに声をかける。

「孫のことが恋《こい》しくなったらいつでも来なよ。歓迎《かんげい》するよ」

「おお、それは良いことを聞いた。どうやらここは、ジンらしい最高の職場のようじゃな」

二人は若い悪友同士のようにニヤリと口角を上げた。

「じいちゃん、今日は――いいや、全部ひっくるめてありがとう」

「そうか、儂はとにかく嫌《きら》われんくて良かったわ。テオルが家を出た後、ゴルドーに脅《おど》されたとか適当な理由をつけて弁解しようと思っていたんじゃがな。お前さんの足が速くて追いつけんくて……ようやく時間ができた今日、肝《きも》を冷やしながら来たんじゃよ。やはりいかんの、過ぎた悪戯《いたずら》心は」

祖父は最後に苦笑いを浮《う》かべ、頬《ほほ》を掻《か》くと俺の耳元に顔を寄せる。

そして。

「魔力も増えたようじゃの。その力で、多くの人々を救うんじゃぞ？」

そう言い残し、第六騎士団室を後にした。

何か吹《ふ》っ切れた気がした、爽《さわ》やかな、いつもと変わらない午前のことだった。

◆　◆　◆

「うーん、申し訳ない。昨日もリーナから話を聞いて考えてみたんだけどね、やっぱり僕は知らないなぁ。ドラゴンの心臓が結晶化《けっしょうか》……そして体内に吸収されたか……。おそらく何かしらの魔法、それか呪術《じゅじゅつ》の類だとは思うんだけど……」

祖父が去った後。

団長に紅玉の話を訊くと、すぐにそんな答えが返ってきた。

今回の仕事の報告とともに、すでにリーナからある程度の話を聞いていたらしい。

「あっ、そういえば今日だったね」

「今日……？」

「うん。姫様《ひめさま》の護衛で王都を離れていたもう一人の団員が帰ってくるんだ。彼女《かのじょ》は博識だから、何か知ってるかもしれないな……」

第六騎士団のメンバーは団長を除き、俺以外に三人いるという。

そういえばあと一人、まだ会っていない人がいるんだったな。

新しい環境《かんきょう》に慣れるのに必死で、すっかり忘れていた。

最後の同僚《どうりょう》はどんな人なんだろう。

彼女、ということは女性のようだが。

リーナとヴィンス同様に、かなり腕《うで》が立つ人物であることは間違いないだろう。

第一印象は重要だからな。

礼儀《れいぎ》としてしっかりと挨拶もしたいし、紅玉の質問ついでに帰還を待つか。

「なるほど、ちょうどいいタイミングですね。それならその方が来るまでここに――」

「でも、手紙で団員を増やすって知らせたらかなり怒《おこ》ってたからなぁ。話を聞くのは厳しいかも」

「……団長。それって結局、全団員が俺の入団を嫌がってたってことになりませんか？」

「ま、まぁそれはそれさ。アマンダが帰ってくるのはもう少し後だからさ……ほ、ほらっ、それまでは大図書館にでも行って調べて来てみたらどうだい？　君だって時間を無駄《むだ》にするのは嫌だろうっ？」

冷ややかな視線を向けると、団長は目を泳がせながら曖昧《あいまい》な笑い方をした。

どうやら動揺《どうよう》を隠《かく》す気はさらさらないようだ。

ここぞとばかりにワタワタとされ、俺は頬を引き攣《つ》らせた。

けれどまあ、まだ時間があるというのなら団長の言う通り先に大図書館に行くとしよう。

リーナに街を案内してもらった時に見た、あの巨大《きょだい》な図書館でなら一つくらい情報を得られるかもしれない。

話に聞くところ、騎士と証明できる騎士団服を着ていけば、いつでも無料で利用できるそうだ。

本当に騎士とは良い職業である。

普通は図書館を利用しようとすると、それなりの金銭を支払《しはら》う必要があるというのに。

「はぁ……わかりました。じゃあ、その団員の方との間を団長が取り持ってくれるということで」

「りょ、了解《りようかい》……」

「とりあえず今は何か手がかりがないか文献《ぶんけん》を当たってみます。それではまた後で」

「あっそうだ。これ、生活のために給金の一部を前払《まえばら》いで用意したから渡しておくよ。手持ちがそこまで多くないだろうってゼノスから聞いてね。遅《おそ》くなってすまないが、ほら、受け取ってくれ」

ひとまずの予定を決め部屋を出ようとすると、団長が硬貨《こうか》の入った袋《ふくろ》を渡してきた。

「っ！　ありがとうございます。正直困っていたので助かります」

ほとんど必要がないとはいえ、少々心許《こころもと》なかったからな。

頭を下げ感謝を伝えてから退室する。

ソファーで寝ているヴィンスに絡《から》まれないように俺は忍《しの》び足で外に出た。

魔力昇降機《エレベーター》に乗ってから袋の中を覗いてみると、思ったよりも金額が入っていた。

「これが全体の一部って。十分な大金だぞ……」

使いやすいように銀貨と銅貨が中心になっているが、ジャラジャラと音を鳴らす袋の中には黄金色に輝《かがや》く金貨が数枚入っている。

これならあの肉串《にくくし》を飽《あ》きるまで食べられるだろうな。

……それにリーナに世話になった分の恩返しも、給金を待たずして買うことができる。

ようやく安心できる程度には懐《ふところ》が温まった。

俺はさまざまな書物が揃っているという、街の中央区にある神殿《しんでん》――のような大図書館に軽い足取りで向かうことにした。

◆　◆　◆

「はぁ～。結局なんにも見つからなかったな……」

大図書館の中は三階まで壁一面《かべいちめん》を本棚《ほんだな》が埋《う》め尽くし、外観だけではなく施設《しせつ》内を流れる空気まで本当に神殿のような荘厳《そうごん》さがあった。

管理された気温に湿度《しつど》。

柔《やわ》らかい絨毯《じゅうたん》にどこか重厚《じゅうこう》な照明の光。

落ち着くような疲《つか》れるような、そんな静けさの中を俺は時間をかけて歩き回ってみたが、お目当ての紅玉に関する情報は見つからなかった。

他にも目星をつけている本の中で、まだ中を確認できていない物もある。

あとは午後からにしよう。

腹の虫が鳴ったので気分転換《てんかん》を兼《か》ね少し早めに昼食を、と俺は外に出たのだった。

館内の静けさとのギャップで、いつもよりも騒々《そうぞう》しく感じる賑《にぎ》やかな街をふらふらと歩く。

すると一軒《けん》の店の前を通りかかった。

ここはそういえば……リーナが最近人気だと言っていたカフェだ。

「ちょうどいいし入ってみるか」

ピークには行列ができるそうだが、今は列が見当たらない。

このタイミングを逃《のが》すと行く機会は当分やってこないだろう。

俺はこれ幸いと、店内に足を進めた。

「いらっしゃいませ。おひとり様ですね、こちらへどうぞ」

扉を開けるとチリンと鈴《すず》の音が鳴る。

店員に案内されたのはカウンター席だった。

まだランチには少し早い時間帯だというのに、ほとんどの席が埋まっており、店の中に漂《ただよ》う紅茶の香《かお》りが鼻腔《びこう》をくすぐる。メニューを見ると値段はそこそこするようだが、ここは味が良いとリーナが力説していたからな。洒落《しゃれ》た雰囲気《ふんいき》だけが取り柄《え》じゃないのよ、なんて言って。

椅子の背もたれに羽織っていた騎士団服をかけ、注文を済ませる。

しばらくすると柔らかい白パンで肉を挟んだ料理と、紅茶が届けられる。

リーナの言葉に嘘はなかったようで、口にしてみると料理も紅茶も想像以上に美味《うま》かった。

一人で感動していると、ちょうど入店してきた客が隣《となり》の席に案内されてやって来た。

「こちらの席でよろしいでしょうか？」

「ああ」

気がつくと、いつの間にか店内は満席になっていた。

本当に訪《おとず》れるタイミングが良かったらしい。

ゆっくりと寛《くつろ》ぐのが目的だったわけではなく、単に食事をしに来ただけだからな。

なるべく早くお暇《いとま》するとしよう。

店員に案内されて来たのは、まっすぐに背筋が伸《の》びた背の高い女性だった。眼鏡の奥にある凛《りん》とした紫《むらさき》の瞳と美しいボブカットの黒髪《くろかみ》に思わずハッとさせられる。

ちらりと見ただけのつもりだったが、目が合ってしまったので軽く会釈《えしゃく》すると、彼女は席につきながら話しかけてきた。

「隣《となり》、失礼する。それにしても噂《うわさ》には聞いていたが、まさかこんなに客が多いとは……何分初めてこの店に来たのだが、運良く最後の一席に座れて良かった」

「そうですね。俺も初めてなんですけど、正直びっくりしました。気付いたらこの盛況《せいきょう》ぶりで」

「お、貴殿《きでん》も初めてなのか。どれ、何を頼《たの》むべきかわからないことだ、私も同じものを頼むと……ふぁ……。す、すまない。欠伸などして……」

「ああ、いえ！　お気になさらず。お疲れ、ですか？」

「実は仕事で長らく遠くに行っていてな。先ほど王都に戻《もど》ってきたばかりなのだ。長期間の仕事を終え肩の荷が下りたからといって、まったく私としたことが……本当に失礼した」

「はぁ、なるほど。それはお疲れさまでした。長期の仕事で遠くへというと、商人の方――」

女性は今も必死に欠伸を噛《か》み殺している。

多忙《たぼう》を極める商人か何かだろうか？

そう思い俺が尋ねようとした時、近くのテーブル席に座っていた俺と同年代の二人の少女が寄って来て、眠《ねむ》たげな目をしている隣席《りんせき》の女性に声をかけた。

「あの、もしかして……アマンダ様、ですか？」

「ん？　ああ、そうだが……」

「きゃあっ、やっぱり！　あのっ、あ、あたしたち大ファンで‼　その、あっ、握手《あくしゅ》してもらってもいいですか⁉」

女性が頷《うなず》いた瞬間《しゅんかん》、少女たちは飛び跳ね、勢いよく手を差し出した。

興奮気味なその声に反応して、店内の他の席からも幅広《はばひろ》い年齢層《ねんれいそう》の女性たちが立ち上がり、握手を求めてやってき始める。

隣の席の彼女は、そんなに有名人なんだろうか……？

時折騒《さわ》がしくなりすぎないように注意しながらも、握手に応《こた》える女性の前には列ができ、即席《そくせき》の握手会が開催《かいさい》されることに。若い女性店員に至っては、握手とともに色紙にサインを求めている。

ただの名の知れた人物というわけではなさそうだ。

特に女性に、熱狂《ねっきょう》的な人気がある……か。

うーん、そういえば。

確かに俺も本当につい最近、アマなんとかという名前を耳にした気がする。

答えは喉元《のどもと》まで出ているのだが、あと一歩が足りない。

どこで聞いたんだったか。

気になったので答えが出てスッキリしてから店を出ることにしよう。

案内待ちの列ができていても、カフェということで許してほしい。

紅茶のおかわりを注文し頭を悩《なや》ませる。


「はぁ……王都は王都で落ち着くことができないな」

ようやく握手をし終え、解放された女性は溜息をついてそう言った。

見るとさっきよりも一段と疲労《ひろう》の色が濃《こ》くなった顔をしている。

「大変、ですね」

素性《すじょう》を聞き出すきっかけになればと思い、労《ねぎら》いの意を込めて声をかける。

すると彼女はメニューを眺《なが》めてから諦《あきら》めたようにそっと微笑んだ。

「いつものことだ。それよりも席が隣だったばかりに騒がしく、迷惑《めいわく》をかけてしまっただろう。すまないな。謝罪——になるかはわからないが、ここは貴殿の分も私に持たせてくれないか？」

「……え？　いえいえっ、流石にあれだけのことでそんな……いいですよ、自分で払います！」

「いいんだ。物腰《ものごし》が柔らかで、芯《しん》を感じる。貴殿のような立派な人物に出会えた礼だと思ってくれ。これでも一応それなりの余裕はあるからな。国に仕える第六騎士団の一員として忙《いそが》しくしているのだから、これくらいはしないと私も示しがつかないのだ」

「そう言っていただけるのはもちろん嬉《うれ》しいですが——」

……ん、あれ？

今なんて？

言葉が詰まり、表情が固まる。

俺は今しがた聞き取り、脳内で反響《はんきょう》している言葉をゆっくりと繰《く》り返した。

「――第六、騎士団……？」

「ああ、そうだが……む？　も、もしかして私が誰か知らずに話していたのか？　だとすると、こ、これは恥《は》ずかしいな。貴殿もこの国にいるのだから聞いたことくらいはあるだろうとばかり……」

「……いや、まあ騎士団の名前は、聞いたことはありますけど……でもすみません。どなたかは分からずに話していました」

「おお、そうか！　騎士団の名を聞いたことはあるのだな。だが自らの知名度に傲《おご》り有名人気取りとは、まったく私は……。不在中に新たに団員を入れたと聞いて帰ってくるのも億劫《おっくう》でな、思考が駄目《だめ》になっているのかもしれない」

自嘲《じちょう》気味に目を伏《ふ》せると、女性――俺の同僚のアマンダさんは、深く鼻から息を吐《は》いて続けた。

「気を入れ替《か》える機会を与えてくれたこと、深く感謝する」

頭を下げられる。

俺は今、きっと遠い目をしていることだろう。

だって、こんな出会い方になるなんて。

それにやっぱり、俺が入団したことで帰ってくるのも億劫だったらしいし。

そうだな……。

これは、一体全体どうしたものか。

◆◆◆

「うむ。これはなかなか美味だな」

その後、俺と同じ料理と紅茶を注文したアマンダさんは、パンを一口食べてから眉《まゆ》を上げた。

団員が増えて億劫だと聞いた手前、「自分がその新団員です」なんて言えるわけもなく、俺は必死の思いで背もたれにかけている騎士団服を隠し続けている。

席を立ったらバレてしまうからな。

彼女が先に店を出るのを待とう。

自分の正体を隠すと、後で挨拶をする時に逆に変なことになるような気もするが。

そう頭ではわかってはいるのだが……ここはとにかく乗り切るしかない。

気まずさは、未来の俺に託《たく》す！

「ちなみに、貴殿は何をされている方なのか？」

「へっ⁉　あ、あー……職業ですか？　職業はそのっ、に、肉体労働を……」

「なるほど、それでバランスの良い筋肉をされているのか。いや、人の重心などを見るのが少々得意でな。どうしても気になって聞いてしまった」

何か気付かれたのかと思ったが、単純に気になっただけだったらしい。

大丈夫《だいじょうぶ》、騎士の仕事も肉体労働のうち。一応、嘘はついていない。

だから何がしたいのか良くわからないこんな言動にも、別に心を痛める必要は……うっ。

「そ、そうだ。この紅茶もかなり美味しいですよ」

「ほう。っ！　……これは確かに。ここまで多くの人が集まるのも納得の味だな」

俺は先のことを考えることなど止《や》め、ひとまず話題を逸《そ》らすことに徹《てっ》した。

アマンダさんがこちらを見るたび、俺の騎士団服が目に入らないかヒヤヒヤする。

や、やっぱりここは自分で支払うと言って先に席を立ってしまおうか？

例えばまず上手いこと彼女の視線を誘導《ゆうどう》する。そして次に、タイミングよく体の後ろに騎士団服を隠せば、万事《ばんじ》なんとかなる……か？

なんとかなるかどうかは誰にもわからない。

いや、多分なんとかならないんだろうけど。

問題はそれ以前にあるのだ。

そう、せっかく奢《おご》ってもらえる流れになっているのに、今更《いまさら》断って足早に去ることは流石に礼儀に欠ける行為《こうい》だろうという問題が。

それにやはりだ。

後で顔を合わせた際に乗り切る方法が、別人のふりをするくらいしか思いつかない。

まあどうせ、それをやったところで失敗に終わると思うしなぁ……。

今からでも名乗り出るか、それとも今は大人しくし成るように成るさと流れに身を任せるか。

俺は究極の二者択一《にしゃたくいつ》に神経をすり減らしながら、結局答えを出せないでいる。

「ふぅ……」

そして、俺の頭が爆発《ばくはつ》しそうになった頃《ころ》。

最後に紅茶を飲み終えたアマンダさんが満足げに息を吐いた。

よし、食事も終わったことだし、これでひとまずお別れだな。

いやぁ～、仕方がない。

任務や仕事で優柔不断《ゆうじゆうふだん》になることは決してないが、今はオフだからな。

それに今回も、俺が決断する前に時間が来ただけだ。

うん、そういうことだ。

「さて、そろそろ行くとするか。私が奢ると言ったばかりに待たせてしまったな。時間は大丈夫だったか？」

「はい。自分はそこまで忙しい人間ではないので。それより、ご馳走《ちそう》様です」

「気にしないでくれ。一期一会《いちごいちえ》の出会いへの感謝と、迷惑をかけてしまった謝罪を込めた私の我儘《わがまま》だからな。またどこかで会えると願っている。――っと、そうだ」

誠実さに欠ける自分から早く脱《だつ》したくて仕方ない。

ようやくこの場は終了《しゆうりよう》だとホッとしたのだが……しかし。

ここで本日最後の難関となる質問を彼女が口にした。

「再会のときのために、最後に名前を聞いても良いか？　私はアマンダだ」

できれば名前を言わずに別れて、団長やリーナがいるところで挨拶をしたかった。

もしかするとすでに俺の名前を手紙の中で知っているかもしれない。

これが第六騎士団の新たな団員だとバレるきっかけにならないといいが……。

けれど、別にそこまで珍しい名前でもないからな。

ここで偽名《ぎめい》を騙《かた》ることこそ、後でツケが回ってくることの原因になるかもしれない。

みっともなく可笑《おか》しな話だ。

「……テオル、です」

一瞬《いっしゅん》であれこれと思考を巡《めぐ》らせ、俺は腹を括《くく》って名乗った。

妙《みょう》な間が空きアマンダさんの口角が上がる。

まさか、気づかれた？

緊張《きんちょう》が走るが、表情で悟《さと》られないようにポーカーフェイスを保つ。

密《ひそ》かにゴクリと唾《つば》を飲み込むと――。

「テオル、いい名前だな。では私は先に失礼する。またどこかで会おう」

そう言って、アマンダさんは会計を済ませると振り返ることもなく店を出て行った。チリン、と鈴の音が鼓膜《こまく》を揺らす。

窓の外の道を彼女が歩いていき、姿を消したのをしっかりと確認する。

店内を見渡《みわた》すと、いまだ客入りがピークの状態だった。

それじゃあ俺もそろそろ出るとするか。

まるで緊迫《きんぱく》した仕事を遂行《すいこう》した直後のように、肩の力を抜き紅茶で喉《のど》を潤《うるお》す。

「……ふぅ」

どっと押し寄せてくる疲れを感じながら、深く息を吐いていると、

「あれ？　あんた、来てたのね。声をかけてくれたら私も一緒《いっしょ》に来たのに」

突然《とつぜん》、後ろからリーナの声がした。

振り返ると後頭部に少し寝癖《ねぐせ》が残り、眠たそうな目をしている青髪《あおかみ》の少女がいる。

どうやら彼女はいま来店して、ついさっきまでアマンダさんが座っていた席に案内されたらしい。

この広くて人が多い王都でも珍しいことがあるものだ。

世間は広いようで狭《せま》いな。

「お、リーナ。ほら、前に教えてもらったからな。大図書館で紅玉のことを調べるついでに来てみたんだ。……もしかして寝起きか？」

「ええ、まあね。昨日は少し遅かったから」

「報告を任せてしまってすまないな」

「あぁ、いいのよいいのよ。これくらいしないと、ドラゴンの一件ではあんたに助けてもらってばかりだったから」

彼女は立ったまま椅子の背もたれの上に手を置き、そう話してから騎士団服を脱《ぬ》いだ。

そしてそれを、俺と同じように背もたれにかける。

「そういえばさっきアマンダさんに会ったんだ」

「へえ、もう帰ってきてるのね。……て、あれ。あんた初対面だったんじゃない？」

「まあ、そうなんだけどさ。アマンダさんってそんなに厳しい人なのか？　団長から聞いていたよりも優しそうな感じだったけど」

眠たそうな目を擦《こす》り、椅子を引こうとしていたリーナに気になっていたことを尋ねる。

そう、そうなのだ。

聞いていたアマンダさんの印象と、実際に会ってみて感じた印象がかなり違う気がしていた。

勝手にもっとこう、鬼《おに》のような……話が通じない理不尽《りふじん》なタイプかと。

それか、暴れ馬のようなタイプ。

リーナは椅子にかけた手を離し、顎《あご》に手を当て「うーん」と斜《なな》め上を見る。

「厳しいっていうか、どちらかというと真面目《まじめ》って感じね。あの人、かなりしっかりした人だし」

「しっかりした人……か」

「うん。ジンなんかよりはよっぽどしっかりしてるわよ？　結構優しいところもあるから心配しないで大丈夫じゃないかしら。ま、時々同じ騎士として、私たちにはちょっと怖《こわ》い時もあるけど」

「そ、そうか……。人間、そう単純じゃないもんな。けどな、実は俺のことを――」

アマンダさんは俺の入団を快く思ってないらしく、さっき会った時も名乗れなかったんだ。リーナにそう伝え、相談を持ちかけようとした。

しかし、その時。

小走りでこちらに近づいてくる人影《ひとかげ》が目に入った。

視線を向けると、そこには先ほど別れたばかりの眼鏡をかけた黒髪の女性が。

「テオル、まだいたか。良かった……うっかり忘れ物をしてしまってな。これをなくすと大変な問題になって仕事に支障が――あれ？」

「あ」

アマンダさんが、リーナと顔を見合わせて固まった。

何が何だかと言った感じで、ゆっくりと彼女はリーナが座ろうとしていた椅子を引く。

そしてその席に置かれていたのは――。


自分の物を隠すのに夢中で忘れていた。

アマンダさんは騎士としての仕事から帰って来たばかりなのだから、彼女も持っていて当然なのに。オフだからと言っても、流石にぼうっとしすぎだろ俺⁉

忘れ物と言ってアマンダさんが手に取ったそれは、テーブルの下に入っていた椅子の座面に置かれていた。

丸められた、俺やリーナの物と同じデザインの騎士団服だ。

そんなところに……忘れ物があるだなんて。

「久しぶりだな、リーナ。勧《すす》められた通りこの店に来てみたが、確かに料理も紅茶も美味かった。それで……その様子は、もしかしてリーナもテオルと知り合いなのか？」

「えっ？　あぁいや。アマンダさん、こいつは——」

状況《じょうきょう》を正しく理解できていないリーナが全《すべ》てを暴露《ばくろ》しそうになる。

俺は慌てて決意を固めると立ち上がった。

もう、どうにでもなれっ‼

「——黙《だま》っててすみません！　実は俺が、第六騎士団の新団員なんです！」

限界まで深く頭を下げる。

数秒の後、あまりの無音に耐《た》えきれず顔を上げて様子を窺《うかが》うと。

俺の顔を見ていたアマンダさんは、ゆっくりと口を開いた。

「…………は？」

◆　◆　◆

「——で、こうなったのよ」

リーナが腰に手を当てて、俺とアマンダさんがここに来るまでのあれこれを、団長とヴィンスにざっと説明する。

かなり端折《はしょ》っていたが、簡単にまとめるとカフェでの一幕についてだ。

「なるほどね……それでか。なんかテオルと誰かさんで、前にも同じような光景を見たような」

「あ？　んなことあったのか……？」

「い、今はいいのよ！　それはっ！」

以前、リーナと手合わせを行った騎士団本部の地下訓練場。

カフェを後にした俺は、現在そこでアマンダさんと対峙《たいじ》していた。

「……はぁ」

「あんた、ビシッと気合い入れなさいよ？　認めてもらわないといけないんだから」

「まあ……やるけどさ。なんでリーナも、それに団長とヴィンスも間を取り持ってくれないんだ」

「そ、それは……ねえ？　あ、あれよ、ほらっ。ちょっとジン、なんとか言いなさいよ」

「僕たちにだっていろいろとあるのさ。だから頑張《がんば》ってくれよ、テオル」

「オレぁ、シンプルに面白《おもしろ》そうだからな」

後ろに立つ三人がそれぞれの反応を見せる。

こうは言っているが、結局は三人とも俺を冷やかしに来ただけなのだろう。

一体どこから聞きつけたのか、気がついたら団長とヴィンスもいたし。

どうして俺が楽しみを提供しないといけないのか。いまいち納得できないが、ここまで来たのだからもうやるしかない。

カフェで俺が新団員だと白状すると、アマンダさんが言ったのだ。

『――貴殿に、第六騎士団の仲間として相応《そうおう》の能力があるか見させていただきたい』

優しさが消えた鋭《するど》い眼光を、眼鏡の奥できらりと光らせて。

「そろそろ始めるが良いか？」

「あっ、はい」

すぐ近くにいるリーナたちを半目で見ていると、アマンダさんが声をかけてきた。

彼女は俺の前方三M《ミトル》ほど先にいる。

なんか妙に近いし、後ろの三人もそこにいたら危なくないか？

リーナとやったように手合わせを始めるのだから離れるように言おうとしたが、その前に、背後から肩にぽんっと手を置かれた。

リーナだ。

「実力を見るって言っても別に戦うわけじゃないと思うわよ？　団員として最低限の素質があるか、ひとまずアマンダさんの〝アレ〟があんたを確認するんじゃないかしら」

なんだ、戦闘《せんとう》を行うわけじゃなかったのか。

いつでも気配を消せるよう体内の魔力の循環《じゅんかん》を確認していたんだが。

それにしても……アレ？

なんのことを言っているんだろうと疑問に思い、アマンダさんの方を見る。

すると眼鏡を外した彼女の右目が紅《あか》い光を放ち、妖《あや》しく輝いていることに気がついた。

「なるほど……悪魔か」

悪魔。

それは異界に棲《す》み、ごく稀《まれ》にこの世界に顕現《けんげん》する種族の名だ。

俺たち人族などとは違い、生まれ落ちたその瞬間から強大な力を持ち、世界のありとあらゆる場所の伝説や伝承に登場する。時に人々の敵であり、また別の時には味方でもある闇《やみ》に生きる種族。

アマンダさんの体内にはそれがいるようだ。

しかも、かなり強力な。

世界には体内に悪魔が封印《ふういん》されている人物がいる。

だが、それは本来集落などの神職者の務め。選ばれし者が悪魔を代々引き継《つ》いでいくのだ。

そもそも体への負荷《ふか》が大きいため、その者たちが外の世界に出ることはないという。

決して騎士として、人が溢《あふ》れる都にいるはずがない。

ならばアマンダさんは悪魔との……？　いや、この気配からは体内に悪魔を押し込み棲まわせている、そんな印象を受ける。それじゃあやっぱり封印されているのか？

「出《いで》よ、イシュイブリス――ッ！」

彼女がそう叫《さけ》ぶと、右目の光はより一層強くなった。

濃密《のうみつ》な魔力があたりに吹き荒《あ》れる。

そして次の瞬間。

魔力が赤黒い靄《もや》へと姿を変え、俺たちの前で次第《しだい》に人の形を作っていく。

最後に塊《かたまり》となった靄が霧散《むさん》すると、そこには闇の絹布《けんぷ》を纏《まと》った絶世の美女が浮遊《ふゆう》していた。

『何の用かしら、アマンダちゃん？　いきなり喚《よ》び出したりなんかして』

「その者の力量を測ってくれ」

『もう！　人使いが荒《あら》いんだから……。でも好きよ、そういうところ』

気がつくと俺のそばに悪魔の女が移動していた。

布地の少ないかなり際《きわ》どい服装をしているけれど、その辺りは俺たちとは感性が違うのだろう。

明るい紫 色《むらさきいろ》の髪を垂らし、黒い目に金色の瞳で俺の顔を覗き込んでくる。

『じっとしててね。すぐに終わるから』

悪魔はそう言うと返事も聞かず、一方的に腕を伸ばし俺の体に手を這《は》わせてきた。

魔力や筋肉のつき方、思考のパターンまで。

様々な情報を読み取られ、満足いく者かどうか試されているのがひしひしとわかる。

まるで俺という人間を採点されているみたいで、あまり居心地は良くないが抵抗はよそう。素性がわからない悪魔に抗《あらが》うことほど危険で愚かなことはない。

大人しくじっと触《さわ》られ続けていると、険しい表情でこちらを見るアマンダさんが口を開いた。

「そいつは魔天十三王の一人、かの深淵王《しんえんおう》が腹心、イシュイブリスだ」

「えっ、深淵王の……腹心？」

「ああ。危険はないと誓《ちか》うから安心してくれ。結果によっては入団を反対することにはなるがな」

「……わかりました。でも、あの、このままだと――」

アマンダさんが言うには、このイシュイブリスという悪魔は十三体存在する悪魔の王、そのうちの一体に仕えている存在だそうだ。

すごいな。そんな悪魔を体の中に飼っているのか、この人は。

あまりの特異さに驚《おどろ》くが、その前に早くこの審査《しんさ》を終わらせなければならない。でないと、いくらなんでも危険すぎる。

そう伝えようとしたが、すでに手遅《ておく》れだったらしい。

『……っ！　こ、これは……いったい、どういうことなの……ッ⁉』

「どうしたイシュイブリス」

『い、いや、アマンダちゃん。この坊《ぼう》や……いえ、このお方は……』

突如《とつじょ》として張り詰めた表情になったイシュイブリスに、アマンダさんが尋ねる。

イシュイブリスの手がそっと引かれたのを確認してから、俺は先ほどからずっと「出せ出せ」とうるさかった深淵剣《しんえんけん》を取り出すことにした。

「闇魔法〈深淵剣《しんえんけん》〉」

漆黒《しっこく》の闇が集まり、波打つ一振りの剣が手元に出現する。

『や、やっぱり！　こんなところでお会いできるなんて……っ‼』

俺が深淵剣《しんえんけん》を持つと、イシュイブリスが後ろに下がり片膝《かたひざ》をついて頭《こうべ》を垂れた。

状況を見ていたリーナたち三人と、アマンダさんが一斉《いっせい》に目を点にしたのがわかる。

驚くのも無理はないだろう。悪魔が人間に対して頭を下げるなど、本来はあり得ないことなのだ。

唯一《ゆいいつ》口を開くことができた団長が興味深そうに訊いてくる。

「テオル、それって君が使ってる……」

「はい。いつもは剣の形を保っていますが、でも正体はこいつなんです」

俺が応えた瞬間、深淵剣《しんえんけん》は手をすり抜け、やがて巨大な人影に変化した。

「ほう……これは面白いね」

「な、なによこの気配……!?　もしかして、こっちも悪魔っ？」

「おいッ、こりゃ逃《に》げねえとやべーだろ!?」

「……こ、これはっ」

団長とリーナ、ヴィンス、アマンダさんが影《かげ》を見上げる。

『イシュイブリス、久しいな。この身の程知らずが』

感じる魔力は確かに悪魔のものだが、そう発声した影はイシュイブリスとは違い顔を窺うことができない。

髪や肌《はだ》の色もわからず、ただ淡《あわ》い外套《がいとう》の下、人に似た形を取っていることだけがわかる。

その深い闇を前にして、イシュイブリスはさらに頭を下げた。


『お、お久しぶりです――深淵王様っ！』


『余の契約者《けいやくしゃ》に対してなんという愚行《ぐこう》。再度、教育が必要か？』

『めっ、滅相《めっそう》もございません！　陛下の契約者様だとはつゆ知らず、馬鹿げた真似《まね》を……』

数秒前までの態度からガラリと変わり、額を地面に擦《こす》るイシュイブリス。

そこにはただ静かに、深い闇が鎮座《ちんざ》している。

俺が契約《けいやく》し、日頃《ひごろ》から深淵剣《しんえんけん》として使用している彼《かれ》こそが、イシュイブリスが仕えているという悪魔の王だったというわけだ。

『ア、アマンダちゃん。私は今すぐこの方の実力を認めるわ！　だからあとは自分の目で見て判断してちょうだい。そ、それじゃあ今日のところは失礼するわね……っ』

プルプルと震《ふる》えるイシュイブリスはそう言って、深淵王に深く一礼する。

そしてすぐに靄に変化し、アマンダさんの瞳の奥へと消えていった。

『……うむ、では余も去るとしよう』

最後になぜか満足げな深淵王も姿を消し、訓練場内に沈黙《ちんもく》が降りる。

「…………」

「…………」

深淵王が暴れなくて良かったけど……イシュイブリスがいなくなってしまった。

俺のことを認めるとは言ってくれていた。

けれど、これで合格ということでいいのか？

口を開いて呆然とし、固まっているアマンダさんに目を向ける。

「あの、こういう場合は……」

「よ、よくわからないが、とりあえず貴殿の入団に異議は唱えない。……いや、待て。イシュイブリスは『自分の目で判断しろ』と言っていたな。だったらまだ保留か？　だが、深淵王と契約している化け物を認めないなど、そんな愚かな話が……」

アマンダさんはぶつぶつと独りごちている。

その結果。

「よし！　とにかく今は、仮で入団に賛成するという形にしておこう！」

俺は、曖昧な判断を下された。

◆　◆　◆

そのままの流れで団長が紅玉のことをアマンダさんに尋ねてくれたので、より細かな部分を俺が適宜《てきぎ》付け加えながら説明することになった。

「……その心臓から変化した紅い石を持ったら突然割れたらしいんだ」

「はい。本当にいきなりだったんですけど、粉々になって俺の体の中に吸い込まれて」

「それで魔力が増えたって聞いたんだけど、テオル、そのあたりも合ってるかい？」

「そうです。魔力の総量と全体的なパワーが上がった気がします。まだちょっと、他にも違和感があるので何かしら変化があるとは思いますが……」

アマンダさんは顎を撫《な》でて話を聞いている。

リーナとヴィンスもあの奇妙《きみよう》な一件のことが気になるらしい。

どんな返答がくるのか興味ありげに耳を傾《かたむ》け、真剣な表情で会話に参加している。

「そういえば、一瞬だけど物凄《ものすご》い風が吹いたわよね。爆発したみたいに」

「だな。テオルのやつも苦しそうにしてよ」

二人から客観的な情報を聞いて思い出す。

「確か、あの時……体が強張《こわば》って、その後に爆発したみたいに風が吹いたんだったよな」

伝え漏《も》らしがないように事細かく話をし、アマンダさんの反応を待つ。

彼女は目を閉じ、難しい顔をしていた。

この場ですぐに答えがわかればいいんだが……。

そうすれば、あの時の現象に関して何か対応を要するのであれば、すぐに行動に移すことができる。場合によっては、リーナたちに協力を仰《あお》ぐこともできるだろう。

そして、数秒後。

アマンダさんが目を開くと、再び彼女の体内にいる悪魔――イシュイブリスが姿を現した。

「すまないが私の知識に思い当たるものはない。だが、こいつと対話をしたところ、何か良い案があるらしくてな。ではイシュイブリス」

『ええ、任せて。じゃあ少しだけ話を聞いてくれるかしら？』

対話……か。

悪魔との関係にも色々とあるんだな。

適度な距離感《きょりかん》を保っている俺と深淵王とは違い、彼女たちはかなり親しい間柄のようだ。

イシュイブリスは俺たちが頷いたのを確認すると、人差し指を立てた。

『うん。つまり……端的《たんてき》に言えば、他の上位竜《りゅう》に話を聞けばいいのよ』

その言葉に対し、対話したと言っても詳《くわ》しい内容までは聞いていなかったのか、アマンダさんが眉根《まゆね》を寄せて口先を尖《とが》らせる。

「お前、それは厳しいのではないか？」

『え、どうしてかしら？』

「確かにこいつらが倒《たお》したドラゴンと同等の存在ならば何かを知っている可能性は高い。だが、まずもってそもそも居場所がわからないだろう？　それも穏便《おんびん》に話ができるドラゴンに限るのだぞ」

『わかってるわよ、もう！　アマンダちゃんったら……。私がその穏便なドラゴンの居場所に心当たりがあるから言ってるに決まってるじゃない！』

「そっ、そうか。いや、本当かっ⁉」

ここまで協力的で友好的な悪魔も珍しいな。

道を拓《ひら》いてくれたイシュイブリスの言葉に、俺たちもアマンダさんと同じように目を丸くしていると、長話に途中《とちゅう》で飽きてよそ見をしていたヴィンスが尋ねた。

「……んで。結局、どういうことなんだよ」

「何か知っているかもしれない上位竜の居場所を彼女が教えてくれるってことさ」

シンプルに話をまとめろ、といった感じのヴィンスに団長が説明する。

続きが気になる俺は先を促《うなが》すように、イシュイブリスに目を向けた。

「それで、思い当たるドラゴンはどこにいるんだ？」

するといきなり、

『アイライ島でございます』

イシュイブリスが畏《かしこ》まった態度になった。

「そ、そうか……。あそこか」

『はい。数百年前からあの島に隠居《いんきょ》し、知識を集め、研究に励《はげ》んでいる者がいるのです』

俺が深淵王と契約しているからなのか、えらく恭《うやうや》しい接し方だ。

それにしても。

ドラゴンの中にもそんなやつがいるんだな。

数百年も前から世俗《せぞく》を離れているのなら、同じく長い時を生きるイシュイブリスがいなければ、居場所を知ることはできなかっただろう。

「ありがとうな、教えてくれて」

『い、いえ！　この程度、当然でございますっ！』

感謝を伝えると、彼女は目を逸らしすぐに消えていってしまった。

慌てたように去ってしまったけど、何か対応を間違っただろうか。

話を聞き、これからどうするかと考えていると、それまで静かにしていたリーナに突然、脇腹《わきばら》を小突《こづ》かれた。

「痛っ……な、なんだよ」

「なんでもないわよ！　ふんっ」

「……ええ」

よくわからない。

何を拗《す》ねているんだか。

「ははっ。まあ、とりあえずそうだな……」

俺が理不尽な態度のリーナに戸惑《とまど》っていると、団長がおかしそうに笑ってから提案した。

「アイライ島に行ってみたらどうだい？　みんな仕事を終わらせたばかりだし、休暇《きゅうか》も兼ねてさ」

一応、と団長は言葉を継ぐ。

「全員が王都を離れるわけにはいかないから、僕は残るよ」

「えっ、アイライ島に？　本当にいいのよね、ジン⁉　感謝するわっ！」

「……そうだな。イシュイブリスも事の真相が気になるらしい。私も行くぞ」

高速で機嫌《きげん》を取り戻したリーナにアマンダさんが続く。

アイライ島での滞在期間に行きと帰りの移動を含《ふく》めると、最低でも全部で半月はかかるはずだ。

自分の身に起こったことに関する調査とはいえ、こんなにも休暇をもらっていいのだろうか？　仕事を終えたばかりだからなのか、のんびりしている時間の方が長い気がする。

そんなことを考えながら当惑《とうわく》する俺は、まだアイライ島行きへの参加を表明していないヴィンスを見た。

「お前も行くか？」

「いや、オレぁいい。いくらなんでも遠すぎんだろ。面倒《めんどう》くせえから後で結果だけ教えてくれ」

ヴィンスは気になってはいても、休暇を貰《もら》えるなら王都でゆっくりと過ごしたいようだ。

島へは三人で行くことに決まった。

四章　南の島での調査

「テオル、見えたわよ！」

「お、やっとか」

王都を出てから数日、俺《おれ》たちは海の上にいた。

空は青みも濃《こ》く澄《す》み渡《わた》り、暖かな日差しが照りつけている。

俺たちが乗る船は勢いよく進み、潮の香《かお》りが混ざった心地《ここち》の良い風が前髪《まえがみ》を揺《ゆ》らした。

ちなみにようやく視界に現れたアイライ島にテンションが上がり、デッキの手すりから身を乗り出しているリーナとは違《ちが》い、アマンダさんはサングラスをかけ屋根の下で優雅《ゆうが》に過ごしている。

「ようしっ、有名な海水浴場でいっぱい遊ぶわよー！」

「いや、一応調査に来たんだからな？」

「……わ、わかってるわよっ」

本当にわかっているんだか。

完全に旅行気分のリーナに付き合ってデッキで風を浴びていると、船は港に到着《とうちゃく》した。

ついに上陸したアイライ島はリゾート地として有名で、本当にこんな場所にドラゴンがいるのか甚《はなは》だ疑問だ。俺たちは事前に予約していた宿に荷物を置き、早速《さっそく》調査を開始することにした。

話を聞けるか聞けないか、それ以前に大きな問題がある。

まず初めに、上位竜《りゅう》がいる場所を見つけ出さなければならないのだ。

イシュイブリスが知っているのは、この島に目的のドラゴンがいるということだけ。

どこに棲み着いているのかなど詳細《しょうさい》はわからないらしく、自力で探し出すしかないというわけだ。

しかしこうやって砂浜《すなはま》で日光浴を楽しんでいたり、アロハシャツに身を包み街中でショッピングを満喫《まんきつ》している観光客たちの姿を見ると、やはり疑問は大きくなるばかりである。

「本当に、こんなところにドラゴンがいるのだろうな？」

移動中、アマンダさんも俺が思っていることと同じ感想を口にした。

「そうですよね。魔力《まりょく》も一切《いっさい》感じないし、それにここ……」

「リゾート地だから人の手によって結構栄えているものね。島の奥《おく》に行けば手付かずの森林地帯があるとはいえ、ドラゴンがいるようには思えないわ」

麦わら帽子《ぼうし》を被《かぶ》ったリーナが俺の言葉を引き継《つ》いだ。

レストランや土産《みやげ》屋が並ぶ賑《にぎ》やかな街を抜《ぬ》け、森林の中に足を踏《ふ》み入れる。

周囲に人がいないことを確認《かくにん》してから、アマンダさんはイシュイブリスを外に出した。

『ん～っ、着いたようね。ここに目的の人物がいるのは間違《まちが》いないわよ？　ただ、噂《うわさ》によるとかなり強固な結界で住処《すみか》を隠《かく》しているそうだけど』

この広大な島のどこかにいる。

やはり手掛《てが》かりと言えるものはそれだけか……。

この先は自分の目や勘《かん》、探知魔法のみを頼《たよ》りに探していく必要がある。

魔物がいたとしても、この島の空気中の魔力濃度《のうど》からしてそこまで強くはないだろう。

俺たちは団長に借りてきたアイライ島の地図を広げ、イシュイブリスを含《ふく》め四手に分かれて島内を回ることにした。アマンダさん曰《いわ》く、数時間程度のイシュイブリスとの別行動は問題ないらしい。

「担当の範囲《はんい》の探索《たんさく》が終わり次第《しだい》、ここに戻《もど》ってくるのだぞ」

「はい」

「では、調査開始だ」

アマンダさんの声がけで俺たちは四散した。


俺は〈探知〉の魔法を最大の半径三ＫＭ《キーロミトル》の範囲で展開し、全速力で木々の間を駆《か》け抜けていく。

もちろん見落としがないよう気になる箇所《かしょ》には実際に足を運び、虱潰《しらみつぶ》しに全《すべ》て目を通す。

探知魔法を維持《いじ》したまま移動し続けたので、情報処理に脳が疲《つか》れたが……結果として俺が担当した島の北東からは、ドラゴンの住処に繋《つな》がるような手掛かりは何も見つけることができなかった。

「はぁ……ちょっと気合いを入れすぎたか？」

ダラダラとやって日が暮れては困る。

そう思い全力で頑張《がんば》ったものの、少し急ぎすぎたかもしれない。

集合場所に戻ると、まだ誰《だれ》の姿もなかった。

木に背中を預け座り込《こ》み、少し待っていると――。

『流石《さすが》です、テオル様。私も急ぎましたが、もうお戻りになられていたなんて』

イシュイブリスが戻ってきた。

「どうだ、何かあったか？」

『いえ、これといったものは何も』

「そうか……。あとはリーナとアマンダさんだな。今日中に何か発見があればいいんだけど、流石にそう上手《うま》くはいかないかぁ……」

悪魔と二人きりの状況《じょうきょう》は本能的に落ち着かない。

だが、彼女《かのじょ》は俺のざわつく気持ちなどつゆ知らず、当たり前のように隣《となり》に腰《こし》を下ろしてきた。

『そうですね。それに本当に何もなかったのか、私たちが見つけられないほど高度な隠蔽《いんぺい》がなされているのか。いま一歩判断しかねます』

肩《かた》が触《ふ》れるほどの距離《きょり》。妙《みょう》に近い。

あれから何度か話す機会があったが、ここまでは初めてだ。

俺が深淵《しんえん》王と契約《けいやく》しているから同胞《どうほう》とでも思っているのか。

なんであれ強力な悪魔に認めてもらえることは嬉《うれ》しい……が、気が休まらない。

『あら、噂をすればアマンダちゃんが帰ってきたようです』

「え？　俺の探知魔法にはまだ何も……なんでわかるんだ？」

『私は彼女の体内に〝封印《ふういん》〟されているので、その繋がりで』

「ああ、なるほど。封印、か……」

聞いてしまって良かったのだろうか。

気になったのでつい尋《たず》ねてしまったが。

所有や契約ではなく――やはり封印。

アマンダさんの健康状態は至って普通《ふつう》に見える。憔悴《しょうすい》している様子はない。

その上で封印されているというイシュイブリスを自由に体外へと出し、別行動まで許したのだ。俺の知っている悪魔を体の中に封印し、継承《けいしょう》していく神職者とはまた違うケースなのか。

なんにしろ、何か複雑な過去がないと〝封印〟だなんて言葉が出てくることはまずないだろう。


しばらくすると〈探知〉の範囲内にこちらに向かってくる人が入って来た。

数分後、アマンダさんが帰還《きかん》。

さらに十分後に息を切らしたリーナも戻ってきた。

「ちょっと……みんな……早すぎないかしら？」

膝《ひざ》に手をついてリーナは肩で息をしている。

相当頑張ってくれたようだが、結局喜ばしい成果をあげた者は誰もいなかった。

そろそろ夕暮れ時なので俺たちは街に戻ることにした。

夜は宿でゆっくりと寛《くつろ》ぎ、調査の続きはまた明日することにしよう。

◆　◆　◆

「時間も無限にあるわけではない。帰りの期日までにドラゴンを見つけるのには、なかなか手を焼くかもしれないな……。効率よく探索できるよう、今一度計画を立て直さなければ」

帰り道。

イシュイブリスを体内に戻したアマンダさんが森を抜け、うーんと唸《うな》った。

森林の中に上位竜の居場所への手掛かりがないとすると、残るは島の最奥《さいおう》にあたる山だけだ。

俺たちが今日回った中に、緑に覆《おお》われた火山のあたりは含まれていない。

まだ調べられていないそこに何もなかったら、考えを改める必要が出てくる。

せっかく同行してくれた二人のためにも――特に「遊ぶ時間が……」と頭を抱《かか》えているリーナのために――なるべく早く上位竜を見つけ出したいところだ。

俺がいいと言っても彼女は調査に最後まで付き合ってくれるだろうからな。

この要件は早く終わらせ、帰りまでの自由時間を少しでも多く確保しないと。

こうなったらもう、俺だけ眠《ねむ》らずに夜も調査を続けるか……？

「――待て」

そんなことを考えていると、街に入ったあたりで突然《とつぜん》、アマンダさんが足を止めた。

「イシュイブリスが『何か変だ』と言っている」

「変……ですか」

「ああ。普通であれば魔法を使う人間がいない分、森などの自然の中の方が街よりも空気中に浮遊《ふゆう》している魔力が多いはずだ。しかし、微《かす》かにだがこの辺りは、先ほどまで私たちがいた森の中よりも魔力が多いそうだ」

「え、そうかしら？　私には全然わからないけど……」

リーナが首を傾《かし》げる。

「悪魔は俺たちよりも魔力に敏感《びんかん》だからな」

「へぇー、そういう特徴《とくちょう》もあったのね」

知らなかったようなので教えると、彼女は合点《がてん》がいったと眉《まゆ》を上げた。

魔力は空気中にも存在する。

通常それは個人が所有する魔力を使用して魔法を行使する際、同時に僅《わず》かだが消費される。

つまり、その付近の空気の中を漂《ただよ》う魔力濃度が薄《うす》くなることで魔法を使用した形跡《けいせき》は残るのだ。魔法を使った形跡を残さぬよう、自分の周りの空気の中にある魔力に触れないで魔法を使うには、少々難しい技術が必要だったりもする。

だから人が多い街の中では、漂う魔力が少ないのが普通だ。

しかし街中にもかかわらず、確かにこの辺りはほんの少しだけ魔力が多いように感じる。

もしかしてこれは……何処《どこ》かから漏《も》れ出ているのか？

目を閉じて全神経を集中させ、魔力の出処《でどころ》を探《さぐ》る。

すると、とある場所を中心に魔力が流れ出ていることがわかった。

人の出が多い日中だったらイシュイブリスもこの変化には気付かなかっただろう。

濃い魔力を感じる中心地。

そこはこの島で最も人が集まる場所の近くだったのだから。

そう、俺たちが上陸してからすぐに通った――土産屋などが並ぶメインストリートのあたりだ。

……見つけたな。

「怪《あや》しいところがあったので今から行ってみます。時間も時間だけど、二人はどうしますか？」

「構わん。私は行こう」

「もちろん私も行くわよ」

俺たちは早速、目的の方向へと向かった。


気を抜いたらすぐに見失ってしまいそうだ。

そのくらい微弱《びじゃく》な魔力を頼りに、観光客で賑わう夜の街を進む。

目的地はメインストリート――そのすぐ一本裏の路地だった。

「ここか？」

「はい。この下から魔力が出てきています」

アマンダさんに問われて首肯《しゅこう》した俺が示したのは、近隣《きんりん》の住人たちが利用しているであろう小さな井戸《いど》。光が届かず真っ暗なその中を、自分の眼球に〈暗視〉の魔法を付与《ふよ》して覗《のぞ》いてみる。

これは……認識阻害《にんしきそがい》の結界が張られているのか。

足元に転がっていた小石を拾い、魔力を薄く纏《まと》わせ素早《すばや》く投げ入れる。

本来なら何も起こらずポチャンと水面を鳴らすはずだ。

しかし、井戸の中から帰って来た音はパリンという何かが割れたような音だった。続いて小石が水面を叩《たた》く音が反響《はんきょう》して聞こえてくる。

その刹那《せつな》、漏れ出す魔力がぐんと濃くなった。

「ほう、確かにここのようだな。今もまだほとんど感じ取れないほどの微弱な魔力だが、あんなに遠くからよくもここを見つけたものだ」

「最初にきっかけをくれたイシュイブリスのおかげです」

「二人だけで……。私なんかまだ何も感じないわよ？　ま、テオルは悪魔並みってことね」

「それは褒《ほ》められてるのか……？　とにかくだ、今はこの下に行ってみよう」

「そうだな。こんな場所に結界があったということは、この先に必ず何かはあるだろう」

井戸の中で腕《うで》と脚《あし》を突《つ》っ張《ぱ》り、ゆっくりと下に降りていくと水面ギリギリの場所に横穴があった。

人一人が屈《かが》んでようやく通れるくらいの大きさだ。

薄暗《うすぐら》いそこを進むと、俺たちは開けた空洞《くうどう》へと出た。

「なんだ、ここ……？」

呟《つぶや》いた声が反響する。

「少し肌寒《はだざむ》いわね」

「あ、これ着るか？　俺の団員服で良ければだけど」

「え……いいのかしら？」

「俺は全然平気だから。それよりも、アマンダさんは大丈夫《だいじょうぶ》ですか？」

「私は問題ない」

アイライ島は暑いからと上着を持ってこなかったリーナに、俺は羽織っていた騎士《きし》団服のブルゾンを脱《ぬ》いで手渡《てわた》した。新品の服だからと気に入って持参したのは正解だったな。

リーナが騎士団服を着る間、不思議と明るい空洞の中を観察する。

床《ゆか》や壁《かべ》、天井《てんじょう》に淡《あわ》く発光する石を使っているのか……。

正面奥には扉《とびら》があり、その前には高さ三Ｍ《ミトル》ほどの鎧《よろい》を着た騎士のような石像が設置されている。

どちらもこの空間同様に、かなり昔に作られたものらしい。

まるで時が止まっているような印象を受ける。

「テオル、魔力はあの石像からか？」

「いえ。あれからも感じますが、本流は多分扉の奥からだと」

アマンダさんからの質問に答え、リーナを見る。

すると横で、彼女が顔を前に出して何かを凝視《ぎょうし》していることに気がついた。

「扉からも魔力を感じるけど、何か特殊《とくしゅ》な施錠《せじょう》でもされているのかしら？」

「ん……？」

「ほら、あの刻印」

指された方を見てみる。

確かに石像の奥にある扉には、彫《ほ》り込まれた複雑な模様がうっすらと見えた。

「ほんとだな……」

奥からの魔力に意識が向いていて見逃《みのが》してしまっていた。

ということはつまり、だ。

あの扉を開けるのにも時間がかかると見ていいだろう。一瞬《いっしゅん》で開けられないとなると、あいつに気付かれないようにこっそりと近づき、通り抜けるというわけにはいかないな。

「石像——この部屋の守護者を倒《たお》さないといけないようだ。準備は良いか？」

「はい」

「バッチリよ」

さらに二、三歩足を進めると、ゴゴゴと大きな音を立てて石像が動き始めた。

生えていた苔《こけ》が裂《さ》かれ、粉塵《ふんじん》が舞《ま》う。

同時に、来た道である横穴がふっと消え去ってしまった。

見たことがない高度な魔法を感じたが、俺たちは皆《みな》それを一瞥《いちべつ》しただけですぐに視線を戻した。石像がその外見からは想像もできないほど高速で接近し、手に持った斧《おの》を振《ふ》り下ろしてきたのだ。

俺たちは後ろに跳躍《ちょうやく》し、回避《かいひ》する。

道や扉があるということは誰かが利用するということ。

設計上、石像と戦わなくても済む良い方法があるのだろうが、今はわからない。

だから俺たちは——戦闘態勢《せんとう》に入った。

リーナが腰に携《たずさ》えた鞘《さや》から黒刀を抜き、アマンダさんが右足を引き拳《こぶし》を構える。

「あまり大きな技《わざ》を使ってここが崩壊《ほうかい》しては困る。気をつけるのだぞ」

「ええ。じゃあまずは私が」

二人なら、怪我《けが》一つせずに倒してくれそうだが……。

「いや、ここは俺がやる」

彼女たちを手で制して、俺は一人で前に出た。

石像を観察して気がついたのだ。

これが魔法をかけられて機械的に動く単なる石の像ではなく、人工的に作られた生命体——ゴーレムだと。この先に目的の上位竜がいるのなら訊《き》いてみたい。前の白竜といい今回といいドラゴンはどれだけゴーレムが好きなんだ、と。

ここまでのゴーレムを作るのには、かなりの技術と時間、材料が必要だ。

今回は攻《せ》め込みにきたのではなく、話を聞きに来たんだからな。

「……壊《こわ》したら、製作者が機嫌《きげん》を損ねるかもしれないだろ？」

腰を低くし、駆け出す。

そして。

「闇《やみ》魔法——〈存在隠蔽〉」

俺は気配を消した。

ゴーレムの視線は未《いま》だリーナたちの方へ向いている。

久しぶりの自身の存在が希薄《きはく》になっていく感覚。

イメージは、意識を深い泥沼《どろぬま》にすっと沈《しず》める感じ。

心地が良い。

「なっ……あいつ、どこに消えたのだ⁉」

「やっぱり、アマンダさんでも初めて見たらびっくりするわよねぇ……」

顔を左右に振って俺を捜《さが》しているアマンダさんに対し、リーナはというと腕を組んで苦笑いを浮《う》かべていた。呆《あき》れ気味に、そして何故《なぜ》かちょっと誇《ほこ》らしげに。

俺は何の問題もなくゴーレムの背後に回り込むことに成功する。

ジャンプし空中に浮かび上がると、ゴーレムの背中に小さな隙間《すきま》があるのが見えた。

これは動力源であり核《かく》となる魔力を込めた特殊な石——魔石を入れる際にできたものだろう。

正面から設置すると簡単に破壊《はかい》されてしまうため、ゴーレムの魔石はこうやって後方から入れられることが多い。まあ、どちらにしろ本来は、体を粉砕《ふんさい》する以外に体内に埋《う》められた魔石に手出しする方法はないのだが……。

「——ここだな」

俺は手のひらの上で、魔力を目に見えないほど細い糸状に変えた。

これならこの隙間にも入るはずだ。

集中が乱れたら魔力は形を保てず、すぐに霧散《むさん》してしまう。

だから気をつけて……。


シュギュユインッ‼


魔力の糸が高い音を立てながら、寸分違《たが》わず隙間に入っていく。

そして糸が突くと、魔石は亀裂《きれつ》が入り綺麗《きれい》に割れた。

中から大量の魔力が溢《あふ》れ出てくると、すぐにゴーレムは起動停止しその大きな体躯《たいく》を倒す。衝撃《しょうげき》で空間全体が大きく揺れるが、天井や壁などに目立った損傷はない。

ゴーレム本体の方も……大丈夫、だよな？

思ったよりも勢いよく倒れたので、少し不安だけど。

うん、多分大丈夫だ。

◆　◆　◆

〈存在隠蔽〉を解除し、リーナたちの下へ戻る。

「こっちの方が早く、安全に終わっただろ？」

「いや……早すぎるにも程があるでしょ」

「……ゴーレムの方が安全に自身の務めを終えれた、というべきだな」

「ア、アマンダさんまで……」

そんなに特別なことはやってないと思うんだが、なんでそんな言われようなんだ。

俺たちは倒れたゴーレムの横を通り抜け、刻印が施《ほどこ》された扉へ向かう。

扉は家の玄関《げんかん》サイズの比較的《ひかくてき》普通の大きさだ。表面を手で触れてみると刻印の部分が少し凹《くぼ》んでいるのがわかった。

「石像を倒したからといって開くわけではないのだな」

「そうね。あれは私たちみたいな侵入者《しんにゅうしゃ》を排除《はいじょ》するためのものだったのかしら?」

「……イシュイブリス、一度やってみるぞ? ――ふんっ」

リーナと話していたアマンダさんが扉を押《お》す。

体の中にいるイシュイブリスに声をかけた瞬間、一気にアマンダさんのパワーが増幅《ぞうふく》するのを感じた。彼女はしっかりと地面を踏み締《し》め、低く唸るように息を吐《は》いている。

しかし、いくら押しても扉は微動《びどう》だにしなかった。

「ハァハァ……やはり、ダメか……」

肩で息をしながらアマンダさんが下がる。

入れ替《か》わるように前に出た俺は、扉に顔を寄せてよく観察してみた。

「あっ」

すると、とあることに気がついた。

今日はなんだか冴《さ》えているみたいだな。次々と突破口《とっぱこう》を見出《みいだ》せる気がする。

「テオル、何か策を思い付いたのか？」

「まあ……はい。というか、この刻印に見覚えがあったのでもしかしたら開けられるかなぁ、と」

「は？」

アマンダさんが唖然《あぜん》と声を漏らすと、リーナが首をひねった。

「いやでも、これってかなり昔に作られたものだと思うわよ？　現代の技術が使われているのなら私だって見覚えくらいはあるはずだし、アマンダさんだって……それに、イシュイブリスも何も知らないのよね？」

「そうだ。『ドラゴン独自のものだ』と言っている」

二人から向けられる、信じがたいと怪しむような目。

こんな場面で口から出まかせを言う意味はないだろうに。

俺はごほん、と一つ咳払《せきばら》いをしてから説得する。

「と、とにかく！　ちょっと下がって見ててくれないか？」

「あんたがそこまで言うなら別にいいけど……」

「ここまでも全て、テオルが突破《とっぱ》してきたことだしな」

二人が後ろに下がったのを確認して、俺は再度扉に触れた。

目を閉じ、魔力の流れに集中する。

今から行うのはかなり繊細《せんさい》な技術を必要とする難しい作業だ。何しろ……この複雑な刻印が施された扉は元来、初めに魔力を込めた人物以外の侵入《しんにゅう》を決して許さないという代物《しろもの》だ。扉の登録者が認めない限り、何人《なんぴと》たりとも通ることはできない。

強固な素材で造られている場合は物理的に破壊することも不可能。

その上、魔法を弾く効果があるので、どんな魔法もこの扉の前では無意味なのだ。

そもそもこれは、ドラゴンたちの不可侵《ふかしん》領域へ続く扉。

登録者は扉を維持するために永続的に魔力を要求されるみたいだが、そのことを考慮《こうりょ》してもこの扉はドラゴンが生み出した規格外の傑作《けっさく》の一つといえるだろう。


俺は以前、暗殺者としての任務中にこれと同じものを見たことがある。

まだ自分の出自をリーナたちに話していないので、解錠《かいじょう》方法を誤魔化《ごまか》してしまった。

だが。

この扉を開けられると思ったのは本当だ。

その証拠《しょうこ》に過去の任務で同じような扉を見た時、俺は初見で難なく突破している。

「――〈解析《かいせき》〉」

何であれ、人工的に作られ機能している全ての物には仕組みがある。

まずはそれを読み取り特定するための魔法を展開。

手のひらから脳へと数々の情報が流れてくる。複雑かつ大量の情報を丁寧《ていねい》に精査していき、扉の構造の理解を深めた俺は、そこでようやく目を開いた。

うん、これならいけそうだな。

あとは魔力を流し込み、自分の魔力を操作して仕組みを分解していくだけだ。

「〈解錠〉」

走査した仕組みに対して、適切な手順で分解を進めていく。

扉の中に流し込んだ魔力を奥へ奥へと潜《もぐ》らせると、最深層のある箇所で、カチリと何かにハマった感覚があった。そして、次の瞬間――。

刻印の凹んだ部分が水色の光を放った。あまりの眩《まぶ》しさに思わず目を細める。


やがて輝《かがや》きが収まった後、俺は細く長い息を吐いた。

「ふぅ……よし。ほら、できただろ？」

振り返り後ろの二人を見ると、リーナは口を開き、アマンダさんは目を瞠《みは》って硬直《こうちょく》していた。

「ちょ、ちょ、ちょっと……今のって……っ！」

「なんなんだ……さっきの魔力制御《せいぎょ》の練度は……」

練習をすれば二人にもできるようになるだろうが、これはそこそこ難しい技術だからな。

今回ばかりは俺も少し鼻が高い。

たとえ、ちょっと引かれ気味だったとしても。

「これでもかなり厳しい鍛錬《たんれん》を積んで――」

「やっぱりあんたって化け物よ！　何をどうしたら、こんなことができるようになんのよ……」

「そうだな。まったく想像がつかないのがなおさら怖《こわ》いが……これは以前に同様の物を見たことがあるかどうかなど関係ない。単純にセンスがある変態的な技術の持ち主にしかできない神業だ」

「いや、なんでそうなる？　二人ならしっかりと練習すれば――」

「できるわけないわよ⁉」

「私たちを貴殿《きでん》と同じにしないでくれ」

前言撤回《てつかい》。ここまで引かれると、もう高くなる鼻はどこを探しても見つからない。

井戸を見つけ出した時やゴーレムを停止させた時よりも、一段と扱《あつか》いがひどい気がする。

「もう、いいです……」

俺は項垂《うなだ》れて、さっきまで押してもびくともしなかった扉に手をかけた。

扉は音もなく簡単に開く。

その先には、奥へと続くレンガ造りの広い通路があった。


長い一本道を五ＫＭ《キーロミトル》ほど進むと、前と左右の三方向に分岐《ぶんき》した十字路に差し掛《か》かった。足を止め、俺たちはどこへ進むべきかを考える。

アマンダさんは右の道を指差した。

「感じる魔力はどこも似たり寄ったりだが、右からの魔力が僅かに強い。こっちだな」

この微妙《びみよう》な差がわかるなんてすごいな。

イシュイブリスがいることを差し引いても、魔力の扱いについてかなりの腕前だと見受けられる。

「私もこの辺りまで来たら魔力を感じ始めたわね。いまいち差はわからないけれど」

歩を進めるアマンダさんにリーナも続こうとする。

――しかし。

「ちょっと待ってください」

俺はそれに待ったをかけた。

「……ん？」

「多分それ、罠《わな》です」

体をこちらに向ける二人に告げる。

アマンダさんは頭上に疑問符《ぎもんふ》でも見えそうな表情になった。

「ということはなんだ。正解の道は前か左なのか？」

「いえ……」

「じゃあどっちなのよ？」

リーナが眉を顰《ひそ》めた。

「わかってるとは思うけど、ここから先は迷路みたいになっている。進んだらいくつかの道に分かれて、さらにどれか一つの道を選んで進んだらまた分岐だ」

「でしょうね。魔力が充満《じゆうまん》した空間がかなり長く続いていることくらいは私にも分かるわ」

「で、おそらく一番奥の行き止まりとなるいくつかの場所に、魔力を発する物が設置されているんだ。これらのほとんどはフェイクで、最も濃い魔力が正解。だからそれを辿《たど》っていけば――と、普通はそう考えるだろ？」

「そうね」

迷路のようになったこの先の道から魔力が溢れ出てきている。

もしかするとここで前や左右に進んでも、どこかの地点で繋がるのかもしれないが、全ての分岐で正解を選び続けたら目指すべき場所へ着くのだろう。ここに来た者はそう思い先へ進むはずだ。

あらゆる面で異常ともいえるほどの堅牢《けんろう》な扉を通って来た後である。あの扉が造られるよりも前に、この迷路は侵入者を阻《はば》む仕掛《しか》けとして機能していたのかもしれない。正確なことは俺にはわからないが、ここはとても面白《おもしろ》い場所だな。

呑気《のんき》にここから先に進むと、その時点で俺たちは文字通り迷宮入りすることになるだろう。

迷路に捕《と》らわれ、あらゆる場所で魔法が発動したり矢が飛んできたりする。トラップを仕込《しこ》んでおけば、捕らえた獲物《えもの》を迷路が殺すことは容易《たやす》い。

何しろここは——

「だけど正解のゴールはここ——スタート地点だ」

——出発地点が目的地の、初めから終わった迷路なのだから。

俺は指で自分が立つ地面を差し、前方に続く無意味な迷路との別れを提案した。

「……なるほど。これはかなり意地の悪い問題だな」

「先に道があったらつい進んでしまうものね。それに魔力がぶつかり合う地点なら魔法陣《じん》の存在を誤魔化しやすいし」

二人は俺が言わんとすることを瞬時に理解し、こちらに戻ってくる。

以前から思っていたけれど、第六騎士団のメンバーは力だけでなく頭も切れる。

もちろんヴィンスも、ああ見えてここぞというときはやる男だ。


魔法陣があるであろう場所の上に三人で固まって立ち、代表して地面に手を置いた俺が魔力を込める。今回は何かを感知して発見したのではなく、思考の末に答えを見つけ出した。

冴えていると調子に乗って、何も考えずに先へ進んでいたら大変なことになっただろう。

ここまでの技術を持つドラゴンに会える絶好の機会をあわや逃《のが》すところだった。

「じゃあ行こう。順調に辿り着けたみたいだ」

俺の魔力に魔法陣が反応する。

扉が開いた時と同じ水色の光に包まれ――瞬《まばた》きをすると。

俺たちはどこかの家の中にいた。

そして。

「ようこそ、数百年ぶりの来客だ」

目の前には人の姿をしたドラゴンが立っていた。

「「「――っ!?」」」

姿は背の高い人族の男性だが、発している気配は明らかに上位竜のものだった。上手く抑《おさ》え込んでいるものの、濃密《のうみつ》な魔力が滲《にじ》み出ている。

俺たちは咄嗟《とっさ》に臨戦態勢に入り、三十代半ばに見えるその男の出方を窺《うかが》った。

「なんだなんだ？　戦いに来たわけではないと思ったんだが、もしかして違ったのか？　面倒《めんどう》だし、何も産まないから手荒《てあら》な真似《まね》だけは避《さ》けたいんだけどなぁ……」

男が乱暴に頭を掻《か》くと、ボサボサだった緑色の髪《かみ》はさらに乱れた。

イシュイブリスが言っていたことは本当だったようだな。

このドラゴンはどうやら人間に対し敵意はなく、話ができるタイプらしい。

これは望んだ結果を得られそうだ。俺はリーナとアマンダさんと視線を合わせ、警戒《けいかい》を解いた。

「申し訳ない。実は、ある人物からあなたがアイライ島にいると聞いて探していたんだ」

「そうか。それは……そこにいるイシュイブリスからか？」

俺が非礼を詫《わ》びると、男は特段気にした様子もなく、アマンダさんを指差してそう言った。

「な、何故わかる……っ？」

アマンダさんが瞳《ひとみ》を揺らし、ハッと息を吸う。

「当然さ。僕《ぼく》ぁね、他のドラゴンよりもちと記憶力《きおくりょく》が良いんだ。彼女には何度か会ったことがあるからすぐにわかったよ」

「いや、だが――」

「で、用件はなんだ？　いくらイシュイブリスに居場所を聞いたとしても、ここまで辿り着くのは大したものだ。もともと井戸を見つけるのも普通の人間にはできない。それに〝竜扉〟を開けたのには驚《おどろ》かされたなぁ。少年、君は奇跡《きせき》みたいな存在だ。その素晴《すば》らしい腕前には楽しませてもらったからな、話くらいは聞こうじゃないか」

俺たちがここまで来るまでの道中を、ずっと見ていたような口ぶりだ。付いてくるように言われ、少し広めの一般《いっぱん》的な家の中を進む。

廊下《ろうか》を歩いている途中《とちゅう》、通り過ぎた一室の扉が開いていたので部屋の中をちらりと見ると、様々な実験道具や見たこともない魔導具《まどうぐ》が乱雑に置かれていた。研究部屋、だろうか。

それにしてもここはどこなんだ？　さっきまで地下の迷路にいたはずだが。

そんなことを思っていると、前を歩くリーナが窓の外を見て足を止めた。

「草原……？　こんな場所、アイライ島にあったかしら」

「うーん。多分、魔法で映し出した景色なんじゃないか？　この窓枠《まどわく》はただのインテリアで」

「えっ。本当にそんなことができたら凄《すご》いわね……」

家の窓の外には草原が広がっている――ように見えるがこれは実物でない。

窓枠はただの木製だ。しかし窓ガラスの部分から魔法を使用している痕跡《こんせき》が見られる。おそらく転移魔法の応用で、景色だけをこの場に飛ばし続けているのだろう。

俺がそんな考察をリーナに披露《ひろう》すると、先頭を行く男が振り返った。

「――ああ、その通りだ。よくわかったな。ここは山の地中深くに造った我が家なんだが、いくらなんでも窓が一つもないと気が滅入《めい》るからな」

ドラゴンらしからぬ発言に上手くリアクションを取れない。

それにしても……そうか。俺たちは魔法陣によって地下深くに転移していたらしい。どうりで地上でいくら探し回っても、あの井戸を見つけない限りは手掛かりさえなかったわけだ。

転移魔法が得意なドラゴン。面白いな。

転移という魔法の性質上、結ぶ二つの地点の座標を正確に割り出し、狂《くる》いがないようその情報を緻密《ちみつ》な魔法陣に描き込んでいく必要がある。地面や壁などに設置することしかできず、物に魔法陣を描き込み魔導具にすることはできない。さらに転移魔法陣の維持には理論上、人族では到底《とうてい》足りないほどの膨大《ぼうだい》な魔力が要求されるそうだ。

さっきの覗いた部屋にあった魔導具。もしかするとこの上位竜は、精密で本来はドラゴンが煩《わずら》わしいと思うような転移魔法の研究を、自身の優《すぐ》れた魔力量を活《い》かし行なっているのかもしれない。

俺たちはリビングのような少し広めの一室に通された。

男が茶を出してくれる。

「椅子《いす》もカップも同じ物がなくて、大きさから何までバラバラですまないな。僕ぁラファンだ」

「テオルだ。ラファン、突然の訪問にも拘《かかわ》らずもてなしてくれてありがとう」

「リーナよ」

「アマンダだ」

俺たちは小さな机を囲むように様々な高さの椅子につき、柄《がら》の違うカップを受け取ると自己紹介《しょうかい》を済ませた。

ラファンは普段《ふだん》から人の姿で生活しているようで、動きは自然だ。

手先の器用さが必要となる研究のためだろうか。

「それで、わざわざこんな所まで足を運んだ理由は？」

「知りたいことがあるんだ。そこでさっきも言ったように、イシュイブリスからあなたなら知っているかもしれないと聞いて……彼女たちはその付き添《そ》いだ」

「悪魔が知らないことで僕に訊くってことは……ドラゴン、中でも上位竜に関することか」

「話が早くて助かる」

「わかった、いいだろう。長らく研究ばかりしていたから休憩《きゅうけい》ついでに答えよう。ただし、この場所のことを口外しないと誓《ちか》うのならだが」

「もちろんだ。リーナと、アマンダさんもいいですよね？」

「ええ、誰にも言わないわ」

「口外しないと誓おう」

魔法を使えば何かしらの契約を結ぶこともできる。それなのにわざわざ言葉で約束し、俺たちを信じることを選ぶなんて本当に変わったドラゴンだ。裏を返せば、望まぬ来客があった場合は対応するだけの力を持ち合わせているということでもあるのだろうが。

ラファンは俺たち全員の目をじっくりと見た後、一つ頷《うなず》いて口を開いた。

「……よし、では話してくれ。君が知りたいこととやらを」

ドラゴンは他種族に同族が殺されたと知っても人間のような感情は抱《いだ》かない。

そう知ってはいるものの、俺はわずかに緊張《きんちょう》しながら語り始める。

「ああ。実は先日、オイコット王国内にあるエルフの村を訪《おとず》れたんだ――」

そこで現れたドラゴンを倒したこと。その心臓が紅玉となり、手に持った瞬間に割れて粉々になったこと。そしてそれが俺の体内に入り、いくつかの変化が起きたこと。

一通りの出来事を話し終えると、それまで静かに話を聞いていたラファンは、自身の分の茶を飲み喉《のど》を潤してから、どこか興奮した様子で身を乗り出して来た。

「その紅玉の正体も、テオルの体に変化があったということもわかった。だが、どうして今もこうして生きていられるんだ？　どんな手術を施したのか僕にも教えてくれないか⁉」

「いや、特に何もしてないが……手術？　どういうことだ」

「白い鱗《うろこ》を持った上位竜――ドムガル、あの者はかつて〝魔王〟の配下だったんだ」

「っ⁉」

魔王。

深淵王などの悪魔の王を指す魔天十三王とは違い、魔族や魔物を従え世界を統一しようとして悪虐《ぎゃく》非道の限りを尽《つ》くした人物の異名だ。種族は悪魔ではなく、人族だったと言われている。

最終的にかの勢力は英雄《えいゆう》たちによって討たれたそうだが、魔王は世界に大きな混乱を招き、〝暗黒時代〟と呼ばれる百年間をもたらした。

平穏《へいおん》が戻ったのは、今から三十年前のこと。

あのドラゴンが魔王の配下だったことは驚きだが、それがこの件にどう関係するのか。

俺が聞こうとしたその時、アマンダさんが勢いよく立ち上がった。

「な、なぜだ⁉　魔王軍は全滅《ぜんめつ》し、生き残りなどいないはずだぞっ⁉」

「そんなことはない。数多くの残党が世界中に散り、今もなお生きているぞ」

「……！」

ラファンの言葉を聞き、力が抜けたようにアマンダさんは席に座《すわ》る。

俺と同様にリーナは、そこまで驚いた様子はなく話の続きを待っている。

確かに魔王軍は全滅したと言われているが、それはほんの一部の人々の言説だ。心の底からは魔王の死を信じられず、彼《かれ》らの再来を危惧《きぐ》し続けている俺たちみたいな連中も多い。

再びラファンが語り出したのは、数秒後のことだった。

「そして魔王の体や魔力、存在を形作る全ては有力な配下に移植され、維持されていると聞く。残党が力を取り戻し、やがて集結するときまでな」

「……は」

「……え」

「……な、なにっ⁉」

今度は、俺たち全員が衝撃を受ける番だった。

「全てが揃《そろ》えば魔王は復活する。それは、再び暗黒時代が幕を開けることを意味するだろう」

しかしラファンはそこで言葉を止めず、さらに続ける。……ニヤリと笑って。

「――そう僕ぁずっと思っていたんだ。だが、ここで少し事情が変わったようだな」

もう何となく予想はついたが、ラファンは俺の目を真《ま》っ直《す》ぐと見て告げた。

両手で包むように持った、すでに熱を失ったカップの中で、冷めかけの茶が揺れる。

「本来は魔王以外には適応しないはずが、なぜか君に移植された。それも心臓……結晶化《けっしょうか》したことを考えるに――おそらく〝魔王の魂《たましい》〟がだ」

……やっぱり、そういうことか。

ラファンの言葉に俺は頭を抱えたくなった。

「まっ、魔王の魂が……テオルの、中に？　ど、どどど、どうしてよ」

掠《かす》れる声でリーナが呆然《ぼうぜん》と呟く。

しかしその問いには誰も答えることができない。

ただ、ラファンの「それはわからないな」という声が響《ひび》いた。

白竜が保持していた魔王の魂。

それが俺の体の中に入ったとして、これからどうなるのだろうか。

今はまだ、少し強くなった程度の変化しかない。

だがこれがもし、魔王の思想に蝕《むしば》まれ始めでもしたら……。

「けれどそうだな。理論上はたとえ魂が肉体に適応したとしても、一つの肉体に二つの魂を有することはできないはずだ。表と裏があることはあっても、複数の魂が大人しく収まることはない」

俺が不安に駆られていると、ラファンがそう言った。

「そうなのか？」

「ああ。本当は今頃《いまごろ》、魂の過多で死んでいるはずなんだ。だから何らかの手術でも受けたのかと」

「なるほど、そういうことか。じゃあ、なんで俺は……？」

「それも謎《なぞ》の一つだな。魂が体に入って三十分もしないうちに苦しみ悶《もだ》えるはずなんだが。僕には言っていない、何か心当たりはないのか？」

「心当たり……か」

魔王の魂が俺の中に入った直後の話だ。

三十分の間にどんなことがあったか思い出そうとしていると、すぐにリーナが反応した。

「あっ！　テオル、あれじゃないかしら？」

「あれ……？」

「ほら、村の秘薬よ！　傷を癒《い》やすために特別に貰《もら》った！」

「――ああ‼　確かにあの効能なら、もしかすると……」

そうだ、エルフたちが作ったというあの秘薬。

まさに万能《ばんのう》とも言えるあれを、俺はタイミングよく村長に貰って口にしたのだった。

点と点がつながり、線になった気がする。

「お前たちは先の仕事でそんな物を貰ったのか？」

「はい。エルフたちが感謝にと」

アマンダさんの問いに答え、ラファンを見る。

「三十分経《た》つ前にそれを飲んだんだが、どう思うか聞かせてくれないか？」

「……そうか、そういうことか！　エルフの秘薬といえば、もしかするとそれはエ、リ、ク、サ、ーだったんじゃないか？　運良くあの薬を飲んだなら、爆発《ばくはつ》しそうになる二つの魂を癒やし、一つにしたのかもしれない！」

「エリクサーって、あのエリクサーか⁉」

「……って何かしら？」

驚きのあまり大きくなってしまった俺の声に、リーナの間の抜けた声がかぶさった。

いや、エリクサーはかなり有名だろ。

俺たちの顔を見回すリーナにアマンダさんが説明してくれる。

「よく伝承に出てくる万能薬の正式名称《めいしょう》だ。ほら、『竜と姫《ひめ》と空の王』にも出てくるだろ？」

「ああ、あれね！　あの飛行船の中で使った！」

様々な伝承に出てくるので、モチーフとなった物があるのではないかと昔から思っていたが……

まさか、そのまま実在する物だったなんて。

ラファンのタチが悪い冗談《じょうだん》とも思えないしな。

「昔はもっと出回っていたんだが、今となってはエルフの中でも古くから同じ場所にとどまり、村を守ってきた者たちしか製法は継承していないはずだ。知らなくても無理はないだろう」

腕を組み、ラファンが過去を懐《なつ》かしむように遠い目をする。

そうか、あの白竜――ドムガルが蘇《よみがえ》らせた古《いにしえ》のゴーレムたち。あんな物が廃棄《はいき》され地中に埋まっていたということは、あの村が遥《はる》か昔からあそこにあったと考えられる。

「それで、俺は奇跡的なタイミングでエリクサーを飲んで助かったと？」

「僕も作り方や詳《くわ》しい効能を把握《はあく》しているわけではないが、おそらくそうだろうな」

「……知らないうちに、俺は九死に一生を得てたのか」

紅玉から魔力を感じなかったので、ただの石だと思い触《さわ》ってしまったが、油断しすぎていたかもしれない。あの場でしっかりと危機管理能力が働いていたら、こんなことにはならなかったのだ。

これは反省だな。次に同じようなことが起きないように、気を引き締め直さなければ。


「よかったわね、あんた」

「お、おう」

労《ねぎら》ってくれているのか、リーナが肩を叩いてくる。

起きてしまったことは仕方がない。重要なのは、ここからどう対応していくかだ。

面倒ごとに巻き込まれたのは間違いないだろう。

魔王の存在を形作る体のパーツや魔力、そして俺が移植してしまった魂。ラファンの話が正しいとすれば、魔王が復活するのはその全てが集まった時らしい。

と、なるとだ。

魔王を蘇らせようとする者たちは、もちろん俺が持つ魂を必要とする。

最も欠けてはいけないピースを失ったかの軍勢は、必ず俺を狙《ねら》ってくるというわけだ。

ひとまず身体的な危険はないのかもしれないが、魔王の魂を持つということは、それを必要とする連中に狙われることがあるということ。そう念頭に置いておかないとな。

「これで知りたかったことは全て知れたか？」

「ああ。ありがとう、ラファン。何か対価は――」

「いんや、暇《ひま》つぶしにしてはなかなか面白い時間を過ごすことができたからな。気にしないでくれ」

「……そうか、感謝するよ」

これで今回の調査の目的は達成だ。

衝撃の事実が判明したが、こんなにも素晴らしいドラゴンに出会えたのは思わぬ収穫《しゅうかく》だった。

「さて、じゃあ帰りましょうか。王都に戻るまでまだ時間はあるし、いっぱい遊べるわね！」

「その前に今晩の宿の夕食の時間に間に合うのだろうか？」

「……あ。そういえば今、どれくらいの時間なのかしら……」

拳を突き上げたリーナを、アマンダさんが現実に引き戻す。

時計を探してみたが、時間を気にして生活していないのか、ラファンの家にそんな物はなかった。

井戸に入った時にすでに日が沈みかけていたから、流石にもう夜だろう。

あれから体感で五時間は経っている気がする。

「ここを出るために使う転移の魔法陣は、深い森の中に繋がっているんだ。街に戻るとなると、かなり時間がかかると思うが……よければ泊《と》まっていくか？」

あれこれ言い合っていると、ラファンからそんな有り難い申し出があった。

「い、いいのか？」

「居間に二人、物置に一人と分かれてもらえれば、予備の布団《ふとん》を敷《し》くことはできる。食事は簡素なものしか用意できないがな」

間髪《かんはつ》を容《い》れず、激しく頷くリーナと深くお辞儀《じぎ》をするアマンダさん。

「何から何まで本当にすまない。もう少しだけ世話になるよ」

結局、俺たちはラファンが魔導具の中に保存している食材を使って作ってくれたシチューとパンをいただき、一泊《ぱく》させてもらうことになった。

ちなみにもちろん、物置部屋で寝《ね》る一人は俺だ。

◆　◆　◆

就寝《しゅうしん》の準備を終えたアマンダは、居間に敷かれた布団の上で溜息《ためいき》をついた。

アイライ島へ到着してからの今日一日の出来事を振り返り、テオルの規格外さに苦笑する。

「どうかしたの？　アマンダさん」

「いや、イシュイブリスと話をしていてな」

リーナに不審《ふしん》がられ咄嗟に吐いてしまった嘘《うそ》に、体の中の悪魔が騒《さわ》がしく反論してくるが、それを無視して考えを続ける。

（自分の目で見て判断する、か。認める認めないなどと言ってしまったが……彼はその領域にはいなかったようだ。私には見抜《みぬ》けなかった、彼の力を）

井戸にたどり着くことができた探知能力。突如《とつじょ》として消えたように見えた何かしらの技。瞬時にゴーレムを倒してしまうほどの戦闘技術。そして何より、目を疑うほどの魔力制御の正確さ。

それなりに自分は腕が立つと自負しているが、確実にテオルはその上をいっている。

アマンダはその事実を、張り合いのある仲間ができたと好意的に捉《とら》えた。

布団に潜り瞼《まぶた》を落とす前、最後にリーナに声をかける。

「……テオルは凄いな」

「珍《めずら》しいわね、アマンダさんがそんなこと言うなんて」

「そ、そうか……？」

「ええ。でも確かにあいつが凄いっていうのは同感だわ。本人はそこまで大したことないって思ってるみたいだけど」

「……そのようだな」

「だけどあれは絶対、生まれ持った才能の格が違うのよっ！」

むきーっと枕《まくら》を叩いたリーナは、だが「それでも」と続ける。

「私も負けたままではいられないわ‼」

勢いよく布団を被り背中を向けるリーナを、アマンダは微笑《ほほえ》ましく思った。

彼女も自分と同じ想《おも》いだったか、と。

「そうだな。私も負けたままではいられない」

この夜、今回の調査でテオルとの力量の差を目《ま》の当《あ》たりにした二人は、静かな想いを胸に宿したのだった。静かな、しかし熱い想いを。

◆　◆　◆

次の日。

ラファンに別れを告げた俺たちは、魔法陣に乗り森の中へと転移した。

ここは街とは山を挟《はさ》み、島の正反対に位置する場所のようだ。

「一度宿に戻り、それから残された数日の休暇《きゅうか》を楽しむことにしよう」

アマンダさんがサングラスを取り出して装着する。

「そうね、水着も取りに帰らないといけないし。予定よりも早く終わったから、いろんなレストランに行けるわね！　あ〜忙《いそが》しい。どこから回ろうかしらっ？」

「リーナ。団長とヴィンスへのお土産選びも忘れるなよ？」

「えー、あんたが一人で選んだらいいじゃない。ここからの私はハードスケジュールなのよ！」

事前に三人で選ぶという話になってただろ。

そう釘《くぎ》を刺《さ》してみるが、リーナはどこ吹《ふ》く風と俺の話を聞き流した。

もちろん俺も、海水浴や観光には興味があるが、リーナほどではないのできちんと頼《たの》まれたらお土産選びを一人で担当してもいい。

だが、押し付けられるのはなんか癪《しゃく》に障《さわ》るからな。

「ダメだ」

「なっ、なんでよ⁉　あぁもうわかったわ！　宿に着いたらすぐ逃《に》げてやる！」

「こいつ……。アマンダさんもなんか言ってやってくださいよ」

「む、私がか？　そうだな……いくら休暇とはいえ、約束を反故《ほご》にするのは騎士道《きしどう》に反しているぞ、リーナ。それにそう急がなくても、時間は十分にあるだろう」

「アマンダさんまで……卑怯《ひきょう》よ、テオル！　本当に逃げたら後で痛い目を見るの確定じゃないっ」

実際に行動に移したら、そんなにアマンダさんって怖くなるのか？　今もリーナの発言に自ら何かを言うことはなかったし、そこまで厳しく注意したりしないみたいだが……。

目的を達成した俺たちは、気楽にわいわいと言葉を交《か》わしながらのんびりと森の中を進む。

「別にいいだろ、ちょっとくらい。どれを買うか選ぶのに付き合ってくれても」

「う～ん……もう、わかったわよ！　けど可能な限り手短に終わらせるわよ？　巡《めぐ》ってみたい観光スポットも沢山《たくさん》あるんだから」

「よし、じゃあ明日の昼にでもみんなで――」

その時だった。

「見ぃいーつけた」

突然、耳元で知らない声がしたのは。

「……ッ⁉」

俺たちは全力で地面を蹴《け》り、距離を取る。

背後を向くと、そこにはスーツ姿の男が不気味な笑《え》みを浮かべて立っていた。

「おや……驚かせてしまったでしょうか。これは失礼」

男はクックツ笑い、左手を胸に当てて頭を下げる。

「でも、ずっと貴方のことを探していたのですよ」

「何者だッ！」

「お～う怖い。お仲間もそのような顔をしないでください。私は彼の心臓に用があって、ちょっと死んでいただきたいだけなのです」

「‼」

俺の問いに戯《おど》けた表情で男は答える。

まさかもう、魔王の魂を狙う輩《やから》が来たというのか。

すぐに戦闘に入るべきか、それとも逃げるべきか。

三対一とはいえ、命の危険があれば潔く敵前逃亡《とうぼう》を選ぶ必要がある。

どちらが良い選択《せんたく》なのか考えた結果、俺たちは一斉《いっせい》に『戦うこと』を選択した。

俺は深淵剣《しんえんけん》を出現させ、リーナは刀を抜き、アマンダさんは拳を構える。

「はぁ……そう急がなくても」

やれやれと首を振った男は、冷たい目で俺たちを見てくる。

その視線に察した。

こいつ……かなり、強い。

単純なパワーだけで言うとラファンたちのような上位竜には劣《おと》るだろうが、冷静さを備えた敵はそれだけで厄介《やっかい》だ。暗殺者としての任務中、幾度《いくたび》か経験したことがある死線。その時と同じような冷や汗《あせ》が背中を伝い落ちていく。

「テオル、奴《やつ》の狙いは貴殿だ。だが安心してくれ、こちらには私とリーナもいる」

「はい。上手く連携《れんけい》すれば……」

サングラスを外したアマンダさんの声かけに頷く。

その時、隣でリーナが不敵に笑った。

「――勝てるわね」

三人でサポートをし合えば負けることはないだろう。

しかし、できるなら敵の全貌《ぜんぼう》を探りたい。

ここで確実に男の息の根を止めることより、どうにか情報を引き出すことを優先すべきかもしれない。今後に活かせる情報は、何としてでも必要だ。

最低でも退ける。誰一人深手を負うことなく、この場を切り抜けることを勝利の条件としよう。

「まったく、お嬢《じょう》さん方は見逃してあげるつもりでしたのに……。これでは三つも死体が出来上がるじゃあありませんか。私は元来、無駄《むだ》な殺しはしない主義なのですがねぇ……」

そう言うと、男は懐《ふところ》からダガーナイフを取り出した。

そして――。

「血鬼神降剣《けつきしんこうけん》〈八叉鬼《やまたおに》〉」

その武器に鬼を降ろしたのだった。


一瞬、耳を疑った。が、あれは確かにリーナが使っているものと同じ技だ。

隣に立つリーナが息を呑《の》み、刀を握《にぎ》った手が震《ふる》えているのが見える。

「あんた……そ……こで」

「……はい？　まだお喋《しゃべ》りを続けますか？　私は一向に構いませんが」

俯《うつむ》いて何かを言ったリーナに、浮《うわ》ついた調子のままの男が尋ねる。

彼女はキッと顔を上げると、

「――それをどこで手に入れたかって聞いてんのよッ!!」

今まで聞いたこともないほどの怒《いか》りを孕《はら》んだ声で、吼《ほ》えた。

「これ、ですか？　これはとある人物から買ったのです」

「――っ！　絶対にぶっ殺してやる。私が、この手で！」

「あはっ、もしかしてその反応……。貴女、一族の生き残りですかぁ？」

要領を得ず、俺にはいまいち理解できない会話が繰《く》り広げられている。

何がどういうことなのだろうかと、頭を回転させる。

「これは面白い巡り合わせですね。こんな所で現存しているロスケール家の方に会えるなんて。貴女の親族はよく働いてくれていますよ？　あっはっは、私の武器としてね！」

「……まさか」

そこで、ある考えが浮かび言葉が漏れた。

アマンダさんが男を警戒しながら俺にだけ聞こえる声で呟く。

「そうだ。リーナが使っているあの技は、彼女の家の血が流れる者にしか扱うことができない。鬼と契《ちぎ》りを交わした、ただ一つの家系だからな。だが……」

男は今も、腹を抱えてゲタゲタと笑っている。

「その血に目をつけた者たちが一族を捕らえ、血を採取し尽くしたのだ。それを使って作られた武器が闇市《やみいち》に出回っていると聞いたことがあるが……おそらく、あれがそうなのだろう」

あまりにも残酷《ざんこく》で、そしてこの世界にはありふれた話。

金を貰うための暗殺と一緒《いつしよ》だ。

何の罪もない人間を、己《おのれ》の利益のためだけに殺す。

「――血鬼神降剣《けつきしんこうけん》〈暗黒童子《あんこくどうじ》〉×〈邪凶吉王《じやきようきつおう》〉ッ‼　かはっ……」

怒りに震えるリーナが二つの鬼を同時に降ろした。

彼女は苦しそうに吐血《とけつ》したが、なおも男を力強く睨《にら》んでいる。

「貴女の血を使ってオリジナルの武器でも作りましょうかねぇ？　これは本当に、思わぬ掘《ほ》り出し物です。仕事ついでにこんな物を手に入れられるなんて、今日の私はかなりツイてるようだ！」

半ば絶頂状態とでもいえる男の発言に、俺まで頭に血が上りそうになった。何とか深呼吸をする。

戦う時はいつも冷静に、頭をフル回転させ最適解を出し続ける。

昔からそんなモットーを掲《かか》げていたが、我慢《がまん》の限界だ。

目の前で仲間が――リーナが言葉で傷付けられている。

黙《だま》って見ていられるわけがない。

「許……せないッ。呪剣《じゅっけん》〈物淋し斬り《ものさびしぎり》〉ッ!!」

瞳が真っ赤に染まったリーナが斬撃波《ざんげきは》を飛ばす。

「お、おい……！」

連携を乱すなとアマンダさんが手を伸《の》ばしたが、彼女はとまらない。

さらに一秒にも満たない時間で、十を超《こ》える斬撃を飛ばし続け、自らも敵の下へと突っ込んだ。

だが、その全てを男はダガーナイフで軽々と弾いている。

「く……っ」

「あははっ！　さすがロスケール家の方ですね！　かなり強い。速さも力も、並の剣士なら百人はまとめて倒せるでしょう。ですがね、この程度じゃ私には敵《かな》いませんよ！　もっともっともっと!!

才能がないと私の相手にはなりませ――」

「――ごたごた五月蝿《うるせ》ぇな」


気配を消して接近した俺は、男の目と鼻の先にいた。

「気を抜いてると、近づかれたことにさえ気付けないぞ？」

「なっ……――ぶぎゃぁっ！」

お返しだとばかりに、俺は男の右顎《みぎあご》を硬《かた》く握った拳でぶん殴《なぐ》る。

情報を得ることを考慮し、あえて殺傷能力が低い拳を使った。そのため男は殺気を感じることができずに攻撃《こうげき》をもろに喰《く》らい、きりもみ回転しながら飛んでいき木に激突《げきとつ》した。

気配を消した俺を看破できなかったか。

……と、なると。

先程《さきほど》は不覚にも背後を取られてしまったが、相手が隠密《おんみつ》行動をしていたという線はかなり薄いとみて良いだろう。すると他に考えられるのは……。

「あ、貴方は何者ですか……っ？　もしかして私と同じ――」

「貴様に時間はないぞ。イシュイブリス――魔纏《まてん》同体《どうたい》ッ」

口の端《はし》についた血を拭《ぬぐ》い、膝に手を置いて立ち上がろうとする男は動揺《どうよう》した表情を見せた。

しかし当然、時間を与《あた》えるわけもない。

俺の動きに合わせ、すでに移動していたアマンダさんが横から仕掛ける。

体内のイシュイブリスを解放。同時にその存在を纏ったようだ。

赤黒い靄《もや》が蛇《へび》のように体の周りをうねり、アマンダさんは男に中段突きを放った。

「——ぐはッ」

ダガーナイフでの対応が間に合わず、またしても男は吹き飛ばされこちらに戻ってくる。

反撃の隙《すき》を与えず、次は俺が背中に蹴りを打ち込んだ。

そして再度アマンダさんの方へと飛ばされた男は、顔面に上段蹴り《ハイキック》を喰らい、空中を浮遊してから バタリと地に落ちた。

今のアマンダさんからは悪魔の気配を強く感じる。もしかすると単にイシュイブリスを纏ったというわけではなく、二人が重なり、一つの存在になっているのかもしれない。

シンプルなパワーだけを見ると、人族のそれを明らかに凌駕《りょうが》している。

「ハァ、ハァ……ッ。予想外の強さですね。まさかこんなのが二人もいるなんて……」

フラつきながら、それでもゆっくりと起き上がろうとする男。

「退きなさいッ！　そいつは私が一人で——！」

俺たちが敵の近くにいると、遠距離攻撃を繰り出すことができないリーナが叫《さけ》んだ。

それを、俺は制す。

「無理はするな、リーナ」

「……っ」

怒りに任せて初めから飛ばしすぎだ。

時間をかければ彼女一人だけでも勝てる可能性がないとは言えないが、今の状態では立っているのも辛《つら》いだろう。目は充血《じゅうけつ》し、鼻からは血が垂れている。

自ら体の限界を超えてしまっては、深手を負ったも同然。

彼女のことを思うならばここは止めるべきだ。

鋭《するど》い目つきをしたアマンダさんが口を開いた。

「おい貴様、答えろ。魔王の軍勢は戻るのか？」

「はっ、本当に怖いお嬢さんだ。魔王の軍勢？　はて、何のことですか？」

「――答えろと言っているだろッ」

「おーう怖い怖い。はぁ……まあいいですか。では、一つだけ。――『戻る』？　何を言っているのですか。我々はすでに戻っていますよぉッ！。あとはあの方の復活を達成するのみなのです！」

狂気的《きょうき》な表情で、目を剥《む》いた男は両手を広げて天を仰《あお》ぐ。

「貴方たちの強さはわかりました。このまま私一人では、どうやってもキツそうですからね。今日のところはいずれまた、お会いすることにいたしましょう」

そう言うと、男はポケットから一枚の紙を取り出した。

破れた本のページ、だろうか。

さらりと撤退《てったい》を宣言され、俺たちはそう易々《やすやす》と逃がしはしないと男の動きに気を配る。

だが、それだけでは足りないかもしれない。俺の予想が正しければ……！

咄嗟に俺は、男に向かって全力で駆け出したが、間に合わなかった。

広げた紙に魔力が込められる。

「――では、また」

今になって思うと、現れた瞬間からこいつの魔力はどこか少なかった気がする。

それはおそらく、すでに半分ほど使用した後だったからなのだろう。

「やっぱりか……っ」

瞬間。

男が大量の魔力を消費し――消えた。

聞いたこともないが、持ち運びができる転移魔法陣のような物を使ったのか。

「くそっ」

現れた時も俺たちの後ろに転移してきたのだとすると、気づけなかったとしても無理はない。

せめて空気中の魔力の痕跡を見つけられていたら、結果は変わっていたはずだが。

持ち運びができ、その上に自由な場所から転移ができる。昨晩、やはり同様の研究をしていると言っていたラファンに話を聞いたが、上位竜の彼でさえそんな物の実用化は難しいと話していた。

真相は謎だが、あの男が今〈転移〉を発動したことは間違いない。

こちらも早急《さっきゅう》に対策を立てる必要があるだろう。

使用する上で何らかの条件があるとは思う。まさか世界の裏側に転移したりはできないはずだ。

俺は探知魔法を展開し、男が近くにいないか確認する。

「逃げ、られた……？」

その時、リーナが地面に倒れ込んだ。

「おっ、おい！　リーナ、大丈夫か⁉」

「あ。え、ええ……大丈夫よ。私は……大丈夫」

力が入らないようなので近くに寄ってみると、顔が真っ青だ。

リーナは焦点《しょうてん》の合わない目で何度か「大丈夫」と繰り返し呟く。

「テオル、追えそうか？」

こちらに来たアマンダさんが、真剣《しんけん》な眼差《まなざ》しで尋ねてきた。

「いえ、厳しいかと。もしかするとすでに島外に出たのかもしれません」

探知の結果、半径三ＫＭ《キーロミトル》以内にそれらしき影《かげ》は見当たらなかった。

そう伝えると、イシュイブリスの靄を消しながら、アマンダさんはリーナの肩に手を置いた。

「……そうか、わかった。今回は突然の襲撃《しゅうげき》に対し、痛手を負わずに退けたことは我々の勝利と言えるだろう。だからリーナ、そう落ち込むな。必ず次がある」

「…………そ、そうよね。うん……」

リーナは俺たちを見上げ、努めて口角を上げたように見えた。

「では二人とも。わかっているとは思うが、あの男が話していたことが真実であるかどうかは関係なく、このことはいち早く上に報告せねばならない。即刻《そっこく》、王都へ帰還するぞ」

俺は何と声をかければいいのかわからず、ただリーナに肩を貸して街を目指した。

彼女はすぐに気丈《きじょう》に振る舞い、観光の予定が崩《くず》れたことを残念がる。

「はぁ～、最悪よ。ここからが今回のメインだったって言うのに……！」

「船が出るまでの間に、近くの店だけでも見て来たらどうだ？　団長たちへのお土産は俺とアマンダさんで選んでおくから」

「え、本当に⁉　じゃあお返しに、ジェラートでも買ってきてあげるわね！」


あの紅玉に触れたばかりに、面倒で非常に危険な立場になってしまった。

しかし魔王の復活を阻止《そし》すること。その軍勢と戦うことは——即《すなわ》ち人を護ること、騎士の仕事だ。

紅玉の調査は完遂《かんすい》できた。

不意を打たれた敵に対しても、誰一人深手を負うことなく退けることができた。

結果は悪くない。

街が見えてきた時、前を行くサングラス姿のアマンダさんが俺たちを見て微笑んだ。

「時間ができたら、また一緒に来よう。次は観光だけをしにな」

◆　◆　◆

「おいッ、どういうことだ！　理由を説明しろ！　理由をッ‼」

テオルの叔父《おじ》であるゴルドーは怒りに震え、振り上げた拳を勢いよく机に叩きつけた。

事前に調査し設定した任務の難易度は、なんら問題ないもののはずだった。

ルドとルウ。自分の子供たちに二人だけで仕事を遂行《すいこう》させ、テオルを追い出した判断を憂《うれ》える必要はないと父に示す。これで我が子たちの実力を認めさせられるだろう。

今回はそんな、またとない機会だったのだ。

しかし――屋敷《やしき》に戻ってきた息子《むすこ》と娘《むすめ》は仕事に失敗したという。

「どうせ気を抜いて足を掬《すく》われたんだろう⁉　ここぞという時に失敗しやがって……親を失望させて何が楽しいッ？　あァ⁉」

満身創痍《まんしんそうい》で帰ってきたルドとルウが俯く。

「申し訳ありません、お父様。僕が……」

「何か上手くいかなくって……。でもっ、もしかしたら難易度が間違ってたのかも――」

二人は今までミス一つなく、今回の任務よりも更《さら》に難しい仕事を完璧《かんぺき》にこなしてきていた。

そのため部屋の中には重苦しい空気と同時に困惑《こんわく》が漂う。

「そんなわけがあるかッ！　俺の見込《みこ》みではあれくらいお前たちなら簡単だと思ったんだがな。チッ、一回の失敗がガーファルドの名に泥《どろ》を塗《ぬ》ると、どうして分からないッ⁉」

「い、いえっ、もちろん重々承知しています！」

「……あ、あたしもっ」

顔を真っ赤にしたゴルドーの言葉に、ルドたちは怯《おび》えながらも謝罪をした。

それからもしばらく厳しい言葉を浴びせ続けられる。

今回の依頼《いらい》に積まれた金額は破格のもの。そのためゴルドーは必ず成功に終わらせ、大きな実績を作っておきたいと考えていた。

だが、結果はこれである。

子供たちへ期待していた分、失敗に対し湧《わ》き上がる怒りは底知れない。この一件が広がり、もしもガーファルド家の威信《いしん》が失われては、今後の稼業《かぎょう》に影響《えいきょう》を及《およ》ぼしかねないだろう。

「……あの、もしかしてなんだけど……テオルが言っていたことが本当だったとかないよね？　前までならこんなこと絶対になかったし……」

ゴルドーの怒声《どせい》が小さくなった頃《ころ》、恐《おそ》る恐るといった様子でルウがそう溢《こぼ》した。

完璧に気配を消し危険を排除してサポート。自分たちに気づけないほど気配を薄くする技術は想像し難《がた》い。

しかし今回の任務の途中から、どこかで本当だったのではという疑問がルウの胸をかすめていた。

「な、何を馬鹿《ばか》なことを言っているんだっ、ルウ」

「はぁ……。お前は頭までおかしくなってしまったのか？　俺から見てもアイツにそんな実力はないと言っているだろ。親父《おやじ》の言葉が信じられないのか」

「そ、そうだよね。変なこと言ってごめんなさい」

兄と父から本気で心配する目を向けられ、ルウは曖昧《あいまい》な笑みを浮かべる。

それでも彼女の中から、疑問が消えることはなかった。ではなぜ、今回はあそこまで全てが上手くいかなかったのか。運が悪い、だけで済まされるレベルではなかったではないか。

何度も馬鹿らしい考えだと一蹴《いっしゅう》しようとしても、決してそんな想いが薄れることはない。

「――ルウがそんなんだから、僕の足を引っ張ったんじゃないのか？」

「え？」

なおも浮上《ふじょう》し続ける考えに向き合おうとしていると、ルドがふと呟いた。

唖然とするルウを前に、兄は言葉を続ける。

「矢だって全く当たっていなかったし、そもそも巡回《じゅんかい》警備をしている奴の位置の把握だってお前に任せるって言っただろう。あそこで見つかってなかったら、僕がこんな怪我を負う必要はなかったんだぞ？　任務だって成功してたはずだ」

ゴルドーに聞かせるようにルドは嘯《うそぶ》いた。

「な、なんでそんなこと……。流石にヤバいでしょ！　大体お兄ちゃんが――」

「そう感情的になるな。お前に必要なのは反省で、反論じゃない。僕と一緒に精進するんだ。そうすればお父様だって理解してくれるさ。そうですよね？」

ルウの言葉を遮《さえぎ》り、父の顔を見るルド。まるで失敗の原因がルウにあるかのような物言いだ。

巡回している者がいる場所を把握する作業は二人で分担していた。

連携して任務を進めていく手筈《てはず》であり、もとより自分たちを発見したグールは兄が担当する方向にいた者。が、帰還する以前からルウは連帯責任を負う心づもりだった。

だというのに父の信頼《しんらい》が次期当主の自分に傾《かたむ》いていることを良いことに、ルドの考えは違ったらしい。ルウの反論に耳を貸す暇もなく、ゴルドーは頷いた。

「ああ、勿論《もちろん》だ。俺だって鬼じゃない。しっかりと反省し前に進むのなら、今回の尻拭《しりぬぐ》いくらいはしてやる。進むべき道を示してくれたルドに感謝するんだぞ、ルウ」

テオルがいなくなり、兄の意地の汚《きたな》さが自分に向いた。

このまま失敗の原因を擦《なす》りつけられるのか。

憤《いきどお》りを覚え、勝手に自己完結する父に向かってルウは真実を告げるため口を開く。

「待っ――」

「大変よ、あなた！　今、使用人が……!!」

その時だった。

勢いよく扉が開かれ、部屋の中へ入ってきた母のフレデリカがルウの声をかき消したのは。

かなり慌《あわ》てているようで、フレデリカは息を切らしている。

「どうしたフレデリカ」

「そ、それが……っ。この子たちが受けていた依頼の主が家に来て！」

「――なんだとッ!?」

ゴルドーが目をカッと見開き、勢いよく席から腰を浮かす。

ルウも言葉の続きを言いたいところだったが、母の言葉を聞き耳を疑った。

本来、依頼主がこの屋敷を訪れることはない。

依頼を受ける際も成功報酬《ほうしゅう》を受け取る際も、使用人が別の場所で対応するため、この屋敷の所在は関係者以外に知らされていないのだ。

「親父は、親父はまだ帰ってきていないのかっ？」

「用事があると言って出て行ったままよ……！」

「くそッ、こんなときに……しかし何故だ？　とにかく、目的は分からんが俺が対応しよう」

「お、お待ちください！　その、目的なのだけど……どうやら依頼が失敗したと知っているようで……かなり怒《おこ》っているそうなのよ」

慌ただしく部屋を出て行こうとしたゴルドーだったが、フレデリカの発言を聞いて足を止めた。

そして、ゆっくりと振り向く。

ゴルドーは間抜《まぬ》けな顔で眉を上げた。

「……はぁ？　なぜ知っている！　こいつらだって帰ってきたばかりだぞ⁉　秘宝とやらが欲《ほ》しいだけで、依頼人は問題のある人物ではなかったはずだろう⁉」

この時になって初めてゴルドーは依頼主の危険さを感じ取った。

しかし――。

「ちっ……いや、もういい。もう少し待ってもらえるよう話をつけてくる。ルドたちの失敗によって警備が厳戒《げんかい》になっていようが、時間がないからな。多少手荒くはなるが、次は俺が直々にドラゴンの暗殺を果たし向かう。確実に目当ての物が手に入りさえすれば、依頼人も納得《なっとく》するだろう」

不安そうな顔をする妻と子供たち。

暗殺対象がすでに死んでいると知らないゴルドー。

彼は不機嫌《ふきげん》に舌打ちをしてから、足早に部屋を出て行く。

その背中を見つめるルウは、嫌《いや》な胸騒《むなさわ》ぎを覚えた。

◆　◆　◆

「お待たせした。私がガーファルド家、当主のゴルドーだ」

使用人に連れられた部屋に入り、ゴルドーはソファーに腰を下ろす二人の客人に目を向けた。

異様なオーラを発する背の高い女と、静寂《せいじゃく》さを感じさせる老爺《ろうや》。

一瞬で自分と並ぶ強者だと判断する。

「いやぁ、こちらこそ突然押しかけてすまない。この爺《じい》さんが聞かなくてね」

「いえ、お構いなく。それで遠路遥々《はるばる》このような山奥《やまおく》まで、どのようなご用件で？」

ゴルドーはにこりと笑い、強い殺気を放った。

しかし女は自身の金髪《きんぱつ》を弄《いじ》りながら欠伸《あくび》をしてみせる。

「っ。依頼の期日はまだ先だったと思うが？」

「……こんな場所に家があったら食料とか困らない？　アタシなんか片道だけでもうヘトヘトで、疲れて眠たくて仕方がないよ」

「用件がないのだったらお帰り願えるか。私どもも暇ではないんだ」

質問を無視する女に、ゴルドーは不機嫌に言った。

その瞬間、女が目を細める。

返されたのは自分が出したもの以上の殺気。

ゴルドーは全身が粟立《あわだ》つのを覚えた。

「――ッ」

「アンタ、当主なんでしょ？　だったらミスを犯したらまずは謝《あやま》りな」

底が見えない鋭い瞳に射抜《いぬ》かれ、ゴルドーはゴクリと固唾《かたず》を呑んだ。

狼狽《ろうばい》を女たちに悟《さと》られぬよう細心の注意を払《はら》い、頭を下げる。

「申し訳ない。どうやって知ったかは与《あずか》り知るところではないが、依頼の難易度を少々見誤ったようだ。だが期日までには必ず遂行する。だから安心して――」

「どうやって遂行するって？」

「私が自ら当たることにした。これで万に一つも失敗はないだろう」

「ふんっ、そう……」

「もちろん、事前に取り決めた以上の金銭を要求はしたりしない」

もともと期限には余裕《よゆう》がある依頼だった。あと十日はある。自分がやれば必ず間に合うだろう。

ゴルドーはこれで今日のところは引いてくれるだろうと思い、客人たちの顔色を窺う。

――だが、しかし。

「ふぉっふぉっふぉっ」

「ブフッ……なんなんだこれ。ひぃー、腹痛い」

去るどころか、老人と女は腹を抱え、涙《なみだ》を浮かべて大いに笑い出した。

何がそこまで可笑《おか》しいのか。ゴルドーは理解できずに不愉快《ふゆかい》さを覚え、二人を鋭く睨む。

「何が言いたい？」

尋ねてもしばらく笑い続ける女たちだったが、少し落ち着くと口端をニヤニヤと動かしながら、馬鹿にしたような視線を向けてきてこう答えた。

「どうなってるんだい。アタシは世界でも有数の暗殺一家と聞いて依頼したんだがね」

「こりゃ駄目《だめ》じゃな」

しばらくの間、瞼を閉じていた老爺もゴルドーのことを見下した目で見ている。

女はスッと立ち上がり眉間《みけん》を揉《も》んだ。失望を色濃《いろこ》く感じる、冷たい表情をしている。

そのまま自然な――自然すぎる動きで一人先に部屋を出て行く女の行動に、ゴルドーは反応が遅《おく》れた。『動』を感じさせない『静』だけの歩みに、まるで脳が錯覚《さっかく》を起こしたようだ。

女を止めることができず、ゴルドーは押し黙っていたが、残った老人が口を開いた。

「優秀《ゆうしゅう》な後継《こうけい》が育っていると耳にしたが？」

「あ、あ……ああ。私の息子と娘のことだな。確かに優秀なのは間違いないが、今回の失敗は完全に誤算だった。それでだが……」

向けられる視線が一層冷たくなる。

この年寄りにも尋常《じんじょう》の者ではない威圧《いあつ》感があるが、さっきまでいた女ほどではない。そう思い、まだ交渉《こうしょう》の余地はあるだろうと縋《すが》る思いで、ゴルドーは口を開いた。

「やはり報酬は減らしても良い。だからどうだ、あと十日だけ待ってくれ」

依頼人にとはいえ、下手に出ることは不本意だったが頭を下げて頼んでみる。

聞こえたのは、深く溜息を吐く音だった。

「もう良い。お主、ゴルドーと言ったな？」

「……ああ」

「あやつも帰路についたようじゃし、儂《わし》も帰るとする。前払《まえばら》い金は取っておけ」

「いや、だから私が直々に向かうと！」

「ドラゴンは他の者の手によって討たれ、秘宝は奪《うば》われてしもうた。同胞とはいえ殺すしか手段はなく、人手の問題も考慮し、お主らに依頼を出した儂等が愚《おろ》かじゃったわ」

ここでようやく、ゴルドーは事の真相を告げられた。

怒ることもなく今も静寂さを漂わせる老人。

どこか陰鬱《いんうつ》な雰囲気《ふんいき》に、ゴルドーはまたしても反応が遅れる。

「……なん、だと？」

耳を疑った。が、老爺が再び答えてくれることはない。

依頼は失敗に終わってしまったのかとゴルドーは脱力《だつりょく》する。

暗殺者としての仕事だけでいえば、対象が命を落としたのならばそれで良い。しかし今回は秘宝を持ち帰るという追加要素があった。どう足掻《あが》いても、そこに成功の二文字は存在しない。

「優秀であればこちらに引き込もうとも考えたのじゃが、あやつの代で終わったのかの……」

「じっ、爺さん、知ったような口ぶりだな。も、もしかして以前にも依頼を？　だったらわかるだろ、今回の失敗がガーファルド家において異例中の異例だと！　そうだ、あんたの娘にもそう伝えておいてくれないか？　次の仕事は半額で受けても良い！」

「娘？　お主、儂を誰と思っておる。世界の要人の顔さえ頭に入れられぬのか？」

「……？　た、確か依頼主はドラゴンに財宝を奪われた一族の末裔《まつえい》だと……」

「そうかえ！　そのような話になっておったのじゃな」

「……は。じゃ、じゃあ、あんたは――」

依頼主の身元は前もって徹底《てってい》的に調べる。

歴史的な資料を確認しても、あのドラゴンに財宝を奪われた一族の名があった。

その他にも独自の情報網《じょうほうもう》を駆使《くし》したが、特に嘘偽《いつわ》りはないと判断したのだ。

だからこの老人と先程の女は、親子だとゴルドーは決めつけてしまっていた。

まさか、このような予想外のことを最後に聞かされるだなんて。

引退した父と病に倒れ死んだ兄には及ばず、自分には才能が足りないと自覚しているゴルドーだったが、一流の暗殺者であることに違いはない。第六感とでもいえる感覚は人並外れている。

嫌な予感が脳裏《のうり》を走った。

「……あんた一体、何者なんだ」

「儂か。儂は勇者正教――教王じゃよ」

「……な……に……？」

ゴルドーは目を瞠った。

勇者正教。

それは魔王を倒し先の暗黒時代に終止符《しゅうしふ》を打った英雄の一人——勇者を崇《あが》める世界最大の宗教である。ここ十数年で、その頂点に立つ教王は絶大な権力を持つまでになった。

この爺さんが、その……？　とゴルドーは疑いの目を向ける。

だが。

「まあお主が信じるかどうかなど、どうでも良いわ」

そんな視線を気にすることもなく、老人はゆっくりとソファーから腰を上げた。

「もう二度と会うことはないじゃろうからな。暗殺を必要とする上層部にも、ガーファルドは堕《お》ちたと伝えておこう。さらばじゃ、かつて暗殺の頂に立った英雄の一族よ」

「なっ……ま、待ってくれ！」

この男は考えられないほどの教徒を抱えている。

ここ数年は、依頼者《いらいしゃ》の三人に一人が勇者正教の信者であるくらいに。

ゴルドーが止めに入るが、老爺は何らかの魔法を使った。

どこからともなく現れた光の渦《うず》。その中に男は消えて行く。

依頼理由など全ての輪郭《りんかく》があやふやになる。

ただ、仕事に失敗し、状況が悪化するということだけは確かだった。

一人残された部屋の中でゴルドーはソファーに崩れ落ち、一言も発さずに静かに頭を抱えた。

◆　◆　◆

「そうかそうか……あやつらにも、それなりの慈悲《じひ》はあったようじゃのう」

顔面蒼白《がんめんそうはく》のゴルドーを中心に重い空気が漂う屋敷の一室。オイコット王国から帰ってきたテオルの祖父――ゼノスは、いつもと変わらない軽い調子で言った。

「親父。あいつらのことで何か知っていることを教えてくれ」

この件には一切関与《かんよ》していなかった父に、ゴルドーが目を向ける。

しかしゼノスは首を振った。

「危険な連中じゃろうが儂はなんにも知らん。正確な依頼主は今日来た女子《おなご》だったのじゃろう？　それがいきなり教王を連れてきたと……。何が目的で、どんな集団なのかさえ調べてみぬと分からん。まあ、ひとまず殺されんで一安心じゃな」

「だ、だったら何か手助けを……」

「嫌じゃ。儂が勝手に動くことはあっても家の頼みは聞かん」

「なぜだッ⁉　家のために少しくらい――」

「この老いぼれはもう引退した身よ」

「……っ」

縋るような想いは拒否《きよひ》される。最後の希望が絶たれた瞬間だった。

それもそのはずだ。

ゴルドーが先ほど資料庫で確認したところ、あの老爺は教王で間違いなかったのだから。

常に世界中の重要人物の顔を頭に入れていなかったのが悔《く》やまれる。とはいえ、たとえ能力的に可能であっても、依頼に失敗した時点で教王と分かったとしても何なのだ、という話だが。

「じゃあ、いいって言うのか……？」

「む、何がじゃ」

「ルドの回復まではまだ時間がかかる。あとは今回の任務の失敗の元凶《げんきょう》であるルウだけだッ。人手が足りない中で依頼まで減ったら親父が築いた家が潰《つぶ》れるんだぞ⁉　本当にそれでいいのかッ⁉」

怪訝《けげん》な顔をするゼノスに、ゴルドーは脅《おど》すように言った。

俺は家のために頑張っているのだから少しくらいは手を差し伸べろと。

全身骨折を負ったルドは、妻のフレデリカから過度の心配をかけられている。

少し前も早くベッドで横になるよう言われ連れられて行った。

ルドは魔法によって車椅子《くるまいす》で生活できるまでに回復した。

とはいえ、まだまだ仕事に復帰できるほどではないだろう。

「なあ、どうなんだッ⁉」

「……はぁ、わかった」

ゴルドーの最後の一押しにゼノスは頷いた。

「そ、そうだよな、わかってくれるよな？　俺だってこのままガーファルドを小さくするつもりはない。今回は相手が悪かったが、必ず信頼を取り戻して――」

表情が明るくなったゴルドーが矢継《やつ》ぎ早にそう語る。

しかし、ゼノスが口にしたのは予想外の言葉だった。

「お前にこの稼業は向いておらんかったようじゃな。儂が間違っていた……すまない。一人の暗殺者としてではなく、一人の子供としてもっと愛すべきだったのじゃ。父として、愚かじゃった」

「…………!?」

こんなにも優《やさ》しい目を向けられたのは、いつぶりだろうか。耐《た》えきれずゴルドーは顔を歪《ゆが》める。

今この状況で親子として接されることは、暗殺者としての自分を見捨てられることと同義。

ゴルドーは膝から崩れ落ちた。

「い、いや、それはないだろうっ。なぁ？」

苦し紛《まぎ》れに呼びかけるが、ゼノスは――父は何も言わない。

ただ、肩に優しく手が置かれる。

今まで積み重ねてきたものが崩れ去ってしまう。俺はこんなところで終わりなのか？　じゃあ今までは何だった。兄が死んで、ようやく運が向いてきたというのに。

ゴルドーは自問するが、答えがでないことはわかっていた。

何故なら自分は終わるのではなく、元に戻るだけなのだ。

兄がいたあの頃、何をしても勝てず万年落ちこぼれだった自分に。

「今はゆっくりと休みなさい。仕事は一度、全て止めるかの」

ゼノスは最後にそう言うと、横を通り抜け部屋を出て行く。

「ま、待ってくれよ……!!」

茫然自失《ぼうぜんじしつ》となっていたゴルドーはハッとした。

振り向き手を伸ばそうとしたが、そのとき扉はすでに閉じられていた。

◆◆◆

「お祖父様《じぃ》っ！　あの……」

部屋を去ったゼノスが廊下を歩いていると、階段の前でルウが待っていた。

過保護な母に連れられて行った兄からの裏切りとも取れる発言を受け、暗い顔をしている。

「どうしたんじゃ、こんなところに一人で」

「いや、その……」

「お前さんも怪我をしたんじゃろう。休まんで平気か？」

「あっ、あたしは大丈夫。ありがと」

祖父から心配され、ルウは窓から差し込む陽光が作る自身の影に目を落とし、小さくはにかんだ。

「そ、それよりも、あの……聞きたいことがあって」

「そうか。儂に答えられるなら何でも訊いとくれ」

「じゃあ、あの。なっ何を馬鹿なことをって思うかもだけど……テオルのことで、ちょっと。もしかしたら今まであいつって本当に逃げ出してなくて、普通に働いてたのかな、なんて……お祖父様はどう思う？」

祖父の表情を窺うようにルウは尋ねる。

ずっと心の中にあった疑問だ。他に耳がない場所で祖父に訊こうと思い、この場所を選んだ。テオルが暗躍《あんやく》していたなど考えたくもない。

しかし今回の悲劇の直接的な原因が、彼がいなくなったこと以外に他にあるとも思えなかった。今までと変わった点は、テオルがいるか、それともいないかだけ。当事者であるルウだからこそ、どこか確信めいた予感を抱《いだ》いている。

自分が責任を押し付けられた手前だ。

兄たちのように目を逸《そ》らし、調べてもみない訳にはいかない。

「……うむ、もう言っても良いかの」

顎に手を当てた祖父は何かを決めた様子で顔を上げる。

そして。

「テオルはよく働いておったぞ？　他に生き方があると思うて儂は黙っておいたのじゃが」

「——っ‼　じゃあ、やっぱり！」

「お前さんの考えておる通りじゃろうな」

祖父にズバリと言われ、ルウは驚愕《きょうがく》した。

「あ、あいつは今どこに……」

「オイコット王国におるぞ。儂も会ってきたのじゃが、楽しそうにしておったわ。気になるのなら
お前さんも行ってきたらどうじゃ？　家の仕事もしばらくはないじゃろうからな」

「オイコット王国……。お祖父様っ、なんで連れ戻さなかったの⁉」

「それはさっきも言うたが――まあ良い、とにかく見てきなさい」

テオルにそこまでの実力があるのなら、連れ戻せば家を立て直せるかもしれない。ルウは思った。

家に帰れると知ったら、きっとテオルは喜ぶはずだ。

これで任務の失敗は自分のせいではないと証明できる。

「はい！　あたしが一人で迎《むか》えに行ってくるから、みんなには内緒でね！」

ルウは祖父にお辞儀をすると、すぐに旅の準備に取り掛かった。

大丈夫。何の問題もなく、すぐに帰ってこれるはずだ。

テオルにはどうせ暗殺《これ》しかないのだから。

五章　再会と自分なりの選択《せんたく》

王都に戻《もど》った俺《おれ》たちは騎士《きし》団室へ向かい、早速《さっそく》ジン団長にアイライ島での件を報告した。

紅玉のこと、魔王《まおう》とその軍勢のこと、そして黒服の男による襲撃《しゅうげき》について。

話を聞く団長の顔は非常に険しいものだった。

「なるほどね……。うん、了解《りょうかい》。一応上に話を上げておくよ」

最後に一つ頷《うなず》くと、団長はいつもの陽気さを取り戻した。

深刻に受け取ってはいるが決して絶望的ではない。そんな落ち着きがある。

反対に俺やリーナ、アマンダさんはどうしても気楽ではいられない。

魔王の復活は暗黒時代の再来を意味するだろう。

この時代の平和は、仮初《かりそめ》のものだったのだろうか？

などと考えながら、伏目《ふしめ》がちに団長室を去ろうとする。

「ちょ、ちょっと待ちなよ」

「？」

すると、その背中に声をかけられた。

「そんなに暗い顔しないでさ、どうだい？　せっかくの休暇《きゅうか》がこんなことになっちゃったわけだし。ほら、これからみんなでぱぁっと一杯《いっぱい》」

振《ふ》り返ると団長が手で酒を飲む仕草をして見せる。

どうやら沈《しず》む俺たちを見て、気を利《き》かしてくれたみたいだ。

……そうだな。自分が暗い顔をしていても何も変わらない。

特に断る理由もないし、気分を変えるためにも同行させてもらおう。

「そうですね、行きますか」

「おっ、いいね。アマンダたちはどうするかい？」

「私も行かせてもらいます。リーナも行くだろ？　ジンの誘《さそ》いだ」

「もちろんよ。このまま一人になってあれこれ考えるのも面倒《めんどう》だし、当然奢《おご》ってもらえるのよね？　なら参加しないわけにはいかないじゃない！　ほらっ、早く行きましょ！」

「あー……わかったよ、いいとも！　今日は僕《ぼく》の奢りだ」

順々に首を縦に振り、全員の参加と団長の奢りが決まった。

策略家のリーナは低い位置で拳《こぶし》を作り、全力でガッツポーズをしている。

一体どれだけ奢ってもらいたかったんだか。

「うぉいッ！　ジンが金払《はら》うならオレも行くからな⁉」

「あ……そういえば今日はヴィンスも来てたね」

ソファーから起き上がって現れた赤髪《あかがみ》に団長が項垂《うなだ》れる。

ヴィンスはちょうど自分がいるタイミングで帰ってきた俺たちに、「正体、分かったか？　後であの赤いののこと教えろよな」と言い、報告が終わるのをここで待っていたのだ。

「んだよその反応！　オレぁ除《の》け者かよッ？」

「ああいや、別にそういうわけじゃないんだけどね。みんなも構わないかい？」

「俺はいいですけど……」

団長にヴィンスの参加について尋《たず》ねられたので、俺は答えながら視線を横に向け、面倒くさそうにしているリーナとアマンダさんを見た。

「まあ、別にいいんじゃないかしら……煩《うるさ》いけど」

「だな。いくら騒《さわ》がしいとはいえ、一人だけ不参加は流石《さすが》のヴィンスでも不憫《ふびん》だ」

二人は捨て犬を見るような目を向けている。

「その目やめろッ。オレを憐《あわ》れむんじゃねぇ！」

今日も元気がいいヴィンスが吠《ほ》えると、ふっとリーナたちは笑った。

そういえば出会った頃《ころ》に比べるとヴィンスの刺々《とげとげ》しさがマシになった気がするな。

まあ今も普通《ふつう》に鬱陶《うっとう》しい時はかなり鬱陶しいけれど。

前までは新参者の俺がいるから、変な威圧《いあつ》感を出していたのか。

理由は何にしろ、それがなくなったのは良いことだ。

「じゃあ五人で行くとしよう。店は……」

ヴィンスたちの言い争いを見て笑っていた団長が思案する。

するとリーナが人差し指を立ててこう言った。

「『空舞《そらま》う小鳥亭《てい》』一択《たく》よ！」

「お、そうだね。あそこにしようか」

団長も頷き、彼女《かのじょ》の提案で店が決まったようだ。

ヴィンスやアマンダさんも「定番だな」みたいな顔をしている。

そこがどんな店なのか分からずにいるのは俺だけらしい。

一人きょとんとしていると、リーナが説明してくれた。

「テオル。ほら、前に行ったじゃない」

「ん？」

「この馬鹿《ばか》があんたに喧嘩《けんか》売ってきて、ガリバルトさんが土下座した店よ」

「ああ！　あそこのことか。『空舞う小鳥亭』って」

前にリーナに連れていってもらった酒場のことだったのか。

確か、あの店に置いてるものは何でも美味《うま》いと評判なんだっけ。

「よし、じゃあ混んでしまう前に早く行くとしようか」

団長の呼びかけで話がまとまり、俺たちが出発しようとしたその時。

「――あの……」

騎士団室の入り口から鈴《すず》の音のような声が聞こえてきた。

みんなで一斉《いっせい》に見ると、線の細い、透《す》き通った白い肌《はだ》の少女が部屋の中を覗《のぞ》き込《こ》むようにしてこちらを見ていた。年は俺やリーナ、ヴィンスと同じくらいだろうか。肩口《かたぐち》で切り揃《そろ》えられたホワイトブロンドの髪をさらりと揺《ゆ》らし、遠慮《えんりょ》がちに小さく手をあげている。

「私《わたくし》も参加してもよろしいでしょうか？」

「はぁ、また厄介《やっかい》な……」

突然《とつぜん》の申し出に、額を抑《おさ》え溜息《ためいき》を吐《は》く団長。

他のみんなも同じような顔をしている。

反応から察するにまたしても俺だけらしい。

酒場の名前と同じく、この人物を知らないのは。

「あの、団長。彼女は……？」

「ああそうか、テオルはまだ会っていなかったね」

ポンと手を打つと、団長は少女の方を見て微笑《ほほえ》んだ。

「彼女が僕たち第六騎士団が仕えているお方——オイコット王国第一王女のフラウディア様だよ」

「えっ………お、王女⁉」

ふらりと現れた、この少女が？

気配を探ってみるが護衛を付けている様子もない。

団長が言ったことを俄《にわか》に信じられずリーナたちを見るが、頷かれる。

次にフラウディア様と呼ばれた少女の方を見ると、彼女も静かに首肯《しゅこう》した。

「あの……だ、大丈夫《だいじょうぶ》なんですか？　その、一人で」

「テオル。フラウディアは少し特殊《とくしゅ》な力を持っているのだ。だから——」

俺の素直《すなお》な疑問にアマンダさんが答えてくれようとしていると。

件《くだん》の王女様が素早《すばや》くこちらに近寄ってきた。

「貴方がテオル様なのですね！　お噂《うわさ》はかねがね聞いております。何やらドラゴンを単独で倒《たお》されたとか‼　あの私、その時のお話をたくさんお聞きしたくて。よろしければ是非《ぜひ》お聞かせ願えませんでしょうか⁉　お時間がある時で構いませんので、どうかお願いいたしましゅっ――」

あ、噛《か》んだ。

俺の手を両手で包み込むように握《にぎ》り、上目遣《うわめづか》いでキラキラと目を輝《かがや》かせながら嬉《うれ》しそうに捲《まく》し立てていた王女様が、耳までカーッと赤くなる。

これは気づかなかったふりをした方が良いのだろうか。

どんな距離感《きょりかん》で接すればいいか分からず思い悩《なや》む。

するとリーナが間に入り、王女様の手を掴《つか》んで離《はな》してくれた。

「フラウ、また勝手に城を抜《ぬ》け出したのね？　怒《おこ》られるわよ？」

「そ、それは……。リーナっ、私は今テオル様とお話を――」

「まぁ、あんたなら大丈夫なんだろうけど、一人で帰すわけにもいかないし。ジン、どうする？」

二人はかなりラフな関係性みたいだ。

王女様はリーナの肩越《かたご》しにピョンピョンと跳《は》ねている。

身長が低い彼女の顔が現れては、下に消えていく。

現れるたびに王女様は諦《あきら》めず、なおも俺に話しかけようとしてきた。

しかし、それに合わせ体を移動させるリーナによって阻《はば》まれる。

「そうだな……。送り届けて店の席がなくなったら困るし……。ま、いいか。外套《がいとう》でも被《かぶ》ってもらって一緒《いっしょ》に行こう」

「だ、団長……いいんですか？」

絶対に問題になるやつだと、楽観的な団長に思わず突《つ》っ込んでしまう。

けれどそんなことは気にしていない様子で、団長はひらりと手を振った。

「いいんだよ。僕たち全員が周りにいれば、この国のどこにいるよりも安全さ」

さらっとまた凄《すご》いことを……。

ヴィンスがどこからか持ってきた外套を、王女様に向かって投げ掛《か》ける。

「……あうっ」

ばさりと頭に載《の》ったそれを手に取り、王女様は俺の方を向いた。

「あの、私のことは気軽にフラウディアとお呼びください」

「え、でも……」

「それが私の騎士団でのルールですからっ」

「あ……はい。じゃあ俺のこともテオルと」

「──い、いえ！　テオル様はテオル様です‼　だってテオル様なんですから、リーナやヴィンスと同じように呼び捨てだなんて、私にはそんなことできませんっ」

謎《なぞ》の理論だが、結局その後、俺は押《お》し切られてしまった。

騎士団のメンバー以外に俺のことをフラウディアが様付けで呼んでいるのを聞かれでもしたら、面倒なお咎《とが》めがあるかもしれない。

だが本人がそれでもと強く言うので、ひとまず従うことにしたのだった。

それから俺たちは騎士団本部を出て、しっかりとフラウディアを警護しながら酒場へ行った。

ヴィンスが机に乗り切らないほどの酒や料理を注文し、会計を持ってくれる団長が苦笑いし。

アマンダさんがリーナに負けずとも劣《おと》らない大食いっぷりを発揮し、俺は驚《おどろ》かされた。そして団長が子供のような外見でどれだけ呑《の》んでも酔《よ》い潰《つぶ》れなかったのは、違和《いわ》感満載《まんさい》の光景だった。

仲間に囲まれての宴会《えんかい》は今まで経験したことがないほど楽しく、連れてきて大丈夫だったかと不安に思ったフラウディアも、良いひと時を過ごせたと幸せそうに言っていた。


「はぁ〜、食った食った。ジン、美味かったぜ！　あぁ〜いい夜だなッ‼」

その帰り道、千鳥足のヴィンスが先頭を進む。

雲が少ない空には月が浮《う》かび、夜の街を照らしていた。

フラウディアの護衛のことも考え、俺たちは胃に余裕《よゆう》を持って食事を終えたが、ヴィンスは考えなしに満腹になっていたので万が一の際には使い物にならなそうだ。

「あいつ、本当に調子がいいわね」

「まあいいだろ。いつになく楽しそうだし」

俺はリーナと肩を並べ、苦笑しながら最後尾《さいこうび》を歩いている。

「それにしても、ちょっと肌寒《はだざむ》くなってきたな」

「うーん、そういえばそうね。アイライ島に行ってたから余計に王都の寒さを感じるわ」

「何の問題もなく落ち着くといいんだけどな。魔王のこととか」

「……ね。誰《だれ》も傷付かず、笑って過ごせればそれだけで充分《じゅうぶん》なんだけど」

「そのためには俺たち騎士が戦わないといけない、か」

「あんたは誰かを護るためにここにいるのね」

「ん、リーナは違《ちが》うのか？」

「私は一族の仇《かたき》を討つためよ。まずはあの黒服から」

「……そうか」

「復讐《ふくしゅう》みたいで、自分勝手な話だけど」

「いや、いいんじゃないか？　じゃあ俺はリーナも護るか」

「……っ⁉　そ、それはどういう……」

ヴィンスや団長、フラウディアやアマンダさんの背中を見ながら何気なく言葉を交《か》わす。

冷たい夜風に吹《ふ》かれ俺がふと呟《つぶや》いた言葉に、リーナが顔を向けてきた。

「そのままの意味だ。目的を達成しようとする仲間を護るっていう」

「そのままの意味って……あんた、言い方ってもんがあるでしょ！　勘違《かんちが》いしたらどうするのよ」

「ん？　……ああ‼　なんか別な意味にもとれるセリフだったな。すまん」

「もう、まったく。そんなこと言うならムードとかロケーションとか、もっとそれっぽくない場を選んで言うようにしなさいよね！」

「いや、なんだよそれ」

微妙《びみよう》な雰囲気《ふんいき》になってしまっていた空気が一転する。

「……そういえば、これ」

「ん？　次は何よ」

俺は今くらいの空気なら丁度いいと、ポケットからそれを取り出した。

変に思われたら気恥《きは》ずかしいので、なかなかタイミングを見出《みいだ》せずにいたのだ。

「渡《わた》し忘れてたんだけど、アイライ島でお土産《みやげ》ついでに買って」

「髪飾《かみかざ》り？　これ、私に……？」

「まあ。ほら、前に王都を案内してもらった時のお返しだ」

アイライ島の固有種である花の柄《がら》をあしらった髪飾り。

俺が渡すと、リーナは月光に重ねてしばらく眺《なが》め、目を細めた。

「……そう。ありがとう」

いつものリーナとは違う柔《やわ》らかな微笑《ほほえ》みを向けられる。

思わずちょっとだけドキリとしてしまったのは、無事に渡せてホッとしていたからだろう。

続く言葉は探さず、隣《となり》にいるリーナの機嫌《きげん》が良いことを感じながら無言で歩く。

騎士団本部に近づき、飲み歩く人々が少なくなった通りのあたり。前を行くアマンダさんたちとも会話をしながら、大声で歌い出したヴィンスの背中を見ていると。

「テオル……」

突然、背後から俺の名前を呼ぶ声がした。

そして。

振り返ると、道の後ろに旅人のような恰好《かっこう》をした――俺の従妹《いとこ》、ルウが立っていた。

◆　◆　◆

屋敷《やしき》を飛び出たルウは、数回の休息を挟《はさ》みオイコット王国に辿《たど》り着いた。

「遠すぎでしょ……。はぁ～、マジで疲《つか》れた」

テオルのために自分が過酷《かこく》な長旅をする羽目になるなんてと、むっとしながら人が行き交《か》う昼の王都の街並みを見回す。

「とりあえず、あいつを捜《さが》さないとね」

出発前、祖父がこの王都にテオルがいるとは教えてくれた。

だが、詳細《しょうさい》な居場所を聞くことを忘れていた。

そう気がついたのは、ほんの数時間前のことだった。

目的に急《せ》かされ、視野が狭《せま》くなっていたのかもしれない。

といっても「まず何よりも先に行ってみるといい」と語った祖父の口ぶりから考えると、ルウには尋ねたところでテオルの居場所を事細かく教えてくれたとも思えなかった。

自力で、どうにかしてテオルを見つけ出す必要がある。

あいつはガーファルド家の情報を漏洩《ろうえい》するような馬鹿ではない。痛い目をみること、厄介ごとに巻き込まれることはできるだけ避《さ》けようとするはずだ、とルウは考えた。

どうせこの街の片隅《かたすみ》で細々と生きていることだろう。

「あんま時間はかけたくないし、手早く捜し出すなら……酒場か」

テオルのために時間をかけたくはない。

いくら有能だったとしても、媚《こ》びへつらう気も、見方を変える気もなかった。

家に連れ戻し、その力でガーファルドに貢献《こうけん》してくれればそれで良い。

ルウは情報屋をあてにし、酒場を探して歩き始めた。

――その道中。

街角で立ち話をする主婦たちの会話から、「第六騎士団」という言葉が漏《も》れ聞こえた。

「ねえ聞いた？　新しく入った騎士様のお話」

「知ってる知ってる。かなり噂になってるわよね！」

何故《なぜ》かその会話が気になり、ルウは少し離れた場所で立ち止まる。

そして感づかれないようにそっと耳を澄《す》ました。

「あ、やっぱり⁉　私、聞いた時本当にびっくりしちゃった」

「私もよ！　上位竜《りゅう》を一人で倒しちゃうなんて、まるで英雄様ね」

「ふふっ、その方だったらアマンダ様とお似合いなんじゃない？」

「あぁ、確かに！　お二人で姫様《ひめさま》を護っていただけたら安心ね～」

「それにしても、本当に第六騎士団は凄い方々ばかりだわ」

「当たり前じゃない、姫様直属の少数精鋭《しょうすうせいえい》よ？　爽《さわ》やかな笑《え》みを浮かべる小さな団長、ジン様。凛《りん》とした全《すべ》ての女性の憧《あこが》れ、アマンダ様に……」

「輝く可憐《かれん》な花、リーナ様と。ワイルドなのに優《やさ》しい一面もあるヴィンス様！」

「「そして今話題のドラゴン殺しの――テオル様‼」」

「え」

年端《としは》もいかぬ少女のようにキャーと盛り上がる主婦たち。

ルウは彼女たちの話を聞き、目を丸くした。

すごく人気のある騎士団に『テオル』という人物が新たに入ったらしい。

主婦たちは何やら手元の紙を見て興奮しているが――。

「さ、流石に人違いよ。上位竜を単独で？　そんなのお祖父《じい》様と同等か、それ以上じゃん。あいつなわけ……ないない。ない、ない、よね？」

テオルは自分たちよりも少し上手《うわて》なだけだ。

そこまで桁外《けたはず》れな実力を持っていた、などあるはずがない。

「お姿はどんな感じなのかしら……？」

「私の友達がカフェでアマンダ様とリーナ様と一緒にいるところを見たそうよ！」

「えぇ⁉　もしかしてお二人とも……気になってるのかしら？　で、どんな感じだったって⁉」

「かなりカッコいいそうよ。えーっと確か、髪は特徴《とくちょう》的な白色で――」

自分が知っているテオルと髪色が一致《いっち》する。

だがこれ以上先は聞かなくても良いとルウは判断し、酒場に向かうことにした。

他人の空似だ、きっと偶然《ぐうぜん》に違いないと反芻《はんすう》しながら石畳《いしだたみ》の上を足早に進んでいく。


酒場に着くと、すぐに情報を売る者は見つかった。

大きな街には大抵《たいてい》どこにでもいるものだ。

「ねえ、人を捜してるんだけど」

「んぁ？　ここはガキの来るところじゃ――い、いやっ、わかった。なんでも聞いてくれ」

昼間から酒を飲み顔が赤い中年。

ルウが殺気を放つと、男は顔を青ざめ何度も頷いた。

「じゃあ、テオルってやつを知らない？　最近この街に来た白髪《はくはつ》の」

「あ、ああそれならっ、騎士団に入ったって奴《やつ》じゃねえか？　ドラゴン殺しの……」

「違うって。他に心当たりはないの？」

「だ、だったら俺は何にも知らねえよ！　お代は結構だから勘弁《かんべん》してくれねえか‼　あとは他の奴を当たってくれ……っ」

そう言うと男はプルプルと震《ふる》え、席を立ち逃《に》げるように去って行く。

「ちっ。はぁ……使えな……」

青筋を立てたルウは酒場を出た。

そして、他の情報屋を当たってみることにしたが――。


「第六騎士団にいる奴だろ？　最近は噂が尽《つ》きないな」

「ああ、あの騎士のイケメンくんのことね。私、見たことあるわよ？」

「そいつに会いたいなら騎士団本部に掛け合ってみたらどうだ？」


誰に聞いても、騎士のテオルという人物の話しか上がらなかった。

同姓《どうせい》同名の人物がいる線を捨てきれないルウであったが、「ここ最近王都に来た、白髪の」と条件をつけると、どの情報屋もやはり他に思い当たる人物はいないとのことだった。

「じゃあ、やっぱり……」

街中を走り回ったため、辺りはすっかり暗くなっている。

閑静《かんせい》な夜の王都中央区を歩きながら、ルウは思案に耽《ふけ》た。

俄かには信じがたいが、自分が捜しているあのテオルが少数精鋭《せいえい》の騎士団に入り、一人で上位竜を倒したというのだろうか？　いいや、そんなはずは……。

自分もちょうど兄と二人で同等級の上位竜に挑《いど》んだ。二人でだ。

それでも手も足も出せずに敗走したというのに。

単独で撃破《げきは》できるほどの強者《つわもの》が、あの覇気《はき》のない従兄だとは到底《とうてい》思えない。

「うん、やっぱり人違いだよね。そんなに強かったらあたしたちが今まで――」

おんぶに抱《だ》っこだった、ってことになるじゃん。

曲がりなりにも自分はもう一人前の暗殺者なのだ。

ルウは自分にそう言い聞かせ、月明かりに照らされた道に出た。

その時、だった。

楽しげに道の先を行く集団が目に入り、ハッと息を呑んだのは。

「あ、あれ……もしかしてっ」

慌《あわ》てて駆《か》け寄り、ルウはその白髪の青年の名を口にした。

「テオル……」

◆ ◆ ◆

「あれ……ルウ、久しぶりだな。こんなところで何してるんだ？」

真剣《しんけん》な表情に切り替《か》わったみんなが、ルウに対し瞬時《しゅんじ》に警戒《けいかい》態勢を取ったのは、俺がそう言ったのとほぼ同時だった。

「あぁ〜？　どうしたッんだよ」

唯一《ゆいいつ》、トロンとした目のヴィンスが遅《おく》れて振り向く。

団長やアマンダさんはフラウディアを護り、リーナは隣で鋭《するど》い目をしていた。

「警戒しないでも大丈夫だと思います、知り合いなんで」

俺が声をかけると団長がホッと息を吐いた。

ルウからは殺気を感じられないし、どうやら任務で来たというわけでもなさそうだ。

むしろ彼女の方が俺の顔を見て驚いているのがわかる。

「なんだ、君の知り合いか。驚かさないでくれよ」

「すみません」

「なに、テオル。この子とどういう関係よ？」

みんなが警戒を解《と》き、すぐに張り詰《つ》めた空気が元の弛緩《しかん》したものに戻る。

リーナが横目で訝《いぶか》しんでくるが、それもそのはずだろう。

「あんた、街に知り合いなんていないはずじゃない。どこで知り合ったのよ？」

「ああいや、彼女は俺の親戚《しんせき》——従妹なんだ」

「あっ……そう!!　なんだ、そういうことね！」

「でも家から遠いのに、なんでこんな場所にルウがいるんだよ？」

リーナたちに一斉に睨《にら》まれたことによって膝《ひざ》が震えているルウに尋ねる。

「あ、あんた、いま何してんの？」

「ん？　騎士だけど……」

「――はあ⁉　き、騎士ってことはやっぱり、上位竜を倒したって⁉」

「あれ、なんで知ってるんだ？　まあ別にいいか。それより、なんでここに――」

「そう！　それよっ‼」

ルウはよくわからないが、謎に一人で盛り上がっている。隣でリーナが「仲いいのね」と微笑ましげにしているが、前まではこんな感じじゃなかったんだけどな……。今日はやけに自分から積極的に話しかけてくる。

俺は過去のことは過去に置いてきたつもりなので、かつて受けた嫌《いや》がらせの数々はなるべく水に流したつもりだ。けれどルウはゴルドーやルドに比べるとまだマシだったとはいえ、俺のことを明らかに嫌《きら》っていたし、無視したりと距離《きょり》があったように感じていたのだが。

ルウは俺の方をビシッと指さすと、誇《ほこ》らしげにその年相応な薄《うす》い胸を張った。

「あんたを家に帰らせてあげる！」

「……は？」

「家の仕事をしたいけど、追い出されたから仕方なく騎士なんてやってるんでしょ？　だ・か・らっ、わざわざ私が迎《むか》えにきてやったんだから帰るよ！　お父様はあたしが説得してあげるから」

「いや、別にいいかな」

「うん。じゃあほら、すぐに帰るから。良かったじゃん、あたしが来てくれて。しっかり感謝しな――って、はぁあ⁉　今、なんて……」

「だから戻る気はない」

「そ、そそっ、それってつまり……っ？」

「せっかくここまで来てもらって悪いけど、すまないな」

「――っ⁉」

どんな心の変わりようかは知らないが、何と言われても家に戻る気はもうない。

何しろ今の環境《かんきょう》だって自分が望んで得たものだし、仕方なくやっているわけでもないのだ。今はエルフの村での仕事を経《へ》て、これからも騎士としてやっていきたいと心から思っている。

まだ、始まったばかりだからな。

宿舎の俺の部屋には一人用のベッドしかないけれど、こういう時はルウを泊《と》めた方がいいのだろうか？　俺に会いに遥々《はるばる》こんな遠くまで来たのだから、せめてそれくらいはしてあげても……。

でも、あんな扱《あつか》いをされるくらい嫌われてたからな。

こういうお節介《せっかい》が敬遠される原因なのかもしれない。

下手なことは言わないでおこう。

それにそうだ。こんな夜更《よふ》けになる前に、計画的にきっと自分で宿を取っているはずだ。

「じゃあ、これで。気をつけて帰れよ」

というわけで俺は最後に軽く手を上げ、ルウに別れを告げた。

背を向け、リーナたちに待たせてしまったことを断り、のんびりと騎士団本部へ向かう。

ヴィンスの陽気な歌声が再び響《ひび》き始めた。

◆　◆　◆

次の日。

俺は自分が騎士になるまでのことをリーナたちに打ち明けることにした。

団長以外は俺の出自を知らない。なので昨日、俺とルウの会話を聞き、フラウディアを含《ふく》む他の四人があの後も気になっているような素振《そぶ》りを見せていたのだ。

まあ、特に誰も追求してくるようなことはなかったが。

ヴィンスにいたっては酔っていたから覚えていない可能性さえある。

「集まってくれてありがとう。アマンダさんも、ありがとうございます」

騎士団室のソファーに座《すわ》るリーナとヴィンス、アマンダさんに頭を下げる。

王女であるフラウディアを呼び出すのは流石に気が引けたので、彼女はいない。

全てを知っている団長は近くの机に腰掛《こしか》け、様子を見守ってくれていた。

「私は構わないけど……別に無理して話す必要はないのよ？」

「せっかく来てやったんだからそりゃあねえだろッ⁉」

「ヴィンス、貴殿《きでん》は黙《だま》るということを知らないのか？」

ここ最近、見慣れてきたいつもの光景だ。

「一晩考えてみたんだけど、心境の変化があってな」

みんなとテーブルを囲んで食事をし、その後ちょうどルウに会った。

そこで俺は、自分がもう暗殺者ではなく騎士なのだと再認識した。

己《おのれ》の過去は誰に話すものでもない。正体を隠《かく》す。

心から信頼《しんらい》できる仲間に対して、そんなものはもはや不必要なのではないだろうか。

しかし打ち明けることでなんらかの救いを求めている面もあるのかもしれない。

騎士団の仲間たちとの関係ができて、心の中の孤独《こどく》が顕著《けんちょ》になったのか。

その孤独を埋《う》めることに焦《あせ》り、自分を知ってもらいたがっているのか。

詰まるところ自己満足だろ、そんなもの。

決して誇れるものではない過去を曝《さら》け出して何がしたい。一体、何になる？

そんな考えも浮かんだが、自分と向き合い、そして朝が来た。

俺はリーナたちに集まってもらうことにした。

「今の俺は騎士だからな、過去のことはもういいかって。深く悩まず、改めて自己紹介《しょうかい》でもしようと思ったんだ。といってもみんなが聞きたくないって言うならやめにするけど」

「まあ、テオルが教えてくれるなら知りたい……わよね？」

「ったりめぇだろ‼　ここまで言って勿体《もったい》ぶんじゃねえよ⁉　気になってきちまっただろぉ！」

「せっかくだ。イシュイブリスも気になっているそうだから聞かせてもらおう」

その時、窓の外でガタッと音がした。

リーナが音の鳴った方に目を向け、それから深くソファーに座り直す。

「ああ、なるほど。アピールも含めてってことね」

「一応これからも騎士としてやっていきたいからな」

あくまでついでだが明確な目的もあった。

正直、大人しく帰ってくれたら良かったんだけど。

はぁ……とにかく、なんとか丸く収まって欲《ほ》しいものだ。

「で、なんだけど。昨日ルウ——俺の従妹が言っていたから分かっていると思うけれど、俺はここに家を追い出されてやって来たんだ。今となってはもうかなり昔のことのように感じるけどな」

自らのことを語り、他人に伝える。

慣れないことになんだか調子が狂《くる》う。

「あんたを追い出すって……何か悪さでもしたの？」

「いや、必要ないと言われてな。まあ後々、裏で色々とあったって教えられたんだけどさ。ほらヴィンス、前に団長に会いに来てた人——俺のじいちゃんから、あの時に話を聞いてたんだ」

「あァ？　前の？　……うぉっ、あの爺《じい》さんか⁉　確かにお前、何か話してたな！」

ヴィンスが膝を打ち、勢いよく立ち上がる。

その横でアマンダさんは紅茶を一口飲んでから目を細めた。

「何であれ、テオルを追い出すとは勿体ないことをしたものだな」

「そうね！　でも、おかげで私たちのところに来たわけだし。良かったわね、ジン？」

「あ、ああ、僕？　そうだね。ほんと、こちらとしてはありがたい話さ」

嬉しそうなリーナに突然声をかけられ、団長が微笑んだ。

「んで、話ってそれだけかよ？」

もう終わりか、とばかりに拍子《ひょうし》抜《ぬ》けした表情で爪《つめ》を弄《いじ》りだすヴィンス。

「いや、本題はここからだ。自分の中の踏《ふ》ん切りに付き合わせてしまって申し訳ないんだが、俺の実家がちょっと特殊でな。いや、一般人《いっぱんじん》にとっては特殊なんだろうけど、みんなにとってはそこまで変わったものじゃないかもしれないか。まあ、俺が使っている魔法なんかも説明したいと思う」

「ちょ、おまっ。マジかよ？」

「俺が過去、やっていたことに直接関わる魔法もあるからな」

「うしッ。ガリバルトのおっさんを待たせてっけど、オレは最後まで聞くぜ」

「確かに、あんたが一体どうやって今みたいになったのかは興味深いわね」

「じゃあ、早速……」

そこまで話すのかと、視線を向けてくる団長に一つ頷いてから俺は話し出した。

気配を消す方法を簡単に説明し、どのようにしてその技術を身につけたかを語る。

俺の魔法の師は、今は亡き父さんだ。

魔法について口にする時、当然のように父との思い出がそこには浮かび上がる。

父さんのことを思い出すのは、随分《ずいぶん》と久しぶりな気がした。

「……今、話した気配を消すための魔法と、普段《ふだん》の戦闘《せんとう》スタイルから俺が以前いた環境や、どんなことをしていたかはみんな薄々気づいてると思う」

彼《かれ》らは日頃《ひごろ》から戦いの中に身を置く者。

その中でも力だけでいえばかなり上位に位置する実力者たちだ。

俺が裏の世界――日の当たらない環境で育ったことはわかっているだろう。

暗殺者や盗賊《とうぞく》に分類されるようなことをしていたとも。

しかしまさか、この名前が出るとは思わないだろうな。

どんな反応が返ってくるのか不安だが、腹を括《くく》るしかない。

最後に一つ息を吸い、俺は一族の名を口にした。

「実は――俺は暗殺のガーファルド家の生まれなんだ」

「「「なっ」」」

窓の外からまたしてもガタッという音がした。

「が、ガーファルドってあれよね。名前だけは知ってるけど……」

「お前、ヤバイ生まれすぎんだろッ！　何がオレたちにとっては変わったもんじゃないだァ⁉　普通に生きてても聞く名前だぞ‼　ガーファルドったぁ泣く子も黙るあのガーファルドだよなッ⁉」

動揺《どうよう》を見せるリーナと騒ぎ立てるヴィンス。

一方、アマンダさんは口を一文字に結んでいる。

「た、多分ヴィンスが言っているガーファルドに違いないと思うぞ……？　それとアマンダさん。俺自身が後ろめたい気持ちを感じずに言えることではないかもしれませんが、今まで金を積まれたからといって善人を殺すような真似《まね》はしていない。それだけは言わせてください。本当にそうだったかは俺の価値観に大いに左右される部分があるとは思いますが……」

暗殺と聞いて疑問を抱《いだ》いているのだと思う。俺の人間性を推し測ろうと。

厳しい表情に狼狽《うろた》えたが、こちらにもこれまで守ってきた一線がある。

そう言うと、彼女は優しい顔に戻った。

「……そうか」

父さんは俺に、誰でも暗殺できるのが一流ではないと教えてくれた。

その力を誰のために、何のために使い、完璧《かんぺき》に任務をこなすのか。

しっかりと頭を使い判断できる者が一流だ、と。

「母は物心がついたときにはすでにいなかったから、使用人の一人が乳母《うば》として俺を育ててくれたんだ。そしてもう死んでしまったけど、父さんが俺の師匠《ししょう》だった」

話を聞く全員が、真剣な表情で耳を傾《かたむ》けてくれている。

「他の親族と過ごす時間を捨て、父さんは俺に全てを教え込んだ」

体内を巡《めぐ》る魔力を感じ、丁寧《ていねい》に操作する。

僅《わず》かにでもブレることがあってはならない。

疲れ果てた時も、極度の緊張《きんちょう》に襲《おそ》われた時も、必ず一定の速度と循環《じゅんかん》量をキープする。

全てはここから始まり、魔法に、気配を消すことにへと繋《つな》がっていったのだ。

「厳しかったけど楽しい日々だったよ。深淵剣《しんえんけん》もその頃に契約《けいやく》を結んで」

俺が過去に浸《ひた》っていると、ヴィンスが目を瞬《しばたた》かせた。

「いやいや待て待て。んだよそれッ⁉　オレが知りてぇのはどうやって強くなったか。どうやってその深淵剣《しんえんけん》とやらの悪魔と契約したかなんだよッ！　お前ぇの過去なんてどうでもいいっつーの」

「あぁ、訓練なら一ヶ月くらいだったかプテルノート高原を一人で生き抜いたり、海上ダンジョンに挑んだりしたぞ？　あれは確か……五、六歳《さい》の頃だったな。毎回父さんに置き去りにされて、命《いのち》懸《が》けで強くなったというか、実際に何回も死にかけたというか」

詳《くわ》しい内容を知りたそうだったのでいくつか具体例を挙げてみる。

そのまま深淵王と契約した時の話もしたのだが、気づくと話を聞くみんなが可哀想《かわいそう》な子を見るような目を俺に向けてきていた。質問してきた当のヴィンスも、何故かちょっと引いている。

「よく頑張《がんば》ったな、テオル……」

「ア、アマンダさん？」

話が終わると、近づいてきたアマンダさんがポンと俺の頭に手を置き撫《な》でてきた。

「と、とにかく俺は！　今日、自分が暗殺者一家に生まれたことを言いたかったんだ」

いつもなら茶化してくるはずなのに、リーナたちが何も言ってこない。

むず痒《がゆ》い想《おも》いに駆られ、首を縮めアマンダさんの手から逃《のが》れる。

「そんなこと私は気にしないぞ。なあ、二人もそうだろう？」

「ええ、もちろん。あんたが元暗殺者でも私たちにはどうでも良いことよ」

「確かにな。結局参考にならねえ、しょうもねえ話だったしな」

想像していたような反応が誰からも返ってこず、びっくりした。

非難されたり軽蔑《けいべつ》されたり、「そんな奴に背中は預けられない」とぐらいは言われるだろうな、と覚悟《かくご》しての自分としては一大告白のつもりだったんだが。

腫《は》れ物に触《さわ》るような扱い方はされたけれど、まさかこれだけで終わるなんて。

「つう訳で、こいつは返さねえからな！　わかったらとっとと帰れッ」

あまりの呆気《あつけ》なさに俺が形容し難《がた》い感情を覚えていると、ヴィンスが窓の外に向かって叫《さけ》んだ。

すると、それに呼応するようにまたガタッという音が。

俺たち全員の視線が窓へと集まる。


……そうなのだ。

彼女は昨晩、結局あの後、宿舎まで尾行《びこう》してきたのだった。

今日も朝からずっと付き纏《まと》われている。

本人はまったく気付かれず付いて回れていると思っているようなので、声をかけるにかけられず今に至るというわけである。本当のところは最初からみんなにバレバレだったようだけど。

「お、来たね」

団長がニヤリと笑うと同時に、窓の外にルウが現れた。

彼女は中に入ってこようとするものの、鍵《かぎ》がかかっていて窓は開かない。

「はぁ……」

さっきの話も聞いていたのだろうから、俺が暗殺者という身分を捨てたとわかっただろうに。

鍵を開けてあげると、室内に入ってきたルウはすぐに鬼気迫《ききせま》る表情で口を開いた。

「帰ってこないとマジで大変なことになるからっ！　ほんと、知らないからね⁉」

「いやだから、俺にその気はないって昨日も……」

どうしたら大人しく家に帰ってくれるのだろう。

これからもずっと付き纏われるのは御免《ごめん》だ。

「あ、じゃあそうだ」

あれこれと頭を悩ませていると、団長が近くに寄ってきた。

顔を見ると、また何やら企《たくら》んだ様子。

「な、なんですか……？」

嫌な予感がしたが、見るからに訊《き》いてほしそうにしているので、仕方なく俺が代表して尋ねる。

――と。団長は以前にも何度か見たことがある、心底ワクワクした様子でこう告げたのだった。

「何か勝負をして、それで話をつけたらどうだい？」

◆　◆　◆

「で、なんでこうなるんですか……」

翌日、王都にある巨大《きょだい》競技場の中。

俺は控《ひか》え室にいた。

「まぁあれだよ。せっかくなら僕たちだけじゃなくて、できるだけ多くの人たちにも楽しんでもらいたいじゃないか？　単なる暇《ひま》つぶしだと思って、君もエンジョイしてよ」

「いや、だとしてもこんなイベントにしなくても……」

「姫様に相談したら存外盛り上がっちゃってさ。まったく困るよね、あははっ」

いくらなんでも白々しすぎる。

やれやれと眉《まゆ》を八の字にする団長に、俺は冷たい視線を送った。

「……はぁ」

「まあまあ、魔王軍関連のことはしっかりと対応してるからさ」

「……はぁ～」

「仕事に追われだす前に、最後にこれくらいはしてもいいだろう？」

「……はぁあああああ～」

「きっとこのことが良い方向に働くから。そんな気がするんだよ」

俺がどんどん深く項垂《うなだ》れながら、これ見よがしに溜息《ためいき》をお見舞《みま》いしても、団長は無視を決め込み喋《しゃべ》り続けている。とんだオリハルコンメンタルの持ち主だ。

団長が俺とルウの勝負を提案してからは大変だった。

数十分後にはフラウディアと話をつけて来て、彼女主催《しゅさい》で俺たちの試合が組まれることが決定し、街の人々に大々的な宣伝が行われたのだ。入場料無料のイベントということもあり、一日後の今日、競技場にはすでに万超《ご》えの観客が集まっているらしい。

試合の開始を待つ観客たちのざわめきがここにも聞こえてくる。

首謀者《しゅぼうしゃ》である団長も団長だが、軽くその話に乗ったフラウディアもフラウディアだ。

本当に引き返せないところまで来てしまったようだな……。

俺が頭を抱《かか》え嘆《なげ》いていると、腕《うで》を組み壁《かべ》にもたれかかるリーナが言った。

「フラウも物好きなのよ」

「……みたいだな」

「でも、それを面白《おもしろ》がって唆《そそのか》すジンが一番悪いわ」

「……ああ、わかってるよ」

ちなみに彼女は団長と一緒に試合前の俺を冷やかしに来た裏切り者だ。

「お気の毒ね。そうは言っても、ここまで来たらしっかりやりなさいよ？　みんな楽しみにしてるっぽいし、勝ったら従妹ちゃんも諦めるって言ってたんだから」

噴《ふ》き出しそうになるのを堪《こら》えているのだろうか。

頬《ほほ》をひくつかせているが、口角に隠しきれない笑みが浮かんでいる。

まったくなんて奴だ……他人事《ひとごと》だからと無責任に楽しみやがって。

「了解了解。で、どういうつもりなんだ、その手は？」

「ぷふっ……こういうつもりよ」

大袈裟《おおげさ》に手を挙げたので問うと、ついに噴き出しながらリーナは俺の背中を軽く叩《たた》いてきた。

「じゃあ私も観客席で見てるから。頑張りたまえ」

そしてそのまま振り返らず、彼女は手を挙げ去って行く。

「僕もそろそろ席の方に……と、姫様が来たみたいだ。では失礼するよ！」

「もう好きにやってください……」

今日は団長に真面目《まじめ》な対応を期待しても無駄《むだ》だからな。

これ以上、何かを要求できるとも思っていない。

どうせ俺が疲れるだけだ。


団長はスキップでもしだしそうな勢いで部屋を出て行った。

入れ違いでフラウディアが女性の護衛を二人連れて入ってくる。

「テオル様、頑張ってくださいね！　私《わたくし》、必ず勝つと信じています！　ただし『国民の皆《みな》さんが見てわかる戦い方』でお願いしますね。私たちが理解できないとなると困るので……」

駆け寄ってきたフラウディアが頭を下げる。

「ご迷惑《めいわく》をおかけしますが、これも名目上は慈善《じぜん》活動の一環《いっかん》なので、よろしくお願いいたします」

「はい。まあ、ちょうど対戦相手にもハンデをくれと言われていたので問題ありませんよ」

「そうですか、それは良かったです‼」

団長の思惑《おもわく》でこんなことになった時はどうなるかと思った。

何か競争をするとかだったら良かったのだが、実質これは手合わせ。

それも経験したことがない人数から注目を浴びながらの、だ。

不安を感じたのはルウも同じだったのか、あんなに強気だった彼女がハンデが欲しいと言い出した。話し合いの結果、俺に課されたハンデである枷《かせ》は――。

「気配は消さずに……か」

枷をかけられた状態での戦い方は、きっとフラウディアの要望通りのものになるだろう。

老人から子供まで、誰が見てもわかる戦い方。派手な技《わざ》のオンパレードだ。

「皆さん、テオル様のご活躍《かつやく》を見にお集まりになっていますから！　ふふっ、男性からも女性からもかなり応援《おうえん》されていますよ」

……え、そうなのか？

ただ娯楽《ごらく》目的で足を運んでるのだと思っていたが。

「俺のことなんて知りませんよ。特に知り合いもいませんし」

「いえ、そんなことは――あっ、えっとその……それは……あぅ」

「って、だ、大丈夫ですか⁉」

突如《とつじょ》、湯気が出そうなくらい顔を赤くしたフラウディア。

彼女がふらっと後ろに倒れそうになったところを慌てて支える。

あのー……これ、どうしたらいいんですか……？

そう思い護衛の二人を見ると、一人が懐《ふところ》から紙を取り出した。

どうやら王女を支える役を交代してくれるというわけではなさそうだ。

「こちら、フラウディア様が自費でお作りになっている〝活動報告紙〟というものがありまして。これによって第六騎士団の皆さんのご活躍を国民は知っているのです。ちなみに欠かさず月の頭に私どもが王都中で無料配布しております」

「……え？　か、活動報告紙？　これを……街中に？」

両面がびっしりと文字で埋まったその紙を受け取り、目を通してみる。

「うわっ、なんだこの記事⁉　『遂《つい》に加入した五人目の団員、ドラゴン殺しのテオル』……？」

「なんでも団員の皆さんをより多くの方々に知っていただき、国民の支持を得るためだそうです」

そこには雄弁《ゆうべん》な文章が連なっていた。

俺が上位竜を討伐《とうばつ》し、エルフの村を救ったこと。

その他にも容姿や年齢《ねんれい》についても記述されている。

しかもなんか無駄に恰好《かっこう》良い感じで。

まるで英雄《えいゆう》の勇姿を語っているみたいな言葉選びだ。

知らないところでこんなものをばら撒《ま》かれてたのか……俺は。

「──っは！　ちょ、ちょっと‼　私の趣味《しゅみ》なんですから勝手に言わないでくださいっ！」

「申し訳ございません。つい、口が滑《すべ》ってしまいました」

「もうっ！　ナターシャったら……！」

俺が羞恥《しゅうち》に身悶《みもだ》えていると、腕の中の少女が復活した。

フラウディアはプンプンと頬を膨《ふく》らましながら慌てて俺から紙を取り返す。

しかし、護衛たちとは気心が知れた仲のようで、えらく楽しげだな。

その様子を見ていると、扉《とびら》がコンコンッと叩かれた。

いつの間にか試合の開始時刻が迫っていたらしい。

今回審判《しんぱん》に名乗り出てくれたアマンダさんが室内に入ってくる。

「テオル、そろそろ時間だ。準備は良いか？」

「はい、いつでも大丈夫です」

「では行くぞ」

アマンダさんに呼ばれ、俺はフラウディアたちとともに控え室を出た。


「ではテオル様、また後ほど。応援していますから頑張ってくださいね」

再度エールを送ってくれたフラウディアと別れ、観客席に繋がる階段がある方へと向かう彼女たちとは反対の方向へと、俺はアマンダさんの後ろに続き進んでいく。

「従妹殿《どの》を納得《なっとく》させるためとはいえ負けたら大変だ。必ず勝つのだぞ、テオル」

「任せてください。この勝負で負けるつもりは微塵《みじん》もないので」

「ふんっ、なかなか言うな。だが当然、私は公平なジャッジを下すからな？」

「ええ、わかってます」

薄暗い通路を抜け、光の中へ入っていく。

会場内に入ると――その瞬間。

「きゃぁぁあああああああっ‼　アマンダ様ぁあああああああーッ‼」

「アマンダ様が来たぞッ‼　ってことは、あの後ろにいるのがテオル様か⁉」

「あの白髪……違いねぇッ！　頑張ってくれよぉ～、テオル様‼」

周囲を囲む十数段の客席に、隙間《すきま》なく座った観客たち。

四方八方から割れんばかりの歓声《かんせい》が降り注いだ。

そして。

「テオルッ！　お前ぇ負けたらブッ飛ばすかんなッ⁉」

「坊主《ぼうず》ーー！　頑張れよーー‼」

その中に知っている声を見つけ、目を向けるとヴィンスとガリバルトさんがいた。

手にカップを持ち、人の目も気にせず師弟揃って騒いでいる。

顔も赤いし、酒でも飲んでいるんだろう。リーナに続いて裏切り者発見だな。

「す、すごい熱気ですね……まさか自分のことを知っている人がこんなにいるなんて。アマンダさんはいつも通り落ち着いているようですけど……平気なんですか？」

「まあ慣れたというのもあるが、我々には声援に応《こた》えることしかできないと理解しているからな。変に気負ったところで、私たちがすることに変わりはない。毎度、ただベストを尽くすだけだ」

中央に進むと、反対側の入場口から銀色の仮面をつけたルウが出てきた。

そういえば団長か誰かが言ってたな。

観客には『第六騎士団のテオルVS謎のチャレンジャー』ということになっているとか。素顔《すがお》を隠す仮面の奥《おく》から、ルウが力強い目つきで俺のことを睨んでいるのがわかる。

「これで俺が勝ったら、本当に大人しく引いてくれるんだろうな」

「だからそれしかないって言ってるじゃん‼　引っ張って連れて帰れるとも思わないし。でも、あたしが勝ったら抵抗《ていこう》せずに帰ってきなさいよね！」

そう言うと、ルウは魔法を発動し魔弓を取り出した。

何もない空間から派手な装飾《そうしょく》が目立つ弓が出現する。

「……わかったよ」

俺としてはこの一件に話がつくなら何でもいい。

たとえハンデをあげたとしても、負ける気は一切《いっさい》しないのだから。

◆　◆　◆

集まった観衆に見応えのある試合を見せる。

それが俺に課せられたハンデであり、ノルマだ。

「では両者――構えてッ！」

よく通るアマンダさんの声が響き、競技場内がしんとした。

誰にでも動きが見えるように気配は消さず、派手な技を進んで使うなんて、本来の俺のスタイルとはかけ離れている。

……しかし、面白い。

上手《うま》くできるか不安はあるが、ワクワクしないといえば嘘《うそ》になる。

「始めッ‼」

そのとき、アマンダさんが振り上げた手を下ろした。

「一気に決める……ッ！」

俺が距離を詰める前にルウは魔弓を引き、魔法で生成された矢をつがえた。

瞬時に放たれた炎《ほのお》の矢が、グングンと加速し迫ってくる。

一度目は軽く躱《かわ》す。

「──！　まだまだッ！」

絶え間なく連射される矢は、その速度を次第《しだい》に上げていく。

寸分違《たが》わず俺を狙《ねら》う矢を跳躍《ちょうやく》し、身を捻《ひね》り、全てギリギリで避ける。

すると魔力障壁《しょうへき》に守られた観客たちが、感嘆《かんたん》したように口を開いた。

極限まで神経を研ぎ澄ました戦闘中は、遠くの音一つ聞き逃さない。

「す、すげぇ。なんだあの動き……」

「矢もめちゃくちゃ速いけど……これが、同じ人間なのかしら……⁉」

「少しでもタイミングがずれて当たっちまったら、絶対に無事じゃ済まないだろ。なのになんであんなに完璧に躱せるんだ？」
中には戦闘に慣れた人も来ているみたいだな。
しっかりと鍛《きた》えたから、俺は動体視力には自信がある。
「こいつ……なに遊んでんのよッ！　ちっ、ふざけて……‼」
小さく呟かれた言葉。
ルウが苛立《いらだ》たしげにそう言ったのが耳に届いた。
「じゃあ次はこっちの番だ……行くぞ？」
まだまだルウは奥の手を秘めているはずだ。
彼女が矢を放った刹那《せつな》、俺は攻守《こうしゅ》交代を宣言した。
魔王の魂《たましい》とやらの影響《えいきょう》で魔力が増えた今ならできるだろう。
前まではこんなに大量の観客を相手に発動できなかったが……。
俺は初めての規模、使い方で膨大《ぼうだい》な魔力を消費し魔法を発動する。
「闇《やみ》魔法――〈幻想《げんそう》演劇〉」
次の瞬間、空に浮かぶ太陽が消え……星空が現れた。
青く澄んだ快晴は夜空に。
大きな月が顔を見せている。
突如として闇に塗《ぬ》りつぶされた空。
一斉に観客がどよめいた。

ルウも信じられないとばかりに目を瞠《みは》り、それからキッと俺のことを鋭利《えいり》な眼光で睨んでくる。

「あんた……何したのよッ⁉　こんなものに魔力を無駄遣《むだづか》いして、余裕アピールのつもり⁉」

「いや、別にそういうわけではないけど……せっかくだから観客のためにパフォーマンスをな」

「っ！　気に入らない。ほんっっっと腹立つッ‼」

しっかりとハンデを守った上での行動だ。

もちろん誠実に戦おうとは思っている。

だが、団長命令なのでこれくらいは許してほしい。

俺が歩くと踏んだ箇所《かしょ》を中心に紫《むらさきいろ》色の光が波打つ。

水面を歩き、波が広がるような演出だ。

あたりには青白い火の玉が浮遊《ふゆう》し、競技場中を照らしている。

控え室で構想を練っていたのだけれど、上手くできて良かった。

正直、大規模すぎて実現可能か不安だったのだ。

これで一般《いっぱん》の人でも目で見て楽しめる試合になっているだろうか。

観客たちが満足してくれているといいのだが……。

「三連追尾矢《さんれんついびし》――『氷』‼」

客席の反応が気になった俺に、確認《かくにん》する暇を与《あた》えるルウではない。

闇の中、炎の輝きに照らされた彼女の魔弓が白い光を帯びる。

そして次の矢が放たれた。

三つに重なる弦《げん》の音。

同時に迫ってくるのは三本の氷の矢。

周囲の空気を凍《い》てつかせながら俺の下へと一直線に飛んでくる。

先ほどまでと比べ速度が数段上がった気がするが、回避《かいひ》できないほどではない。

軸《じく》を動かさず俺は半身になることで三本の矢の隙間を縫《ぬ》い、全てを躱す。

だが。

大きく後ろに流れた矢は旋回《せんかい》し、こちらに戻ってきた。

「……！」

次は跳躍し事なきを得る。

しかし、またしても通り過ぎて行った矢は旋回し、こちらに迫ってくる。

一本一本が意思を持ったように自由自在に動き、不規則な動きになってきた。

「くっ」

確認するとルウはさらに多くの魔力を込め、すでに弓を引いている。

これ以上時間をとっては不利になる。

好手とはいえないが……仕方がない！

俺は深淵剣《しんえんけん》を取り出す暇もなく魔力で強化した拳で矢を破壊《はかい》することにした。

三本の矢の動きを完全に見切り、ぎりぎり避けて殴《なぐ》るを繰《く》り返す。

触《ふ》れた瞬間に手が凍《こお》りかかったが、なんとか全ての矢を俺が消失させ終わったのは、ルウが次の攻撃《こうげき》を放ったのとほぼ同時のことだった。

「まだまだぁああァッ！　四連、五連、六連追尾矢《ついび》――『氷』!!」

先ほどと同じ氷の矢が、次は四本、五本、六本と繰り出される。

三度に分けられ、降り注ぐのは計十五本の矢だ。

それはまさに悪天。

空から降ってくる雹《ひょう》に当たらないように何ができるというのか。

視界を埋め尽くし、前方から俺を包むように迫ってくる氷の矢たち。

数の暴力と捉《とら》えることができる矢の数々はしかし――威力《いりょく》もかなりある。

僅かな隙《すき》も生じない完璧な連撃だ。

速度も速い。そして何より標的を追尾し、接触《せっしょく》すると凍結《とうけつ》させる効果があるらしい。

気配を消し誰にも見つからず暗殺を遂行《すいこう》することや、疲労《ひろう》を最小に抑え一定の集中力を保つこと。

暗殺者として最も重要なそれらが、視野を広く取ることが苦手なルウには足りないと思っていた。そして確かにそれは、間違っていなかったのかもしれない。

だが、倒すべき標的を一人に絞《しぼ》った純粋《じゅんすい》な戦いとなった場合、まさかここまでの戦闘技術やセンスを見せるとは……素直に感心させられる。

と、同時に。

彼女の実力を見抜《みぬ》けていなかった自分の未熟さを反省する。

感情とは別に、俺の思考と身体は動き続ける。

コンマ数秒の内に魔力を練り、魔法を発動。
この程度の攻撃ならこいつが全てを喰《く》らい尽くす。
「闇魔法〈深淵剣《しんえんけん》〉」
漆黒《しっこく》の闇が形成し、右手に現れた剣を真横に振り、まずは先頭の矢を叩く。
氷が砕《くだ》ける音を聞きながら、俺はそのままの勢いで体を一回転させる。
その最中、二本目の矢を対処。最短距離で三本目へと深淵剣《しんえんけん》を繋げた。
パリンッ、パリンッ、と小気味の良い音が鳴る。
「う、うそ……。剣術まで……っ⁉」
今まで俺が剣を振っているところを見たことがないルウが驚愕《きょうがく》する。
躱しても矢が追尾してくるのなら、全てを撃《う》ち落とせばいいだけだ。
重心を移動させながら舞うように、滑《なめ》らかな動きで叩き割っていく。
俺が矢の数を減らすたび、ルウは一度に放つ矢を増加させていった。
かなり魔力の消費も激しいことだろう。
どんどんと増えていく氷の矢を全て受けながら、俺は前進した。
一歩一歩、前へ。光の波紋《はもん》を広げながらルウとの距離を詰める。
大量の氷を粉砕《ふんさい》したため、周囲には真冬のような冷気が漂《ただよ》っていた。
宙を舞う炎の光に反射し、キラキラと氷の破片が煌《きら》めく――――が。
その美しい光景とは裏腹に、払った大きな破片は地面を抉っていく。

やがて一発も叩き損ねることなく、俺はルウの下に辿り着いた。

「ちっ‼　まだッ、終わりじゃない！」

歯軋《はぎし》りをして、ルウは後方に跳《と》び距離を空けようとする。

しかし、俺は逃すことなく彼女の腕をがっしりと掴んだ。

「こんだけ手を抜かれて負けるわけには――うッ。な、なんで……っ！」

「もういいだろ。終わりにしよう」

「あ、あたしはこの程度のはずじゃ……！　あたしたちが無能だったってことになるじゃんっ‼」

ルウは体重をかけ何度か腕を引き、強引《ごういん》に俺の手を払おうとした。

だが、解放は叶《かな》わず……しばらくの後、彼女は地面に崩《くず》れ落ちた。

魔弓が淡《あわ》くなり消えていく――。

腕を離してももう、彼女が動くことはなかった。

どうやら闘志《とうし》は尽きたようだ。

「俺の勝ちでいいか？」

「…………」

「勝負は俺の勝ち、でいいか？」

「……っ」

最後に鋭く見上げられ、ルウは目を逸《そ》らし小さく頷いた。

「……うん。あたしの完敗。もうどうでもいいや……家が潰れても」

「え、なん――って、い、今はそれどころじゃないな。とにかく」

最後の方がよく聞き取れなかったが、家が潰れると言ったのか？

気になるが今はまだ試合の途中《とちゅう》。

熱視線を送ってくる観客たちがいる。

俺が魔法を全て解除すると、空は明るく戻り陽光が競技場内を照らした。

実際にはこの場にいる一万近くの人々が〈幻想演劇〉によって幻《まぼろし》を見ていただけだが、彼らには本当に夜が開け、昼が帰ってきたように見えたはずだ。

無音の熱狂《ねっきょう》が場内を支配する。

そして、俺は拳を突き上げてみせた。

すると。

「勝者――テオルッ！」

「「うぉぉおおおおおおおおおおおおおおおおおおおおおッ‼」」

会場の端にいたアマンダさんが中央に来て判定を下し、それと同時に絶叫《ぜっきょう》とも取れる歓声が上がった。震える空気に、揺れる大地。臓器がひっくり返りそうになるくらいの歓声《かんせい》が鳴り響く。

……よし、これでこの件に関しては一段落だな。俺はこれからも誰に文句を言われることもなく、騎士として生きていこう。

叫喚《きょうかん》を一身に受け、耳を痛めながらそう思ったとき。

見慣れた黒い外套を羽織った人物が俺の眼前に現れた。

無から這《は》い出てきたようなその人物からは、悍《おぞま》しいほどの怒《いか》りの気配を感じる。

面倒ごとを連れてきた乱入者。

俺は真《ま》っ直《す》ぐ彼を見て、そして呟いた。


「もう一踏《ひとふ》ん張り必要か……？　ゴルドー」

◆　◆　◆

試合開始前。テオルの叔父《おじ》であるゴルドーは、その光景を目にし当惑《とうわく》していた。

依頼《いらい》失敗の責任から逃れ、家を出たルウの痕跡《こんせき》を追って来た王国に——何故あの無能がいる⁉

ゴルドーは知らなかった。娘《むすめ》が祖父ゼノスからテオルの居場所を聞き、家に連れ戻すためにこの場所にやってきたということを。

ゴルドーは思った。ルウもまた、手を差し伸《の》べてくれなかった父のように、自分に見切りをつけ裏切るつもりなのではないかと。

仕事を止めた我が一族から娘は去ろうとしている。

あいつが任務に失敗したことが元凶《げんきょう》だというのに。

「不利益を被らせておいて自分だけ助かればそれで良いとはな‼　いつからそこまでの屑《くず》に成り下

がったッ、ルウ……！」

競技場内、高い位置の観客席出入り口の陰《かげ》で一人。

ゴルドーは素顔で登場してきたテオルの反対——仮面をつけたルウを見て激しく非難した。

得た情報によると、この催《もよお》しは王女とそれに仕える騎士団によって行われているそうだ。ルウは
チャンレジャーとして、屋敷を出た後、騎士になっていたテオルと親善試合を行うという。

何故あの逃げ癖《ぐせ》のついた怠惰《たいだ》な男が騎士になれたのか。

真相は分からないが、どうせ奴のことだ。小汚《こぎたな》い手でも使ったのだろう。

テオルたちが会場中央で向かい合い、審判を務める黒髪《くろかみ》の女性が手を上げる。観客たちの熱気が
最高潮に達《たつ》するのをよそに、ゴルドーは苛立《いらだ》ちに顔を歪《ゆが》めていた。

——そうか、ルウも騎士になろうとしているのか。そして勝利を条件に、試験として此度《こたび》の試合
を行うのだ。まさか奴ら二人で、ガーファルド家を壊滅《かいめつ》させようとまで考えているかもしれない。

「許せん……！　どいつもこいつも俺にだけ損させやがって。誰も信じられたものではないッ！」

自己を正当化するゴルドーの表情が、一瞬だけ光の下へと晒《さら》される。

外套の下に隠れていた彼の顔は、やつれ、目は真っ赤に血走っていた。

「始めッ‼」

その時、手を振り下ろした審判の掛け声によって試合が幕を開けた。

ルウがその手に持つ魔弓から放った矢が、大気を穿《うが》つようにテオルに襲いかかる。

「——⁉」

しかし、ゴルドーは目を瞠った。またしても目の当《ま》たり《あ》にした光景に当惑する。

試合が始まると突然、テオルの魔力が爆発《ばくはつ》的に強くなったのだ。

彼はルウの強烈《きょうれつ》な攻撃をいとも簡単に、華麗《かれい》な身のこなしで躱していく。

回避を重ね、空が暗くなり、幻想的な光景の中でテオルが追尾してくる魔法の矢を拳で破壊。さらに数を増やした氷の矢に対し、剣を振り前進していく姿はどこか現実のものとは思えない。

進んでいく試合を呆然《ぼうぜん》と見ながら、ゴルドーは今は亡き兄の姿を思い出していた。

全てにおいていつも自分の先を行き、幼い頃からゴルドーに『所詮《しょせん》、自分は二番手の代替品《だいたいひん》でしかない』という劣等感《れっとうかん》を植え付ける原因となった存在。その影《かげ》が、テオルに重なって見えたのだ。

「……あいつ、あの力がありながらも何故！　真面目に俺のために動かなかった……ッ⁉　何もせず逃げ出してばかり。初めから俺を陥《おとしい》れたかったとでも言うのか……ッ？」

あの目だ。

兄にそっくりな、深い海の底のような静かな目。

テオルを見るたび、そしてテオルに見られるたび、あの目が疎《うと》ましくて仕方がなかったのだ。

失敗したにも拘《かかわ》らず逃げ出したルウと、真面目に当主である自分に仕えなかったテオル。

ゴルドーは怒りに身を任せ、二人を本気で始末しようと決めた。

周囲には数人手練れがいるようだが、逃走《とうそう》は容易。

全ての人間が最も気が抜ける場面で大胆《だいたん》不敵に短剣を振るう。

二番手だった自分に、ようやく運が向いてきたばかりなのだ。幸運にも兄が死に、当主の座につくことができた。テオルではなく、息子《むすこ》のルドを次期当主に。これからはガーファルド家は俺の物、人生がやっと始まった。だというのに――と、ゴルドーは奥歯をギシリッと軋《きし》ませる。

それは掴もうとした希望だったのか、それとも単なる破滅《はめつ》願望に過ぎなかったのか。

試合がテオルの圧勝に終わったことには驚いたが、勝敗が決したその瞬間。

ゴルドーは気配を消し、まだ闇に覆《おお》われたフィールド上に飛び降りた。

そして……。

夜が明け、巻き起こる観客たちの歓声の中、まずはルウの背後を取った。

(もらったッ。これは正当な制裁だ――!!)

その時。

真っ直ぐと向けられた瞳《ひとみ》にピタリッ、と体が止まる。

それは吸い込まれそうになる、この世でゴルドーが最も嫌いな目。

「テオ――」

思わずその人物の名を口にしようとして、ゴルドーは理解したのだった。

テオルに、看破されたのだと。

◆　◆　◆

俺が声をかけると、ゴルドーが肩を震わせたのがわかった。

怯《おび》えたような目つきでこちらを見ている。

「な、なぜ……だ」

「その前に、手に持ってるそれはどういうつもりだ？」

「――っ」

ルウに背後から向けられている剣先。

当然、俺に対して感じる強い殺意も見逃《みのが》せない。

遅れてゴルドーの存在に気がついたルウが振り向く。

そして眼前に広がる事態を理解し、顔を青くした。

「お、お父様……何を……」

「黙れ！　お前はもう俺の娘ではないッ。この裏切り者が‼」

「なっ――⁉」

距離を詰めようとするアマンダさんを俺は手で制した。

探知魔法で瞬時に団長やリーナたちの居場所を特定し、フラウディアの警護と観客たちに万が一にも被害《ひがい》が出ないよう警戒してくれと、客席の四方向にいる彼らへと視線を送る。

外套を被った突然の乱入者に、観客が何事かと注目している。

俺はこっそりと〈幻想演劇〉で声が聞こえないように阻害《そがい》した。

「お前のせいで親父《おやじ》が仕事を止めろと言ったんだぞッ。そのくせ我が身可愛さで自分だけ逃げ出しやがって……恥《は》ずかしくはないのかッ‼」

「ち、違《ちが》っ――あたしはテオルを連れ戻そうと！」

「黙れ！　何故そんな奴を連れ戻す必要があるというんだ‼」

「……あたしたちが、実力不足だからっ。こいつが言ってたこと、本当なんだってっ！」

「くだらない嘘をつくなッ！」

「な、なんで信じてくれないわけ……⁉」

親父――じいちゃんに言われて、仕事を止めた？

やっぱりガーファルド家に何か問題があったらしい。

といっても単身でこんな場所に乗り込んでくるのは、いくらゴルドーでも呆《あき》れてしまうが。

俺が気づかなければ、ルウに刃《は》を向けてから逃げ出せたとでも言うのだろうか。

「それはこいつが兄貴の息子だからだ！　自分の父親に代わって当主になった俺を憎《にく》んでいる。だから力を隠していた！　任務中にお前たちに同行もせずなッ」

「今は大変だけど、あたしたちも頑張るから。お父様！　一回頭を冷やして……」

「もういい」

鈍《にぶ》い音がする。

ゴルドーはルウの言葉に耳を貸さず、彼女の頬を強く叩いた。

ルウが飛ばされ、地面に倒れ込む。

「『ルドを支える最高傑作《けっさく》を』と考えていたが、お前はもう不要だ」

再び短剣を突きつけられ、顔を上げた彼女は絶望に染まった表情をしていた。

家の話が気になりついつい黙っていたが……。

そうだ。最初からこいつはこうだった。

わかっていただろ。

家にいた頃、酷《ひど》い扱いをされていたことに関してはまだ思うところもある。

そう簡単に忘れ、何も思わないでいられる自分ではない。

しかし、変な復讐心《ふくしゅうしん》に駆られ仕返しに走ることだけは御免だ。

これ以上付き合うのは馬鹿らしいし、時間の無駄でしかない。

なるべく前を向いて、新たな人生を送っていこうと心の距離をおいていた。

だが——なかなかどうして、ゴルドーに感情のない冷たい視線を向けてしまう。

ゴルドーが何を抱えて生きているのかは知らないけれど——ルウの話を信じるなら——自分たちを思って行動してくれた娘に、話を聞く耳も持たずに手を上げるなんて頭を使えない三流《クズ》だ。

「もういいのはこっちだ、ゴルドー」

「——なっ。テオル、お前どこに……！」

気配を消してゴルドーの死角に移動する。

最悪だ。

こいつは暗殺者としても、人としても、親としても。

勘弁してほしい。もう姿を見せるのは最後にしてくれ。

結局、気配を消した俺を見つけ出すことができないのか。

ゴルドーは絶えず首を動かし、落ち着きなく辺りを見回している。

「ここだ」

「ッ⁉」

「ガーファルドの人間は、気配を感じ取れるはずじゃなかったのか？」

重心を移し、足を高く振り上げる。

そして。

ゴルドーのこめかみを蹴《け》りつける。

俺はその場でゴルドーを縦回転させるようにして、地面に沈ませた。

その勢いで彼の頭と激突《げきとつ》した地面にひびが入る。

「殺しはしない。ルウが言ったようにしっかりと頭を冷やせ、確保だ」

意識を失う寸前、届いたかどうかは分からないが、そう言って俺は歯抜《はぬ》け姿になったゴルドーを取り押さえた。

武器を持った乱入者が倒され、困惑《こんわく》していた観客たちに安堵《あんど》が広がる。

〈幻想演劇〉での音声阻害を解除すると、ほぼ同時に衛兵たちがやってきた。

俺は彼らに意識がないゴルドーを引き渡し、ルウに手を差し伸べた。

「大丈夫か、ルウ？」

倒れたまま次第に目を潤《うる》ませていく彼女は、瞳に限界まで涙《なみだ》を溜め、強く口を閉じている。

歯を食いしばり、喉《のど》をひくつかせ、そして無表情のまま、大粒《おおつぶ》の涙をこぼした。

実の父に命を狙われた。

そのことが心に深く――複雑な傷を負わせ、今はきっと何も考えることができないのだろう。

一点を見つめ固まっていた彼女は、しばらくしてからゆっくりと俺の手を取った。

体の奥底《おくそこ》で魂が嗤笑《ししょう》したのがわかる。

だけど、今はこれでいいんだ。俺はそう思った。

エピローグ

「乱入事件、あんたとは無関係だってフラウが揉《も》み消してくれたのね」

騎士《きし》団室で新聞を読みながら、リーナがホッと息を吐いてからそう言った。

「良かったじゃない、対戦相手の個人的な問題ってことに落ち着いて。なんなら、むしろテオルが護ったことになってるんでしょう？　始まる前の不安は無事、杞憂《きゆう》に終わったのね」

「……うーん、そうだなぁ」

「なに、家のこと気にしてるの？」

「いや、まあな……」

上の空で話を聞いていると、心のうちを見抜《みぬ》かれてしまったみたいだ。

新聞を閉じたリーナからの視線にきまりの悪さを覚え、窓の外を見ると枯葉《かれは》が舞《ま》っていた。


季節は冬に入った。

団長が留守にしているので、現在は暖かなこの部屋の中に俺《おれ》たち二人しかいない。

あれからもう、数日か……。

試合が終わりひと段落ついた後、俺はルウから様々な話を聞いた。

上位竜《りゅう》の暗殺という依頼《いらい》に失敗したことをキッカケに、やはりガーファルド家は存続の危機にあったらしい。じいちゃんは「いずれ看板を下ろす時がやってくる」と言っていたが、まさかこんなに差し迫《せま》った話だったとは。正直かなり驚《おどろ》かされた。

加えて当主のゴルドーが投獄《とうごく》されたため、家の状況《じようきよう》は今後より一層厳しくなるだろう。

「どうしたのだ、二人して暗い顔で」

「あ……実家のことを少し考えていて。アマンダさんは訓練ですか？」

「ああ。体を動かそうと思ってな」

そうこうしていると、首にタオルを掛《か》けたアマンダさんが汗《あせ》を拭《ふ》きながらやってきた。

俺が物思いに耽《ふけ》っていたばかりに空気が重くなっていたようだ。

切り替《か》えないとな……。

スポーツブラにレギンス姿のアマンダさんは疲《つか》れ果てた様子でソファーにどかりと腰《こし》を下ろす。

「実家といえば、やはり手助けをするつもりはないのだな？」

「はい。これ以上はもう……何も」

あとは残されたルドやルウが考えればいい。

「それにしても驚いたわよね。誰《だれ》かさんが倒《たお》したドラゴンが、ルウちゃんたちが狙《ねら》ってたターゲットだったなんて」

「被害《ひがい》がなかったから良かったけど、そのせいで魔結界《まけつかい》が発動したんだからな？　迷惑《めいわく》な話だ」

リーナに言われ、眉《まゆ》を顰《ひそ》める。

そうなのだ。

ガーファルド家が存続の危機に追い込《こ》まれる原因となった依頼。

それはなんと、俺が以前に倒した上位竜の暗殺だったらしい。

依頼主は秘宝――おそらく魔王の魂《たましい》を必要としていたんだろう。

ルウからの情報によって点と点が繋《つな》がり、俺たちは大いに驚かされたのだが、なんとその依頼主が勇者正教の教王だったというのだ。勇者正教といえば、このオイコット王国にも絶大な数の教徒がいる世界最大の宗教だ。大陸西部とは違《ちが》い、対抗《たいこう》する宗教がない東部では特に人気がある。

「そういえばテオルが魔結界を解除したと聞いて、彼女《かのじょ》はえらく態度が変わっていたな」

「あの時に魔結界の中に閉じ込められてたそうなのよ」

「……なるほど、二度も命を救ってくれた恩人というわけか」

リーナから情報を得たアマンダさんが面白《おもしろ》がった目を向けてくる。

本当にその件には参らさせられたんだ。

疲れを思い出すからあまり茶化さないでほしい。

もう屋敷《やしき》に帰ったはずだが、ルウはあの後、いきなり俺に対する接し方が変わった。

試合をして実力がどの程度なのか目の当《ま》たり《あ》にしたからなのか、リーナが言うように偶然窮地《ぐうぜんきゅうち》から救ったからなのか、それとも父親に殺されかけたところを救《たす》けたからなのか。

はたまた、その全《すべ》てか。

王都にいた間中、やたらと俺にくっついてきた。

……本当、ちょっと気味が悪いくらいに。

揶揄《からか》ってくるアマンダさんを流すように向かいのソファーに座《すわ》って言い返す。

「命を救ったのは偶々《たまたま》ですよ。それにルウだって、もう家に帰ったんじゃぁあああああッ⁉」

い、いた。

何気なく横を見たら、ルウが立っていた。

小首を傾《かし》げてこちらを見ている。

「なっ、なんでルウが……？　とっくに帰ったはずじゃ……」

「どうしたの、お兄様？　体調でも悪い？」

俺を見る目つきも、呼び方も変わったルウが狭《せま》いソファーの隙間《すきま》に座ってきて――

「ちょ、ちょっと。なんで抱《だ》きしめてくるんだ⁉　おい、ルウ！」

「うーん……熱くない。熱はないみたいね」

「お、お、落ち着け……！　体温を測るのに誰が抱きしめるんだっ？」

「え……嫌《いや》だった……？　あたしに触《ふ》れられるの……」

「いやな、その、胸が！」

この画は流石《さすが》にヤバいだろ。

リーナとアマンダさんも見てるし。

落ち着け……とにかく落ち着け、俺。

こんなことで慌《あわ》てていたら駄目《だめ》だ。

今は年上として堂々とだな……。

「あたしがしたいんだからいいじゃん。それに、わかってやってるし……」

頬《ほほ》を赤く染めながら、気恥《きは》ずかしそうにルウが視線を逸《そ》らす。

冷たい視線を感じ、俺がそっと顔を向けると鬼《おに》の形相をしたリーナがいた。

やばいっ、早く離《はな》れないと。

殺され死体と化した上でドン引きされる未来が見えた気がする。

愚《おろ》かな選択《せんたく》をしてはいけない。とにかく、まずは一旦《いったん》抱きしめてだな――。

「血鬼神降剣《けつきしんこうけん》……」

「じょ、冗談《じようだん》だ。リーナ、な？」

「じゃあなんで手を回してるのよ！」

「お兄様も熱を測ってくれるの⁉　だったらほら、早く！　リーナさんが来る前にぎゅっと‼」

「ルウ……⁉　お前の目的を言ってくれ。お金か？　お金だったらある程度はやるから……あの、リーナ？　な、何をするつもりで――」

「この！　変態ッ！」

「――ぐはっ」

後ろに回ったリーナが乱暴にドシドシとソファーの背もたれを蹴《け》ってくる。

「い、痛いっ！　そ、それよりもまず初めに、大体なんでルウがここいるんだよっ？」

「ははっ、楽しそうだな。じゃあ私は昼食にでも行ってくるとするか」

楽しそうに笑いながら、こちらを見ていたアマンダさんが席を立った。

軽い足取りで去っていく彼女に手を伸《の》ばしたが、なかなかルウが離れてくれず、挙げ句の果てには痺《しび》れを切らしたリーナも後ろから俺を強引《ごういん》に引っ張ってくる。

「ま、待って……助けてくださいっ、アマンダさん！」

騎士団室の入り口まで行くと、アマンダさんは振《ふ》り返った。

良かった、流石にふざけていただけ……だよな？

この人だけは信頼《しんらい》できるままでいてくれと願い、笑顔《えがお》を浮《う》かべて救助を待つ。

「ぐっ……早く……っ！」

しかし一向に戻《もど》ってきてくれないアマンダさんは、フッと爽《さわ》やかな笑《え》みを浮かべたかと思うと。

「団長がその子を事務員として雇《やと》ったそうだ。良かったなテオル、これから楽しくなりそうで」

最後にそう言い残し、背を向けて行ってしまった。

「ええ？　ちょ、ちょっと——」

ルウが事務員に？　じゃあこれから、ずっとここにいるのか？

リーナたちが俺を引っ張る力がどんどん強くなっていく。

「いい加減に離しなさいよ！　テオルが苦しそうじゃない!!」

「じゃありーナさんが先に離せばいいじゃん！　そしたらあたしも離すから！」

「……二人とも同時にやめればいいだけだろ!?」

そんな風に三人で騒《さわ》いでいると、アマンダさんと入れ替わるように今日も昼間から酔《よ》っ払《ぱら》ったヴィンスが部屋に入ってきた。きっと酒に酔っていて気分がいいのだろう。

「お？　……な、なんの芸術だよこれッ！」

俺たちを見て、腹を抱《かか》えたヴィンスは涙《なみだ》を浮かべて笑い出す。

なんでうちの団員は面白がるだけ面白がって、一向に助けてくれないんだ！


頭を抱えたい気持ちに苛《さいな》まれながらも、今日も俺の騎士生活は続いていくようだ。

暗殺者の頃《ころ》は人の命を奪《うば》うことだけが、この世界での俺の存在価値だと思っていた。

けれど、騎士になって初めて仲間ができて、誰かを護るために力を使い、働くという幸せがあることを知った。世界は俺が思ったより、随分《ずいぶん》と広かった。

これからもやっていこう、人を護る——騎士の仕事を。

救けを求める誰かのために。


そんなことをこの日、俺はリーナに羽交《はが》い締《じ》めにされながら密《ひそ》かに決意したのだった。

◆　◆　◆

第六騎士団の面々が騒がしくしていた頃。

王城のとある一室に、真剣《しんけん》な表情で会話をする二人がいた。

ジンとフラウディアだ。

人払《ひとばら》いがされ、周囲に他の者の姿はない。

「そういえば、ルウさんを雇われたとか。いずれ団員になさるおつもりですか?」

ふと、クッキーを摘《つま》んでからフラウディアが言った。

ジン様の行動はいつも予測がつきませんから、と添《そ》えて。

「いや、そのつもりはないかな? ここらでちょうど人手を増やしておきたかっただけさ」

「そうですか……少し残念です……」

「ははっ、でもこれからは彼女も仲間の一人だよ」

活動報告紙で話題にできるメンバーが増えると期待していたフラウディアは、しゅんとした。

その様子を見てジンが苦笑いを浮かべながら慰《なぐさ》めると、彼女は顔に落としていた影《かげ》を晴らし、ゆっくりと頷《うなず》きながら微笑《ほほえ》んだ。

「はい。心強い事務員さんが増えました」

「テオルの実家との問題も大方片付いたようだから、一安心させてもらいたいところなんだけどね……。まさか勇者正教が魔王軍と繋がっているなんて。いやー困った困った。このままいくと、人手が足りなくて大変なことになるところだったよ」

「私も、大きく考え方を変えなければなりませんね……」

「そうだね。敵が新たに、強力な別の敵と手を取り合ったみたいなものだから」

まったく、とジンは続ける。

「厄介《やっかい》なものさ。護る側はいつもこうだ」

少しくたびれた様子で、ジンはどこか遠い目をした。

それでも覚悟《かくご》を決めたように口端をきゅっと結んで呟《つぶや》く。

「こうなったからには、僕《ぼく》たちも早く動き出さないとね」

「静観をやめ、自ら打って出ないといけません……か」

わずかな沈黙《ちんもく》の後、ジンは努めて明るい声を出した。

「姫様《ひめさま》。それで何か新しくわかったことはあるかい？」

「いえ、あれからはまだ……申し訳ございません」

フラウディアが頭を下げる。

自分の力不足だと悔《くや》しげに手を握《にぎ》ると、スカートに皺《しわ》が寄った。

「大丈夫《だいじょうぶ》だよ。いくら君でも、そんなに遠くの未来のことは分からなくても仕方がないんだから。これからはしばらく君の目的のために、団員のみんなに付き合ってもらおうじゃないか」

対面に座るジンは、慈愛《じあい》に満ちた優《やさ》しい表情で言った。

それはフラウディアだけでなくジンの目的でもあり、第六騎士団が創設された理由でもある。

「大丈夫。きっと上手《うま》くいくさ」

顔を上げたフラウディアの目に、なみなみと涙が浮かんでいく。

「ありがとう……ございます……っ」

当初の予定では、敵は勇者正教だった。

だが、そこに人類の敵――魔王軍との関係があるとなると、想像していたよりも敵は手強《てごわ》く、長く厳しい戦いになるかもしれない。心を強く保つため、何よりも信頼できる仲間の存在が必要だ。

「ジン様はどこまでお考えになっているのでしょうか？」

「僕なんて、いつも目先のことばかりだよ。君の方がよっぽど優秀《ゆうしゅう》さ」

ジンはそう言ったが、その目はどこか別の方向へ逸らされている。

フラウディアはすぐに気がついた。それが涙を流す自分を慮《おもんぱか》った、優しい嘘《うそ》だと。

いつも飄々《ひょうひょう》としていて、物事の先を見通すことに秀《ひい》でているジン。

しかし彼《かれ》は、嘘を吐くのが誰よりも下手だった。

「そ、そうだ。これからは君の日頃《ひごろ》の警護を僕たちに任せてくれないかい？　いつも頑張《がんば》っている
ナターシャたち護衛兵に、落ち着くまでの間、休暇《きゅうか》とのんびりした生活をってことで」

「も、もちろん構いませんが……それでは皆《みな》さんの負担が大きすぎるのでは？」

「今後はより警戒《けいかい》を強めていくべきだからね。それに、このくらい大丈夫さ」

「本当、ですか？　私だけのためにあまりご迷惑をおかけするのは……」

「リーナとテオルに警護を頼《たの》もうと思う。いつもダラけてるヴィンスが少し働いて、僕とアマンダ
が頑張れば他の仕事もなんとかなるよ。ほら、これからはルウもいるしね」

自分ばかり足を引っ張るのはあまりに忍《しの》びないと思い、目を伏《ふ》せたフラウディアだったが、警護
を担当するのがリーナとテオルと聞いた瞬間《しゅんかん》、ぱあっとその表情が明るくなった。

「わかりました。では兵士たちにはすぐに話を通しておきます」

フラウディアはリーナと特に親しく、テオルのことをなぜか慕《した》っている。

警護は四六時中行動を共にするようなものだ。

ジンなりに配慮《はいりょ》を払《はら》った、見事な人選だった。

これで護りの準備は完了《かんりょう》である。あとはこちら側から手を出していく攻《せ》めの部分。

「よし、じゃあ今日はもう失礼するよ。二人にはこの後、僕の方から話を伝えておくから」

立ち上がったジンは、最後にそう言い残すと部屋を後にした。


ジンは幅《はば》が広く、天井《てんじょう》が高い城内の廊下《ろうか》を歩きながら考える。

これから立ち向かうことになる敵は、予想外に強大な存在だった。

だが、しかし――。

一方でこちらにも、幸運とも呼べる予想外があった。

テオルの強さと、それに影響《えいきょう》され強い向上心を見せる団員たちの姿だ。

「……充分《じゅうぶん》に戦える」

信頼できる心強い仲間たちが揃《そろ》った。すでに一人一人が規格外に強く、そしてこれからもさらに強くなっていくであろう存在でありながら、全員の関係は至って良好。

少数精鋭《せいえい》である分、指揮が執《と》りやすく機動力も高い。

その時、冷たい風が吹《ふ》きジンの前髪《まえがみ》を揺《ゆ》らした。

中庭の上にある正方形に切り取られた空を見上げる。

団員たちには意図的に距離《きょり》を置かせてきたが、この国の内情は腐《くさ》っている。

いつしか趣味《しゅみ》の一環《いっかん》になっていたフラウディアの活動報告紙の甲斐《かい》もあり、国民の支持は得られるだろう。勝利の後、人々は自分たちに付いてきてくれるはずだ。

ジンは悪戯《いたずら》を企《くわだ》てる子供のように、ニヤリと笑って静かに呟いた。

「さぁ……いよいよ、国家転覆のお時間だ」

心の中で今一度、親友とその娘《むすめ》に強く誓《ちか》う。

君たちの大切なこの国は、僕が護ると。

あとがき

初めまして。和宮玄《わみやげん》です。

本作はＷＥＢで公開していた作品に修正を重ね、描写《びょうしゃ》を追加したり余分な箇所《かしょ》を削除《さくじょ》したりと、多岐《たき》にわたる試行錯誤《さくご》の末に書籍《しょせき》になったものです。

現在この文章を読んでくださっている貴方《あなた》が、本書を購入《こうにゅう》していただけたのであれば幸いです。それはもう私の人生で一、二を争う……いえ、何にも代え難《がた》い最上級の幸せです。本当に、ありがとうございます。

先にあとがきを読んで買うかどうか悩《なや》んでいる。そんな状況《じょうきょう》でしたら是非《ぜひ》、購入してご一読いただければ！　よろしくお願いします。


と、この上なくシンプルなアピールをさせていただいたところで、ここから少しだけ個人的な話をしようかと思います。何しろ私史上初のあとがきです。感慨深《かんがいぶか》く、つい少しでも記憶《きおく》が鮮明《せんめい》なうちに過去のことを書き記しておきたい、と望んでしまいます。

さて。始まりは中学時代、友人との会話でした。

興味があることはいくつかあれど、あの頃《ころ》は特別何かに熱中することもなく、ただ過ぎ去っていく日々の中にいたような気がします。そんな時でした。前述した友人の紹介《しょうかい》で、一作のライトノベルに出会ったのは。

この友人はいくつかのアニメを視聴《しちょう》し、いくつかのライトノベルを読んでいるくらいの、言ってしまえば軽く楽しんでいるタイプだったと記憶しています。それなのに何故《なぜ》、わざわざ私に作品を紹介したのか。今となっては忘れてしまいました。もしかすると元から少し興味があった私が、自分から話を聞いただけだったのかもしれません。

しかし、紹介されて作品を手に取り、衝撃《しょうげき》を受けたこと。すぐに既刊《きかん》を全《すべ》て買い、一日数巻ペースで読んだこと。真冬の部活動中に、友人と作品について話が盛り上がったこと。それらは明確に覚えています。

物語という楽しみが、私の人生に加えられた瞬間《しゅんかん》でした。


その後、私は同様にいくつかの人気シリーズに手を伸《の》ばし、読破。そのどれもに違《ちが》った面白《おもしろ》さがあり、魅力《みりょく》的で、刺激《しげき》的で、夢中になりました。

そんなある日、そのうちの一作のことをなんとなくネットで調べていたときのこと。

私はWEB上に公開された、膨大《ぼうだい》な数の作品と出会いました。

そこは誰《だれ》もが小説を公開でき、読者に届けることができる場所でした。当時、サイトの出身作でアニメ化されたものは一つだけ、いくつかの人気作が書籍になっているだけでした。私がネットで調べていた作品も、かつてそのサイトで公開されていたものだったと知り、驚《おどろ》く間もなく、私は投《とう》稿《こう》されていた作品を読み始めました。最初に何を読んだのか、記憶が曖昧《あいまい》ではっきりと覚えてはいないのですが、きっとかなり面白かったのでしょう。その後は日々本を読みながらも、家で時間があるときはＷＥＢ小説を読む、というような生活を送っていたのですから。

半年ほど経《た》つ頃には、自然と自分も何かを書こうとしていました。好きな要素を集めて、勢いのままに。けれど、なかなか上手《うま》くいかず……。生活が忙《いそが》しくなるとサイトから離《はな》れ、また少し経ってから思い出したように読者として利用する。そしてまた、自分も書くことに挑戦《ちょうせん》し、断念。そんなこんなで時間だけが流れていきました。

読書の趣味《しゅみ》が広がり、長らくサイトを利用しなくなった期間があります。けれどふと、少しだけ時間に余裕《よゆう》ができたとき、相変わらず自分は何も形にできていないなぁ……と思い、手始めに一作と、とにかく一区切りつくまで書き続けることを決意しました。どんな形でもいいから気楽に、中学生の頃に読んだいくつかの作品の影響《えいきょう》で今も好きなファンタジーを題材に書こう。もちろん、何度も挑戦と挫折《ざせつ》を繰《く》り返したあの場所で。

とまあ長くなりましたが、こうして本作は形になったわけです。情けなくも自分の習性上、またしても挫折しそうになりましたが……運が良いことに、読んでくださったり感想をくださる方々がいて、なんとかここまで続けることができました。面白いと言ってくれた皆《みな》さんの応援《おうえん》のお陰《かげ》で、この度《たび》こうして物理的な本になりました。ありがとう！

より良い物語を綴《つづ》れるようになるために、これからも書き続けていきたいと思います。

歩みを止めなければ、いつかは私に物語という楽しみを教えてくれた、あの頃の作品たちのようなお話が書けるに違いないと信じて。

今回、その一歩目の機会を与《あた》えてくださった担当編集さん。そしてお忙しい中イラストを引き受けてくださった東西さん。その他、本書の制作や販売《はんばい》に関《かか》わった全ての方々に、深くお礼申し上げます。心からの感謝を込《こ》めて、

そして今、この本を手に取ってくださっている貴方。面白かった、とりあえず今後も手元に置いておくか……と思っていただけていたら嬉《うれ》しいです。

それでは、またの機会がありますように。

再会を願い、今日のところは失礼します。

二〇二二年、早春（追記：替わって二〇二三年、三月）

和宮　玄

DRAGON NOVELS
ドラゴンノベルス

元・最強暗殺者の騎士生活

2023年4月5日　初版発行

著　　者　和宮《わみや》 玄《げん》

発 行 者　山下直久

発　　行　株式会社 KADOKAWA
〒102-8177　東京都千代田区富士見2-13-3
電話 0570-002-301（ナビダイヤル）

編　　集　ゲーム・企画書籍編集部

装　　丁　AFTERGLOW

D　T　P　株式会社スタジオ２０５ プラス

印 刷 所　大日本印刷株式会社

製 本 所　大日本印刷株式会社

DRAGON NOVELS ロゴデザイン　久留一郎デザイン室+YAZIRI

●お問い合わせ
https://www.kadokawa.co.jp/（「お問い合わせ」へお進みください）
※内容によっては、お答えできない場合があります。
※サポートは日本国内のみとさせていただきます。
※ Japanese text only

定価（または価格）はカバーに表示してあります。

ISBN978-4-04-074519-0　C0093

八華 ill. すざく
hachihana presents
illustration by
suzaku
やりなおし貴族の
聖人化レベルアップ
やりなおし貴族の
聖人化レベルアップ
YARINAOSHI KIZOKU NO
SEIJINKA LEVEL UP
ドラゴンノベルス

生産＆複製で辺境から
成り上がろうと思います
錬金鍛冶師の
生産無双
Watari Ryuto
渡琉兎
[ill.] くろでこ
ドラゴンノベルス

鍋で殴る異世界転生

しげ・フォン・ニーダーサイタマ
イラスト／白狼

鈍器、時々、調理器具……
鍋とともに、生きていく！

転生先は、冒険者見習いの少年クルト、場所は戦場、手に持つのは鍋と鍋蓋——!?　なんとか転生即死の危機を切り抜けると、ガチ中世レベルの暮らしにも順応。現代知識を使って小金稼ぎ、ゴブリン退治もなんのその。これからは、鍋を片手に第二の人生謳歌します！　て、この鍋、敵を倒すと光るんだけど……!?　鍋と世界の秘密に迫る異世界サバイバル、開幕！

第3回ドラゴンノベルス
新世代ファンタジー
小説コンテスト
大賞